KB096982

서른이니까,

디저트가 나오려면

기다려야   해

서른이니까,
디저트가 나오려면
기다려야   해

심국보 쓰고
김단비 그리다

Booksgo

난 내가 서른이라는 게
믿기지 않아

하늘에 구멍이 난 듯 폭포같이 비가 내리던 어느 여름밤이었다. 단비와 나는 집 근처 흑맥주 집에서 서로를 마주했다. 오랜만에 만난 우리는 밤하늘처럼 짙은 맥주잔을 부딪치며 쌉싸름하게 남은 서로의 추억을 곱씹었다.

이런저런 이야기를 주고받다가 우리는 누가 먼저랄 것도 없이 자신이 '어른'답지 못함을 고백하기 시작했다. 어른이라면 응당 이뤄야 할 것 같았던 것들, 이를테면 번듯한 직장, 내 이름 앞으로 된 집이나 자동차 아니면 사랑의 결실과 같은 것들에 대해서. 그런 것들이 우리에겐 아직 먼 미래에 놓인 어스름한 희망이었다.

이야기가 한창 무르익을 쯤 단비가 무심하게 맥주잔을 흔들며 말했다.
"난 내가 벌써 서른이 되었다는 게 믿기지 않아."
나는 별 생각 없이 "나도 그래." 라고 대답해버리고 말았다. 순간 내가 그 즈음에 만나 대화했던 다른 또래 친구들의 목소리가 스쳐 지나갔다. '서른이 되었다는 게 믿기지 않아.' 삶의 상황도, 환경도 제각기 다른 서른 살 동갑 친구들은 신기하게도 대화 중간마다 너나 할 것 없이 이 말을 내뱉곤 했다.

나는 우리 또래가 서른이라는 하나의 전환적 기준점을 실감하지 못하는 이유가 궁금해졌다. 그리고 그 자리에서 단비에게 한 가지 제안을 했다. 우리가 지금 나눈 대화들처럼 동갑내기 서른 살 친구들을 만나서 그들의 이야기를 들어보자고. 그리고 그 이야기를 모아 한번 책으로 만들어보자고. 이 책은 그렇게 즉흥적으로 시작되었다.

크고 작은 장애물들을 해결하며 느릿느릿 출간을 진행하다 보니, 인터뷰를 진행했던 시점에 서른이었던 친구들이 어느새 나이 한 살씩 더 먹어 버렸고, 그들의 삶에는 작지 않은 변화들이 생겼다. 원고를 작업하는 불과 1년 사이에 이렇게 많은 변화가 있었다는 사실을 지켜보면서, '서른'이었던 친구들의 생각과 이야기를 글로써 기억에 남긴다는 것의 소중한 의미를 다시 한 번 깨달을 수 있었다.

열 명이라는 숫자에 인터뷰 대상을 맞추다보니 어쩔 수 없이 우리 세대의 '모든' 이야기를 대변할 수 없는 '대표성'의 한계를 마주한다. 이 책을 준비하며 우리 세대에 대한 또 다른 편견이나 고정관념을 강화하는 것은 아닐까 걱정했다. 하지만 '서른'을 어떤 단일한 집단으로 보고 설명하는 것이 아니라, '서른'이라는 테두리 안에서 각자 고군분투하며 살아가고 있는 한 명 한 명의 목소리를 조금이라도 더 솔직하게, 가감 없이 남기고 싶었다.

당연히 이 책에 등장하는 열 명의 이야기가 서른 살 청년들의 모습을 대변한다고 말할 수는 없다. 그럼에도 불구하고 '서른' 혹은 '청년'과 같은 하나의 단어로 치환될 수 없는, 1989년생들이 가진 특별한 이야기의 매력에 독자 여러분들이 흠뻑 빠질 수 있기를 바란다.

먼저 인터뷰를 한 지 한참이 지났어도 묵묵히 우리의 작업을 기다리고 응원해 준 열명의 친구들에게 진심으로 감사를 전한다. 책을 준비하는 데 있어 여러 가르침과 조언을 주신 지도교수 김홍중 선생님을 비롯한 여러 선생님들과 대학원 동기들이 없었다면, 이 책은 결실을 맺지 못했을 것이다. 이 책이 세상에 태어날 수 있도록 큰 도움을 주신 북스고 출판사 관계자 분들께도 감사드린다. 마지막으로 저를 여기까지 인도하신 하나님, 감사합니다.

서른 살들에게, 서른이었던 어른들에게, 언젠가 서른이 될 이들에게 우리의 이야기를 전한다.

심국보

우리는 지금
몇 페이지쯤에 와 있을까

아주 어릴 적부터 연필을 잡고 그림을 그리기 시작해 벌써 30년 가까이 되었다. 서른 살이 된 지금도 디지털 펜을 잡고 계속 그림을 그려나가고 있다. 초등학생이던 시절 '서른 살쯤이면 건물 하나를 사서 맨 위 층은 내가 살고, 그 아래는 내 작업실, 다른 층은 우리 가족과 친구들을 살게 해줘야지.' 하며 '그때쯤의 나는 굉장히 멋지고 안정적인 어른이 되어 있을 거야.' 하고 생각했던 적이 있다. 지금 생각해보면 정말 크고 야무진 꿈이었구나 하고 피식 웃게 된다.

자신의 이름을 걸고 무언가를 만들어 내는 창작활동을 시작하기까지 수많은 기로에서 참 많은 고민을 했다. 처음에는 그림을 그리는 게 좋아서 시작했지만, 미술과 만화 중에서 선택해야 했고, 만화를 선택하고 나서는 만화와 애니메이션 사이에서 고민했다. 대학생이 되어 애니메이션 전공을 선택하고 보니 그 다음은 영화, 광고, 작가, 조형까지 더 많은 선택지가 눈에 나타났다.

지금의 나는 현실과 타협하면서 애니메이션이라는 큰 틀 안에서 일을 하고 있고, 취미로 조형창작을 하고 있다. 서른 살이 되어 그 동안의 과정을 되돌아보면 조금은 허무하기도 했다. 나는 이제껏 열심히 달려왔는데, 아직도 뚜렷한 방향을 잡지 못하고 이곳저곳을 기웃대며 허우적대고 있다는 사실이.

　일 년 전 이맘때쯤, 오랜만에 어릴 적 동네 친구 국보를 만나 이야기하다. 내가 '나는 아직도 서른이 되었다는 게 믿기지 않아.'라고 말했다. 이제 나이로 보나 직업으로 보나 사회에서는 어엿한 성인이지만, 아직은 스스로 어른답지 못하다고 느끼는 내 마음을 토로했다. 늘 어른스러운 친구였던 국보도 나와 비슷한 얘기들을 꺼내기 시작했다. 서로의 마음을 털어놓고 보니 시원하기도 하고 위로도 되었다.

　그때 국보가 우리의 이야기, 같은 시대를 살아가는 또래 친구들의 이야기를 들어보고 책으로 같이 풀어내자는 제안을 했다. 우리의 책이 동시대 사람들에게 위로와 따뜻함을 전하고 서로에게 긍정적인 힘이 된다면 충분히 가치가 있겠다고 생각했다. 그렇게 인터뷰와 삽화 작업이 시작되었다.

책을 엮어내는 과정에서도 허둥대는 서른 살답게 우여곡절이 많았다. 처음 해보는 출판 기획, 처음 해보는 인터뷰, 처음으로 내 입맛보다 대중을 눈을 의식해서 그리는 삽화…. 서른 살이어도 여전히 처음인 것들이 참 많다는 것을 느꼈다.

책의 한 장 한 장이 마치 삶의 하루 같았다. 흰 종이 한 장에 이왕이면 그 안에 풍부한 이야기를 담고 싶었고, 삽화는 사람들의 시선이 가는 그림이 들어가면 좋겠다는 마음에 여러 번 다시 작업하고 수정하기를 반복했다.

이 책의 작업을 마치고 잠에 들 때마다, '그래, 엄청나게 대단한 것을 한 건 아니지만 그래도 오늘을 열심히 알차게 보냈어.' 하고 뿌듯했다.

나는 우리의 하루가 이렇게 한 페이지씩 찬찬히 넘겨가며 인생이라는
한 권의 책을 완성해 가는 과정과 비슷하지 않을까하고 생각해보았다.

우리는 지금 몇 페이지쯤에 와 있을까?

김달비

Prologue

난 내가 서른이라는 게 믿기지가 않아 __ 003

우리는 지금 몇 페이지쯤 와 있을까 __ 005

서른이 되어 청년과 어른의 경계에 서다

서른, 청년과 어른의 경계 __ 016

리아 벤처기업 경영지원팀장 __ 018

첫 번째 이야기 | 29살 12월 31일에 회사를 그만뒀어

요정곰미 예술고등학교 선생님 __ 040

두 번째 이야기 | 선생님이 되지 않았다면 나는 아직도 나를 몰랐을 거야

서른이 되어 꿈과 직업 사이에서 헤매다

직업, 꿈의 대상에서 생존의 수단으로 __ 064

비아 외교관 후보자 준비생 __ 068

세 번째 이야기 | 최선을 다해야지. 나에겐 이번이 마지막 기회니까

제과인 디저트 셰프 __ 088

네 번째 이야기 | 서른이니까, 디저트가 나오려면 기다려야 해

서른이 되어 사랑의 무게를 느끼다

사랑, 시작하기도 전에 피곤함이 찾아오는 이유는 __ 110

지원 (전)사보제작사 기획실 대리 __ 114

다섯 번째 이야기 | 나에게 맞는 일을 찾았어. 이제 나에게 맞는 사람을 찾았으면

포로리 대기업 엔지니어 __ 136

여섯 번째 이야기 | 조금 편안해지니까 오히려 미래가 두려워지는 거야

서른이 되어 진정한 자유를 꿈꾸다

여행, 진정한 자유가 불가능해질 때 그것은 일상이 된다 __ 160

강유 대학원 석사생 __ 161

일곱 번째 이야기 | 서른은 조금 허망한지도 몰라. 그러니 쉬었다 가는 게 어떨까

새아 프리랜서 모델, 여행 유튜버 __ 186

여덟 번째 이야기 | 치열하게 살고 있지만 해피새아는 행복해

서른이 되어 미래의 불안함을 느낀다

미래, 불안함은 변화가 아니라 '불변성'에서 기인한다 __ 216

에스더 비영리단체 근무 __ 220

아홉 번째 이야기 | 좋은 소식이 찾아왔지만 불안한 이 기분은 뭘까

호경 (전)기아대책 간사 __ 246

열 번째 이야기 | 조금 부족하게 시작해도 선택을 후회하지 않아

Epilogue
《서른이니까, 디저트가 나오려면 기다려야 해》가
태어나기까지 그리고 그 이후 __ 272

서른이 되어

○ 리아, 29살 12월 31일에 회사를 그만뒀어

○ 요정곰미, 선생님이 되지 않았다면 나는 아직도 나를 몰랐을거야

30

청년과 어른의 경계에 서다

서른,
청년과 어른의
경계

　　세상에서 흔히 쓰이지만 그 의미가 모두에게 똑같이 통용되지 않는 말들이 있다. 그 중 우리는 '서른'에 결부되는 '청년'과 '어른'의 의미에 주목하며 우리의 이야기를 시작하고자 한다. 과연 '서른'은 두 모호한 개념 가운데 어디에 위치시킬 수 있을까? 다시 말해 서른은 '청년'일까, '어른'일까?

　　'청년'은 우리 사회에서 일어나는 여러 문제의 당사자인 동시에, 미래와 희망을 의미하는 핵심적인 존재다. 하지만 '청년'을 둘러싼 논의가 범람하는 지금에도 실제로 '누가 청년인가?'라는 질문에 답하는 것은 쉬운 일이 아니다. 사실 '청년'은 하나의 고정된 실체라기보다는 시대적 상황에 따라 끊임없이 구성되고 변하는 사회적 관념과도 같다.

　　본래 '청년'은 19세기 말 일본에서 건너와 처음 사용되기 시작하였으며 '젊은 남성'만을 의미했다. 이제 청년은 '법적으로 성인이 되었으나 독신인 20~30대의 남녀'를 통칭하는 개념으로 자리 잡았지만, 청년의 범위를 어디까지로 한정해야 하는가에 대한 명확한 합의는 존재하지 않는

다. '청년'의 기준은 그 시점과 맥락에 따라 매우 다르지만, 30세는 대체적으로 청년의 범위에 포함되는 경향을 보인다. 또한 취업시장의 진입과 결혼 연령이 높아지며, '청년'들이 사회적으로 형성된 '어른'의 요건인 안정적인 수입, 결혼과 부부생활, 독립된 주거 공간을 갖추는 시점이 늦어지고 있다. 그래서 '서른이면 어른이지.' 라고 단정적으로 말하는 것이 폭력적으로 느껴지기도 한다.

우리는 이 지점에서 '청년'과 '어른'의 간극이 벌어지는 현실에 주목할 필요가 있다. 이 간극은 연령에 따른 시간의 간극인 동시에, '청년'을 두고 다양한 이해관계자들이 벌이는 의미투쟁에 의한 공간적 간극이다.

나는 '서른'을 '청년'과 '어른'의 공간 사이에 위치한 존재들이라고 말하고 싶다. 어떤 빈 공간 혹은 경계에 위치해 있다는 생각, 그리고 언젠가는 '설익은 어른'에서 '성숙한 진짜 어른'이 되어야만 한다는 생각이, 바로 '서른'이 가진 불안함의 근원일 것이라고 나는 생각한다. '서른'에 부여된 사회적 기준과 실제 '서른'이 되어 체감하는 현실 사이의 괴리가 클수록 이들이 느끼는 당혹감과 불안감은 커질 수밖에 없다. 이 불안감은 앞으로 전개될 다른 이들과의 인터뷰에서도 반복해서 나타나는 주요한 감정이다.

우리는 또래들이 품은 이 '경계의 감정'을 조금 적나라하게 드러내고자 했다. 하지만 이것은 단지 '우리가 이렇게 힘들다!'는 아우성이 아니라 '우리는 어쨌든 생각보다 괜찮게 살고자 노력한다.'는 담담한 고백을 나누고자 함이다. 나와 비슷한 사람, 나를 알고 이해하는 사람이 존재한다는 사실은 앞이 보이지 않는 캄캄한 세상에서 인도감을 느끼게 한다. '경계에 선 이들'의 고백을 통해 누군가는 이 경계 위에서 흔들리지 않고 설 수 있는 새 힘을 얻을 수 있기를 바란다.

#서른이직성공기 #결혼은언제나내년쯤 #서울살이의고충 #잡동사니블로거

서른에 대한 소감

———— 그냥 한 살 더 먹었을 뿐인데?

리아
벤처기업 경영지원팀장

내 이름은 '리아'야. 고향은 부산이지만 직장 때문에 서울에 올라와 살고 있어. 올해로 서울 생활은 6년차, 직장생활도 6년차가 되었어. 서른이 된 올해부터는 새 직장에서 일을 시작했어. 5년 동안 만난 남자친구가 있고, 최근에 태어난 조카를 너무 예뻐하는 그런 평범한 일상을 살고 있지.

2018년 8월,
합정 북카페에서

서너 일의 짧은 휴가가 끝나고 내일 출근을 앞둔 사람이라면, 다들 한 번쯤 퇴사하고 싶다는 생각을 해보지 않았을까? 누구나 꿈꾸지만 쉽게 도전하기 어려운 퇴사를, 그것도 스물 아홉의 마지막 날에 당차게 실행에 옮긴 친구가 있었다. 그녀는 자신의 퇴사 경험을 '서른의 방학'이라고 표현했다. 나는 그녀에게 '정말 서른에 방학을 누려도 괜찮았는지' 물어보고 싶었다.

오늘 하루는 어땠어?

오늘은 회사 사람들이랑 플레이샵을 하고 왔어. 플레이샵이 뭐냐면 워크샵 비슷한 건데, 특별한 건 아니고 말하자면 같이 재밌게 노는 거야. 그래서 오늘은 회사 사람들이랑 맛있는 걸 먹고, 보드게임하고, 디저트도 먹고 헤어졌어.

내가 지금 다니고 있는 회사는 벤처기업이어서 아직 규모도 작고 조직문화 같은 게 잘 정착이 안돼 있거든. 그래서 이 행사도 내가 기획하고 추진했어. 그래도 지금 회사에서는 팀장이라는 직함이 있어서 전 직장보다는 좀 권한이 많아졌지.

팀장이라니, 뭔가 높은 자리에 있는 느낌인걸. 지금 회사에서는 주로 어떤 일을 해?

말은 팀장이지만, 이것저것 다양한 일을 하고 있어. 우리 회사는 설립된 지 얼마 되지 않은 로봇공학 관련 회사인데, 연구개발 인력들만 있다 보니 회사 운영을 보조할 사람이 필요해져서 내가 들어오게 된 거거든. 그래서 지금은 경영지원, 홍보, 마케팅 등등 다양한 일을 하고 있어.

서른이 된 올해 새로운 직장에서 일을 시작했잖아. 전에 일하던 곳과 직무는 비슷한 것 같은데, 왜 직장을 옮기게 되었어?

첫 직장은 직원이 네 명 밖에 안되는 정말 작은 회사였고, 2013년에 입사해서 지난 2017년 말에 퇴사를 했어. 그러니까 햇수로는 5년 좀 모자라게 다녔던 것 같아. 퇴사는 오래전부터 생각했었는데, 그 이유는 계속 바뀌었어. 초반에는 그냥 일도 힘들고, 도와주는 사수는 없고 책임만 많은 데에 대한 부담감이 컸었어.

그런데 시간이 좀 지나니까, '내가 이 일을 잘하고 있는 건가?', '내가 앞으로 이 일을 계속해나가는 게 맞는 건가?' 하는 고민이 생기기 시작했어. 그리고 결정적으로 회사 조직의 방향성과 나의 방향성이 서로 부딪힌다는 생각이 들었거든. 그러니까 이제는 회사가 나에게 해줄 수 있는 게 더는 없겠다는 생각이 들었어.

더 구체적으로 말하자면, 회사가 나에게 하는 요구들을 내가 받아들일 수 없었고, 반대로 내가 회사에 요구하는 것들도 받아들여지기 어려운 것들이었으니까⋯. 결국 서로의 요구가 맞지 않게 된 순간이 온 거지.

이직하고 싶다는 생각을 그렇게 오랫동안 했으면서도 5년 동안이나 버텼던 이유는 뭐야?

사실 내가 5년이나 전 직장에서 버틸 수 있었던 이유는 그나마 돈을 많이 준다는 것 딱 하나였거든. 내가 부산에서 혼자 서울에 올라와 살았고, 또 첫째이기도 하니까. 아무래도 급여가 회사를 선택하는 제일 중요한 부분이었지.

처음엔 아무리 힘들어도 '그래도 회사가 돈은 많이 주니까, 버티자.'고 생각했어. 나 혼자 내 삶을 떳떳하게 살아가기 위해선 안정적인 수입이 필요했어. 그런 돈이 주는 안정감, 편안함 같은 것들이 나를 버티게 했던 거지.

물론 시간이 지나면서 돈보다 더 중요한 것을 찾기 시작했지만, 사실 이직을 결심할 수 있게 했던 것도 따지면 돈이야. 그러니까, 이제 일을 그만두고 한 몇 달쯤 놀더라도 괜찮겠다 싶을 만큼 돈을 모으고 나니까 그제서야 용기가 생긴 거지.

이직하기로 마음먹고 나서도 그걸 실행하기가 쉽지 않았을 것 같아. 이직 준비하면서 제일 어려운 건 뭐였어?

다들 취업이 어렵다고 하지만, 이직은 정말 다른 이야기야. 나중에 보니까, 내가 5년 동안 썼던 이력서만 백 개가 넘었더라. 회사에 다니는 동안 이직을 꾸준히, 틈틈이 시도했던 거야. 물론 집중해서 준비했던 건 2017년 후반이었지만.

첫 직장이 워낙 작고 이름 없는 곳이다 보니까 어려움이 많았어. 이직할 때 첫 번째로 중요한 건 이전 직장의 규모나 인지도였던 거지. 내가 이력서를 올리면 경력이나 실적을 보고 헤드헌터한테서 연락이 오거든. 그래서 면접을 보러 가면 전에 일하던 회사가 어떤 회사인지 물어봐. 중소기업에서는 한 사람이 모든 일을 다 할 줄 알아야 했는데 이직 시장에서는 크고 이름 있는 회사를 다녔다는 것이 더 중요하더라고.

그리고 이건 인정하기 싫었지만, '나는 대학교 간판에서부터 틀렸구나, 지방대 출신은 한계가 있구나.'라는 사실이었어. 좋은 회사, 외국계 회사에 들어가고 싶은데 거기에 맞는 자격은 이미 정해져 있는 거야. '명문대를 나와서 대기업이나 외국계 회사 인턴 경험이 있는 사람' 이직을 준비할 때 외국계 기업 인사 담당자를 만나서 이야기한 적이 있었어. 그래서 나도 인사나 경영지원 일을 몇 년 했고, 이쪽에 관심이 있는데 어떻게 준비하면 좋겠냐고 물어봤지. 그러니까 그분이 이렇게 말하더라.

"아, 솔직히 말씀드리면, 그냥 한국 중소기업 나와서 외국계로 이직하는 건 불가능해요."

그때 알았지. 이래서 첫 직장이 중요하다, 대학이 중요하다고 하는구나. 물론 어쩔 수 없는 부분이라고 생각해. 그러니 그냥 받아들여야지.

그래도 다행히 이직에 성공했잖아. 서른 살이 되면서 잠깐의 공백도 있었고. 그 기간 동안 무얼 하고 어떤 생각을 했었는지 궁금해.

네 말처럼 새로운 회사를 들어가기까지 한두 달 정도 공백이 있었어. 처음에는 정말 신기했던 게, 퇴사와 동시에 딱 몸이 아팠었어. 20대의 마지막 날에 몸살에 심하게 걸렸거든. 아마 그 당시엔 여기저기 면접 보러 다니면서 몸이 많이 힘들었을 거야. 지금 생각하면 5년 동안 회사 다니면서 묵은 스트레스가 터진 심리적인 이유도 한 몫 했겠지.

퇴사 직후에 몸을 추스르고 정신 차린 다음에는 여행도 하고, 부모님과 남자친구와 시간도 보내고, 그동안 못 만났던 사람들도 보면서 방학처럼 보냈어.

그 시간을 생각하면, 정말 행복했지. 뭐가 행복했냐면, 시간에 끌려 사는 게 아니라 내가 시간을 주도적으로 쓸 수 있었어. 그러면서 건강한 자아도 회복할 수 있었고, 일상의 소중함을 많이 깨닫게 됐던 시간이었어.

만약 내가 퇴사하고 바로 일하기 시작했다면, 그냥 한 세탁기에서 다른 세탁기로 옮겨 빨려지는 그런 느낌이 들지 않았을까? 물론 의도한 건 아니었지만, 잠깐이나마 쉬면서 생각도 정리하고, 건강도 회복하고, 직장 생활하는 동안에는 가져보지 못한 나만의 시간을 보낼 수 있었던 거니까.

하루는 집에서 빨래를 널고 있는데 햇빛이 너무 좋은 거야. 그게 너무 행복했어. 왜냐면 지금까지는 낮에 빨래를 널어본 기억이 없었으니까. 매일 출퇴근하느라 햇빛의 소중함이나 그것이 주는 행복도 잊고 살았는데, 퇴사하면서 작은 것의 소중함, 그리고 많은 월급보다 더 중요한 가치에 대해서 알게 됐던 것 같아. 그래서 새로운 직장을 찾으면서도 그런 걸 많이 고려했고, 지금 회사를 만족하면서 다닐 수 있게 되었어.

리아는 퇴사와 이직 이야기만으로 책 한 권쯤은 너끈히 채울 수 있을 만큼 자신의 경험을 자세히 전해주었다.

원래 고향은 부산이지만 직장 때문에 서울에 올라와 살게 되었잖아. 서울에서 사는 건 어떤 것 같아? 그리고 서울에 살면서 가장 힘든 건 뭐였어?

내가 2013년에 서울에 올라와서 이제 6년 차가 되었는데, 한 마디로 서울은 살기 좋은 곳은 아니야. 일단 서울은 공기가 너무 안 좋고, 사람도 너무 많고, 교통도 불편하고, 집값도, 물가도 너무 비싸. 그리고 가족도 친구도 없지.

물론 서울에 살면서 좋은 점도 있어. 사람이 많으니까, 기회의 규모가 달라. 내가 대학 졸업하고 본가에서 잠깐 지낼 때 부산에서 살면 좋겠다고 생각했어. 그래서 찾아봤는데, 정말 다닐만한 직장이 없어. 그나마 있는 건 한 달에 140만 원 정도 주는 경리 같은…. 이렇게 서울이랑 지방의 격차가 너무 크니까, 그래서 나는 젊은 사람들이 어쩔 수 없이 서울에 몰릴 수밖에 없는 것 같아. 물론 서울에 살면 경험할 수 있는 문화나 부수적인 혜택, 경험들도 있지만, 그만큼 삶의 질이랄까, 살아가는 여유는 낮아지지.

지방에서 올라와서 가장 크게 느낀 건 높은 물가, 특히 집값에 대한 부담이었어. 솔직히 말하자면 지금은 보증금 4천만 원에 월세 30만 원이야. 그것도 처음 서울 올라왔을 땐 1천만 원에 65만 원, 그다음엔 1천만 원에 60, 그리고 55…. 나중에는 4년 동안 열심히 모아서 보증금을 4천만 원으로 만들고 월세를 줄였어. 물론 도심은 아니고 외곽 쪽을 돌면서 찾은 거지.

언젠가 집에서 빨래를 널고 있는데
햇빛이 너무 좋은 거야. 그게 너무 행복했어.

왜냐면 지금까지는 낮에
빨래를 널어본 기억이 없었으니까.

확실히 혼자 서울에 살면서 느끼는 주거 부담은 우리 같은 사회 초년생들에게 굉장히 큰 부담인 것 같아. 하지만 괜찮은 직장은 다 서울에 몰려 있으니 어쩔 수 없겠지.

맞아. 그리고 얼마 전 드라마에서 봤던 장면인데, 주인공이 처음 서울에 올라와서 길을 한참 헤매는 장면이 있었어. 그게 정말 코믹한 장면이었는데, 나는 그걸 보면서 눈물이 나더라. 확실히 처음 서울에 올라오면 느끼는 그 복잡함과 시끄러움이 주는 당황스러움 그리고 외로움이 있어. 물론 직장 생활이 힘들어서 더 그랬을지 모르지만. 내가 힘들 때 마음 둘 곳이 없다는 사실이 참 슬펐지. 서울엔 가족이나 친구가 가까이 없으니까. 그래서 서울에 올라온 첫 해 약간 우울증이 있었어.

우울. 마치 유행인 듯, 어느 순간부터인가 많은 사람이 우울의 감정을 고백하기 시작했다. 내가 알던 리아는 우울 따위는 스며들지 못할 만큼 언제나 당찬 모습이었는데, 그랬던 그녀도 우울증을 겪었었다는 고백에 나는 속으로 적잖이 당황했다.

우울증이라니 그만큼 서울 생활이 힘들었구나. 그 어려운 시기를 이겨낼 수 있었던 어떤 계기가 있었어?

음…. 그 즈음에 지금의 남자친구를 만났어. 남자친구는 대학교 친구가 소개해줬는데, 솔직히 첫눈에 딱 반한 건 아니었어. 처음 만났을 때 남자친구가 장교였는데, 그래서 그런지 좀 무뚝뚝하고 무서워 보였거든. 그래도 몇 번 만나니까 그전엔 몰랐던 장점도 보게 되었고, 점점 좋은 사람으로 느껴져서 계속 만나다 보니 지금까지 왔어.

절묘한 시기에 인연을 만났네. 이제 서로를 만난 지도 꽤 오래된 것 같은데, 혹시 결혼 생각이나 이야기는 없었어?

우리는 예전부터 '이 사람과 결혼하겠지.' 하는 생각을 했었어. 그리고 항상 "내년에 하자." 그렇게 이야기하거든. 문제는 그 내년이라는 시기가 벌써 몇 년째 늦춰지고 있다는 거야.

결혼을 생각하면서도 결혼을 미루는 이유는 뭐라고 생각해?

우리 둘 다 경제적인 준비가 제대로 되어있지 않으니까. 일단 남자친구가 제대하고서 취업이 좀 늦었고, 신입사원이 되고서도 직장에 자리를 잡는 시간이 필요한 상황이지.

그리고 이런 게 있어. 나도, 남자친구도, 우리가 가진 직장이 서로에게 안정감을 주지 못하는 거야. 지금의 직장이 만족스럽지 못하고 언제든지 이곳을 떠날 수 있다는 생각을 하고 있어. 요즘 결혼이 늦어지는 이유가 사회진출이 점점 늦어지고 집값이라는 경제적인 부담이 커진 것도 있겠지만, 일자리 자체가 우리의 만족을 채우지 못하기 때문은 아닐까, 그렇게 생각해.

인터뷰를 쉬어가며 리아는 자신보다 먼저 결혼한 동생의 신혼 이야기를 들려주었다. 그리고 리아는 '그래도 내년이면 결혼할 수 있지 않을까? 이제 나랑 남자친구 둘 다 직장도 있고, 나이도 있으니까' 하고 웃었다.

네가 느낀 서른 살에 대한 경험과 생각은 어때? 서른이 되면서 뭔가 달라진 게 있어?

서른이 되어서? 글쎄…. 서른이 되었다고 딱 달라진 건 없는 것 같아. 나는 서른과 동시에 퇴사를 하고 새로운 직장에 들어갔으니까. 따지자면 그게 내가 서른이 되면서 가장 많이 바뀐 점이겠지?

그래도 20대의 나와 지금을 비교해본다면, 나는 서른이 되면서 나의 아이덴티티가 굉장히 많아진 것 같아. 어릴 적의 나는 누구 앞에서나 비슷한 자아를 가진 사람이었어. 그런데 지금은 마치 다른 가면을 쓰는 것처럼, 내가 어디에서 누구를 만나 뭘 하고 있는지에 따라 내 모습을 다르게 만들 수 있는 것 같아.

어릴 적에는 회사에서 상사가 이상한 소리를 하면 표정관리가 잘 안 됐었거든. 그런데 지금은 그냥 "네, 네." 하면서 흘려듣고, 거기에 더해서 내가 필요한 걸 조금이라도 얻어낼 때가 있어. 그러다 보면 내가 가진 경험이 공짜는 아니구나 하는 걸 알게 되는 것 같아. 내가 이런 사람도 이렇게 상대하는 걸 보면, 참 스스로 많이 컸다, 대견하다, 이렇게 생각해. 하하.

가면이 많아졌다는 건, 자신의 본모습을 남들에게 감추게 되었다는 말이기도 하잖아.

맞아. 너도 알겠지만, 요즘 내가 인스타나 블로그를 열심히 하잖아. 따지면 이것도 서른이 된 후의 변화라고 할 수 있겠다. 내가 이전 회사에 다닐 때는 그런 활동을 전혀 안 했거든. 왜냐하면 일도 힘들고 삶도 힘드니까, 다른 생각하기도 싫고 괜히 남들 시선을 고민하면서 나를 표현하기가 어려웠어. 원래 나는 내 생각을 말하고 표현하는 걸 굉장히 좋아하는 사람인데도 말이지.

한동안 블로그나 SNS를 접었다가 퇴사를 결심하면서 다시 블로그를 시작했어. 요즘에는 내 생각이나 경험을 최대한 블로그에 자주 남기려고 노력하는 중이야. 지금 내 블로그에서 가장 인기 있는 게시글이 뭔지 알아? 바로 '퇴사일기'야. 하하…. 처음 내가 블로그를 시작한 이유는 내 기억을 정돈하고 기록하기 위해서였는데, 그걸 보고 다른 사람들이 막 고민을 나누고 위로받고 가는 걸 보면 참 신기하기도 해.

퇴사일기는 나도 재미있게 읽었어. 그런데 "서른 즈음에 내 본모습을 감추기 시작했다."는 말과 블로그를 활발히 하는 건 어떻게 연결되는 거야? 얼핏 들으면 약간은 모순적인 것 같은데.

나는 인스타랑 블로그를 쓰는 목적이 달라. 쉽게 말하면 인스타는 아카이빙이야. 내가 좋았던 모든 순간을 저장해 놓는 거지. 그래서 인스타를 보면서 과거를 추억해. 그리고 인스타는 현실에서 도피하기 위한 수단이기도 해. 내가 인스타를 열심히 하기 시작한 게 작년 가을이었더라. 그러니까 퇴사 직전 직장생활이 가장 힘들었을 때였는데, 그날 받았던 스트레스를 오늘 저녁에 맛있는 걸 먹고 그걸 공유하면서 잊으려고 했었던 것 같아.

하지만 블로그는 내가 어떤 사람인지보다 내가 쓴 글이 첫 번째로 중요하거든. 그리고 블로그는 익명이니까, 거기선 나의 글 뒤에 숨을 수 있어. 그래서 내가 어떤 게시글을 올리면 사람들은 그 글에게 질문하지 나에게 질문하진 않아. 그러다보니 오히려 남들의 시선에서 자유로울 수 있는 건 블로그인 것 같아. 나도 더 솔직한 이야기들은 블로그에 남기게 되는 것 같고 말이야.

내가 누군지를 감출 수 있으니 오히려 내가 솔직할 수 있다는 이야기가 재미있는 것 같아. 서른이 되어 느끼는 다른 생각은 없었어?

음, 가장 다른 게 있다면 이제 '나에게 돈이 있다. 내가 돈을 번다.'라는 사실에서 오는 안정감 같은 게 있어.

나는 어릴 때부터 '애살'이 많았거든. 이게 경상도 말인데, 말하자면 욕심이 많다. 그런 뜻이야. 그래서 하고 싶은 것, 가고 싶은 곳도 많았었는데, 어릴 적에는 돈이 없어서 그것들을 하지 못하는 것에 대한 일종의 콤플렉스 같은 게 있었어.

그래도 이제 어른이 되고 돈을 버니까 내가 하고 싶은 것을 마음껏 할 수 있는 자유로움이 생겼어. 물론 삶에서 돈이 가장 우선이라는 건 아니지만, 그래도 일정한 수입이 주는 만족은 내가 생각했던 것보다 더 크더라.

이런 것도 있어. 돈을 버는 것에서 오는 안도감과 동시에, 만약에 내가 지금 일을 그만두면 당장 지금의 삶을 영위할 수 없다는 사실에서 오는 불안감도 점점 커지는 거야. 어쩌면 이게 퇴사라던지 다른 새로운 선택을 가로막는 제일 큰 이유였겠지만. 그렇다고 내가 이렇게 똑같은 일을 앞으로 몇 년, 몇십 년 계속해야 한다는 사실이 때로는 암담하지.

어쨌든 지금 우리는 남들보다 조금 더 나은 삶을 살기 위해 끊임없이 발버둥을 치잖아. 그 조금 나은 삶을 살자고 들어가는 노력은 너무 가혹한데 말이야.

방금 네가 말한 것들이 우리의 모습이라면, 우리 삶을 부모님 세대와 비교하면 어떤 것 같아?

글쎄, 물론 우리가 부모님 세대보다 더 돈을 많이 벌고 풍족하게 사는 건 맞는 것 같아. 하지만 문제는 이거야. 이제는 예전 같은 경제성장도 힘들고, 남들만큼 살기 위해서 들어가는 노력의 양이 달라. 말하자면 중간의 삶이 없달까?

내가 얼마 전에 경제 교육을 들었는데, 거기서 "여러분, 지금 기억하는 최대 이자율이 얼마쯤 하나요?" 물어보니까, 어떤 분이 "17퍼센트!" 이렇게 대답하는 거야. 지금은 이자율이 막 1, 2퍼센트잖아. 그러니까 우리는 돈을 벌어도 그걸 키울 수가 없어. 우리 월급에 적금 이자로 언제 목돈을 만들어서 집을 사겠어? 결국 대출이지…. 그러니 예전 어른들은 미래에 희망을 품고 오늘에 노력했다면, 우리는 오늘 노력하지 않으면 내일 어떻게 될지 모르는 불안함 때문에 노력하는 게 아닐까.

그래서 나는 삶의 모토를 이렇게 바꿨어. 나는 일단 오늘을 산다. 난 오늘 열심히 재밌게 살고, 내일 걱정은 내일 할 거다. 내가 지금 가지고 있는 걸 언제 잃어버릴지도 모르고 내일 없어질 수도 있는데, 그러면 오늘 쓰자. 내가 내일 냉면을 못 먹을 수 있으니까 오늘 먹을 수 있을 때 먹자, 이런 거지. 그렇게 마음을 바꾸고 나니까, 그래도 오늘의 삶에 조금이나마 만족할 수 있는 것 같아.

현재의 삶에서 만족을 찾고 작은 것에 행복을 느끼려는 게 지금 우리들이 가지는 공통적인 감정 같기도 해.

맞아. 요즘 사람들이 '소확행을 찾는다.'고들 말하잖아. 유치한 생각일 수도 있지만, 내 생각에는 사람들은 기본적으로 자기 마음대로 살고 싶은 욕구가 있다고 생각해. 요즘 사람들이 여행을 좋아하는 건 내 마음대로 일정을 계획하고 실행할 수 있기 때문이 아닐까? 여행하는 동안에는 다른 사람들의 눈치를 보지 않고 내 마음대로 먹고, 자고, 놀 수 있잖아. 이게 큰 해방감과 만족을 주기 때문에 사람들이 여행을 가는 것 같아.

사람들은 여행을 통해 자유에 대한 욕구를 해소한다고 했는데, 사람들이 자유를 원하는 이유가 뭘까? 그리고 무엇으로부터 자유를 원하는 걸까?

나는 우리가 일생 동안 가졌던 의무로부터의 자유를 원한다고 생각해. 생각해보면 우리는 초등학교 때부터 고3까지 10년을 일찍 일어나 밤늦게까지 공부하고 시험 치고 수능을 준비하며 살았잖아. 물론 대학교에 입학해서도 학점, 졸업, 취업 준비로 매여 있었고, 회사에 들어가서도 쳇바퀴 돌 듯 일하고…. 그러니까 여덟 살 이후로 지금까지 20년이 넘게 내 의지가 아니라 누군가 시키는 것들을 하면서 살았지.

나 같은 경우에는 그런 매여 있는 삶이 답답했던 것 같아. 그러다 일을 시작하고 돈을 벌면서부터, 나는 지금이라도 좀 더 내 마음대로 살아야겠다는 마음을 가지게 됐어. 이제 결혼하고 애가 생기면 또 그렇게 내 맘대로 살 수 없다는 걸 막연하게나마 알 것 같았거든. 그러니까 내 시간이나 돈을 그나마 자유롭게 쓸

그래서 나는
삶의 모토를 이렇게 바꿨어.

나는 일단 오늘을 산다.
난 오늘 열심히 재밌게 살고,
내일 걱정은 내일 할 거다.

내가 지금 가지고 있는 걸
언제 잃어버릴지도 모르고
내일 없어질 수도 있는데,
그러면 오늘 쓰자.

수 있는 시간은 대학 졸업부터 결혼 전까지 이 언저리인 거야. 그래서 지금은 틈날 때마다 맛있는 것도 찾아다니고, 여행도 자주 다니려고 노력하고 있어. 물론 이것도 돈이 없었다면 불가능한 이야기였겠지….

지금은 그렇게 작지만 확실한 행복을 좇으면서도, 마음 한쪽에는 불안한 감정이 있는 게 사실이야. 그러니까 부담감이라고 할까? 정확한 단어를 찾자면…. 갑갑함?

갑갑함이 어떤 좁은 곳에 갇혀 있는 느낌이라면, 불안함은 사방에 아무것도 없는 허허벌판에 놓여있는 느낌과 비슷한 것 같아.

그렇다면 직장에서 느끼는 건 갑갑함이 맞는 것 같고, 이걸 서른의 일반적인 감정으로 이야기하자면 불안함이 더 맞겠다. 특히 이 불안함은 현재가 아닌 미래에 대한 불안함 그리고 내가 다른 사람들보다 뒤처질 수 있다는 것에 대한 불안함이라고 생각해.

사실 이미 차이는 20대 때부터 벌어지고 있었잖아. 그리고 이 차이는 40대, 50대에도 계속 벌어질 거야. 그러니까 이 불안함은 평생을 안고 살아야 할 숙제겠지. 답이 없는 숙제. 다만 앞으로 평생 이런 고민을 하면서 살아갈 거라면, 오늘만이라도 잠깐의 작은 행복을 느끼며 쉬어가는 거야. 그게 아까 우리가 말한 '소확행'의 이유일 수도 있을 것 같아.

나는 가끔 우리 부모님 세대도 불쌍하다고 생각해. 그분들은 우리 나이 때 자신이 뭘 좋아하고, 또 무엇에 행복을 느끼는지 잘 생각해보지 못하고 그냥 어른이 되어버린 것 같거든. 우리 부모님들은 젊을 때부터 정말 열심히 일하고, 그렇게 번 돈으로 부모님도 부양하고 평생 가족을 위해 헌신했는데, 이제 자신들의 노후도 자기들이 벌어놓은 것으로 살아야 하잖아.

맞아. 지금은 자녀들이 부모님을 부양하기는커녕 자기 한 몸 건사하며 사는 것도 어려우니까.

예전엔 자식들도 많았으니 부모님을 부양하는 부담을 좀 나눠서 질 수 있었을 거야. 그리고 다들 똑같이 가난하게 살았고⋯. 나는 나이 서른에 작지만 내 자산이라는 게 있는데. 그렇게 따지면, 절대적인 기준에서 나는 할머니, 부모님 세대보다 더 나은 삶을 살고 있는 거겠지.

물론 불확실한 상황 때문에 오는 불안함도 있어. 하지만 나는 이렇게 생각해. 만약 우리 집안이 금수저라고 해서 내가 불안함이 없을까? 드라마에서도 그렇고, 주변에 돈 많은 집을 보면 꼭 재산 때문에 싸우고들 하잖아. 그런 걸 보면 그들도 나름대로의 불안함이 있는 거겠지?

리아의 말처럼 우리는 적당히 부유해졌지만 '돈'에서 자유로워지기엔 아직 조금 가난하다. 그렇다면 어느 만큼의 '돈'이 우리에게 진정한 자유를 줄 수 있을까. 아니면 돈은 언제나 우리에게 한 순가락만큼의 갈증을 느끼게 하는 걸까.

가까운 미래에 이루고 싶은 계획이나 소망이 있어?

취업하고 얼마 되지 않아 회사를 관둘까 고민할 때, 내가 제일 존경하는 교수님을 서울에서 뵌 적이 있었어. 그때 내가 교수님한테 이렇게 물어봤었거든. "교수님은 이런 인생의 중요한 결정을 어떻게 하세요?" 그때 교수님이 이런 말씀을 하시더라. "리아야, 내 나이에는 중요한 결정을 할 게 없어. 중요한 결정은 40대에 다 끝났어." 그러니까 지금 우리가 이렇게 고민을 하고 힘들어하는 건 당연하다는 거야.

그 말이 위로가 되더라. 지금 정해진 건 하나도 없고, 모든 것이 불확실할 때니까 내가 불안하고 어려운 거구나. 어쨌든 지금은 결혼하고 새로운 가정을 꾸리는 결정을 내릴 시기니까, 그렇게 인생의 한 영역에 중요한 마침표를 하나 찍고 싶어. 나중에 결혼하게 되면 아마 직장에 대한 관점도 달라질 거고, 내가 아이를 출산하면 인생에 대한 관점도 달라지겠지.

마지막 질문이야. 네가 생각하는 서른을, '서른은 이것이다.' 이렇게 표현해 줘.

'서른은 지나간다.' 내가 서른이 되었을 때는 정말 아무 느낌이 없었고, 그냥 '퇴사다!' 하는 기쁨이 더 컸거든. 그러니까 서른은 그냥 숫자일 뿐이고, 어차피 사람들이 살아가는 삶의 속도는 다 다르니까 나이는 중요하지 않다고 생각해.

우리는 우리 자신을 좀 특별하게 생각하는 경향이 있는 것 같아. 어릴 적부터 부모님 세대보다 교육도 더 많이 받았고, 그러면서 부모님들이나 아니면 사회에서도 '너희는 특별한 존재다.' 이런 이야기를 많이 했었잖아.

그렇게 생각하면서 사회에 나와 보니 웬걸…. 나는 많고 많은 평범한 사람 중에, 그 평범함이라는 기준에 겨우 맞춰가는 그런 삶을 살고 있는 거야. 그러니까 특별하다는 생각 때문에 오히려 박탈감이 큰 거지. 여기저기서 말하는 것처럼, "여러분의 서른은 특별합니다!", "당신의 인생은 서른부터 출발입니다!" 이렇게 말하면 뭐해. 이제 출발점인데, 그렇게 출발하고 나서 끝에 아무것도 없으면 어떡하냐고.

아직 끝나려면 멀었지만, 아마 올해도 작년처럼 휙 지나가겠지. 그래서 나는 서른을 특별하게 생각하지 않으려고 해. 그래서 나는 '서른도 지나간다.' 이렇게 생각해 봤어.

小感

소
감

　　리아의 인터뷰를 이 책의 첫 번째 이야기로 배치한 이유는 그녀가 보통의 삶을 힘겹게 살면서도 그 삶을 '꽤나 잘' 살아내고 있기 때문이었다. 그녀가 홀로 서울에 상경해 지금껏 버텨올 수 있었던 건 그녀가 특별히 뛰어나기 때문도, 이 세상이 만만하기 때문도 아니다. 다만 그녀는 하루하루 내면의 갈망을 솔직하게 따라갔기에 작은 행복들을 취하며 오늘을 견딜 수 있었다. 미래의 불안함에 사로잡히기보다 현실의 행복을 추구하는 것. 'YOLO', '소확행'으로 대표되는 오늘날의 라이프 스타일은 어쩌면 무거운 현실에 저항하는 서른 살의 전략일지도 모르겠다. 그렇다면 리아는 지금도 하루하루 즐거운 저항의 순간을 만끽하고 있다.

　　리아는 마침내 6년간 교제하던 남자친구와 결혼을 하기로 했다. 꼼꼼하고 계획적인 그녀의 성격답게 신혼집, 신혼여행과 같은 결혼 전 체크리스트들은 이미 대부분 준비가 끝난 것 같았다. 나는 그녀가 블로그에 올린 30개가 넘는 결혼 준비 포스팅을 읽으며, 만약 내가 결혼하게 된다면 리아의 글을 그대로 참고해도 되겠다는 생각을 했다.

　　그녀의 결혼 소식을 듣고 나는 축하의 말을 전하며 생각했다. 서른과 함께 새로운 직장생활을 시작한 리아는 서른 한 살에는 결혼과 함께 부부로서의 새로운 삶을 시작하게 될 것이다. 그녀가 '서른은 지나간다'고 말했지만 그녀도 모르게 그녀가 지내온 서른의 순간들은 마치 그녀의 블로그처럼 다채로운 기억꾸러미로 남을 것이다. 부족하지만 우리가 이 책을 세상에 남기는 이유도 여기에 있다.

#예고담임적응기 #요즘10대들이란 #현실은파국일지도 #돈은행복이아니야

서른에 대한 소감

——— …엥? 뭐라고? 내가 서른이라고?

요정곰미
예술고등학교 선생님

현재 고등학교 선생님으로 일하고 있어. 올해 나이는 서른 하나, 하하.
한국에 살고 있고 이름은 '요정곰미'라고 해.

19년 1월,
요정곰미의 작업실 근처 홍차 전문집에서

'요정곰미'는 단비의 직장 동료이자 친구다. 이 책을 기획하면서 단비는 꼭 요정곰미와 인터뷰를 진행하고 그 이야기를 실었으면 했다. 요정곰미도 흔쾌히 참여하겠다는 의향을 전했다. 하지만 선생님이라는 그녀의 직업 때문에, 우리는 해를 넘기고 방학을 시작한 1월에서야 어렵사리 그녀와의 인터뷰 일정을 잡을 수 있었다.

고등학교 선생님으로 일하고 있다고 했는데, 구체적으로 어떤 일을 하고 있어?

응, 나는 지금 예술고등학교에서 근무하고 있어. 예술고등학교는 다른 학교와 다르게 일반 교육과정은 오전에 수업하고, 오후에는 자신의 전공과정을 배워. 나는 그중에서 만화, 애니메이션을 가르치고 있어. 작년에는 고3 담임을 맡기도 했었어.

선생님을 인터뷰하려니 뭔가 특별한 느낌이야. 언제부터 선생님이 되고 싶었어?

나는 어렸을 때부터 그림을 잘 그린다는 이야기를 많이 들었어. 그때는 그냥 그런가보다 했는데, 우리 집에서는 주로 아버지가 자식 교육을 담당하셨거든. 그래서 고등학교에 입학할 때

"애니메이션 특성화 고등학교가 생겼다는데, 한 번 지원해볼 래?"하셔서 어쩌다보니 그 곳에 입학하게 됐지. 그래서 만화를 공부하고 대학교까지 애니메이션 과로 입학을 했어.

그때 당시만 해도 나는 내 작품을 그리는 '애니메이터'가 되고 싶었어. 그런데 내가 몸이 약하기도 했고, 대학교에 다닐 때 갑 상선 항진증이 온 거야. 이 병이 일상생활을 규칙적으로 하지 않 으면 악화가 되는데, 만화가는 규칙적인 생활이 어렵잖아. 그래 서 건강 때문에 애니메이터 일을 하기는 어렵겠다 싶어서 진로 를 바꾸게 되었지.

어떻게 보면 자의 반, 타의 반으로 진로를 바꾸게 되었는데, 어떻게 선생님 이 된 거야?

일단 교사가 되려면 교원자격증이 필요하니까. 대학교를 졸업한 다음 교육대학원을 먼저 입학했지. 대학원을 다니고 이후에 임 용고시를 준비했는데 아쉽게 고시에는 못 붙었어. 임용고시에 합격하면 정교사가 되거든. 하지만 교원자격증만 가지고 있으면 기간제 교사 자격이 생겨. 그래서 지금 나는 기간제 교사로 일하 고 있고, 지금 있는 학교에 만화애니메이션 과가 있으니까 내 전 공을 그대로 살려서 일을 시작할 수 있었지.

그렇구나. 결과적으로 지금은 비교적 안정적이고, 전공도 살릴 수 있는 직 업을 가졌잖아. 일은 만족스러운 편이야?

사실 애니메이션 전공자들은 다른 순수예술과 비교하면 어딘가 에 소속이 돼서 급여를 받는 경우가 많아. 아무래도 마케팅, 광고 같은 상업 쪽에도 많이 활용될 수 있으니까. 그래서 나처럼 교직에 진출하는 경우는 아주 드물지.

내 직업에 대해 이야기하자면 이성적으로는 정말 만족스러워. 내가 살면서 안정적인 직업을 가질 수 있다는 것 자체도 감사한 일이고. 그런데 정서적으로는 정말 어려운 면이 많아. 아이들과 종일 부딪혀야 하고, 그 가운데서 여러 예상하지 못한 일들도 경험하게 돼. 그러다 보면 감정적인 소모가 엄청나. 그래서 만족도를 점수로 매기면 한 80점 정도?

방금 점수로 설명하는 걸 보니까 정말 선생님 같다! 하하⋯. 그럼 학교에서의 하루는 어때?

우리 학교는 9시까지 등교야. 그래서 8시 50분쯤 교실에 들어가서 그날 하루 일정을 간단하게 설명하고, 그 이후에는 수업이 있는 실기실이나 교실에 들어가서 아이들을 가르치지. 수업이 없을 땐 주로 행정 업무를 봐. 아마 알겠지만, 선생님 업무에서 행정이 차지하는 비율이 절대 낮지 않거든. 정말 스트레스야.

점심시간에도 보통 허겁지겁 10분 내로 점심을 먹고 밀린 업무를 처리해. 남은 일을 제시간에 못 끝내면 밤 9시, 10시까지 잔업 할 때도 많아. 수업 외에 다른 잔일들도 많고, 때때로 아이들을 상담한다거나 하는 계획 외의 일이 생길 때도 있어. 막 정신없이 일하는 중에 한 애가 어두운 얼굴로 "선생님, 혹시 시간 괜찮으세요?" 그러면 "어, 괜찮지." 하고 들어줘야 하잖이. 그리다 보면 한두 시간은 훌쩍 지나가 버리니까.

아무래도 선생님이라는 직업이 많이 바쁘고 정신없을 것 같아.

사실은 정해진 학기와 시간표대로 움직이니까 어느 정도 예측할 수 있긴 해. 하지만 내 성격이 그렇게 꼼꼼한 편도 아니고 그리고 나는 약간 작업자라는 마인드가 있어서, 무엇인가 하나에 꽂히면 거기에 온 집중을 다하는 성격이 있거든. 그런데 내가 4년째 일을 하다 보니까 특히 담임은 멀티플레이가 가능해야 하고, 또 객관성을 유지해야 한다는 사실을 알게 되었어. 그런데 그걸 알게 되니까 이제 담임을 안 하게 되었네?

이제 담임을 안 하게 되었다고? 이유가 있어?

이제 강사로 전공 수업만 가르치게 되었어. 지금은 바뀌었다는데, 얼마 전까지만 해도 기간제 교사가 한 학교에서 몇 년 이상 근무할 수 없다는 규정이 있었거든. 그 이유도 있고. 학교에 너무 매이다 보니까 건강도 좀 안 좋아지고 해서, 급여는 조금 줄어들더라도 여유를 가져야겠다는 생각이 들었어.

강사와 담임의 차이랄까, 단순히 전공을 가르치는 것과 아이들을 책임지고 맡는 것의 차이는 뭐라고 생각해?

과목만 가르칠 때는 기술이나 지식을 전달하는 데 초점이 맞춰 있으니까, 학생의 어떤 삶의 태도와 습관에 간섭할 필요가 없었어. 하지만 담임이 되면 아이들의 생각과 인격을 마주해야 하니 다른 차원의 문제가 되는 것 같아.

우리가 말하는 '교육'이라는 단어가 가르칠 교 에 기를 육을 쓰잖아. 그러니 단순히 '교'의 영역에서는 내가 가진 지식을 한 방향으로 전달하는 것이라면, '육'의 차원에서는 인간과 인간의 관계, 그리고 서로의 생각이 교차하게 되는 거야. 그러다 보면 서로 부딪히기도 하고, 갈등이 생기기도 하는 그런 복합적인 일들이 일어나는 거지.

지금까지 교사 생활을 하면서 가장 기억에 남는 경험이나 에피소드가 있어?

음, 기억에 남는 일이야 많지만, 그중에서도 내가 어떤 사람인지 깨닫게 해준 일들이 제일 기억에 남아. 나는 교사가 되기 전까지 내가 정말 바르고 착한 사람인 줄 알았는데 그게 착각이었다는 걸 알게 된 계기가 있었거든.

처음 담임이 되었을 때 나한테 막 담임에 대한 나름의 로망, 그리고 열정 같은 게 컸었어. 왜냐면 나는 학교에서 항상 훌륭한 선생님들을 만나왔었거든. 그리고 전공 수업에 들어가서 아이들을 지도하면 아이들이 "선생님이 우리 담임이었으면 좋겠어요." 이런 이야기를 하니까, 난 내가 담임이 되면 정말 잘할 수 있겠다, 그런 기대를 가지고 있었어.

그런데 그 당시는 내가 교육자라는 역할에 대해 잘못 알고 있었어. 나는 선생님이니까 그저 그림 그리는 걸 잘 가르치면 된다고 생각해서 아이들에게 이것저것 많이 시켰거든. 그런데 그게 역효과였어. 아이들이 담임선생님에게 기대했던 역할은 달랐던 거야. 아까 내가 '교육'의 의미를 이야기했던 게 있잖아. 아이들은 내가 자기들을 엄마처럼 보듬어주는 걸 원했는데, 나는 그걸 모르고 아이들을 더 몰아치기만 했으니까. 안그래도 학교 수업에 학원 과제만 하기에도 벅찬데 담임선생님까지 그렇게 닦달하니까, 결국은 아이들이 열받아서 돌아서버리게 된 거야.

처음 선생님이 되어서 겪은 일이라 충격이 컸겠다…. 아이들이 왜 그렇게 돌아섰던 걸까?

그 당시에 나는 아이들이 왜 그렇게 반응하는지 몰랐어. 나에게는 문제가 없다고 생각했었으니까. 그런데 아이들의 반응을 지켜보고 나 스스로를 성찰해 보니 나중에야 알겠더라. 내가 아이들을 인격적으로 대하지 않고 그저 사무적으로만 대했구나. 그리고 내가 아이들에게 관심이 없었기 때문에 그들에게 안정감과 유대감을 주지 못했구나, 하고 반성하게 되었지.

그러는 동안 내가 몰랐던 나를 발견하게 되었어. 나는 정말 정이 없는 사람이고, 나밖에 모르는 사람이었던 거야. 나는 오직 나에게만 관심이 있고, 남이 나에게 어떤 관심을 주는지에만 초점이 맞춰져있었지 남에게는 초점을 두지 않고 살아왔던 거야.

담임 1, 2년차는 정말 힘들고 고통스러운 시간이었어. 아마 내가 교사가 되지 않았더라면 이런 내 모습을 영영 알 수 없었을 거야. 나는 원래 히키코모리처럼 집에 있는 걸 좋아하고 인간관계가 그렇게 넓지 않았거든. 그러니 내가 어떤 사람인지 다른 이들에게 평가받을 기회가 많지 않았지. 그런데 그 사건을 기점으로 내가 조금씩 변하게 되었어. 변하려고 노력했지. 다른 사람들을 만나고 그들의 생각을 듣고 이해하려고 하면서 내 성격도 조금씩 변하기 시작한 것 같아.

요정곰미는 선생님이 된 후에 비로소 자신의 모습을 바로 마주할 수 있었다고 고백했다. 비록 그들로 인해 어려운 시간도 보냈지만, 그녀는 자신의 제자들에 대해 이야기하며 자신의 생각이 그들에 대한 섣부른 판단이 될까 조심스러워했다. 나는 그녀가 자신의 제자들, 나아가 지금의 10대를 어떻게 바라보는지 궁금해졌다.

지금의 10대 청소년들이 우리의 때와는 다른 것 같다고 느끼는 게 있어?

음…. 일단 나는, 솔직히 우리랑 지금 아이들 사이에 세대 차이가 크게 없다고 생각해. 우리가 어릴 때와 지금 아이들의 환경 차이가 그렇게 크지 않은 것 같거든. 우리 부모 세대와 우리는 경제적으로 큰 차이가 있지만, 그래도 우리가 어릴 땐 지금이랑 비슷하게 잘 살았잖아. 가끔 선생님들끼리 "요즘 애들은 참을성이 없어." 이런 이야기를 할 때도 있지만, 그건 그 아이들의 특성이지, 그걸 세대의 특성이라고 말하기는 조금 어렵지 않을까.

그래도 한 가지 다른 점이 있다면, 뭐랄까…. 온라인, 모바일 기술의 발달이 가져오는 문화의 차이가 있는 것 같아. 일단 우리 땐 중·고등학교에 다닐 때 막 휴대폰이 보급되고 그런 시기였잖아. 그런데 지금 아이들은 가상공간의 자아와 현실의 구분이 모호해지는…. 그러니까 혼동되는 거야. 그래서 나는 지금 아이들의 인간관계를 '로그오프' 관계라고 생각해.

'로그오프' 관계라는 표현이 흥미로운데, 그 뜻을 좀 더 설명해줄 수 있어?

우리가 어느 게임이나 웹사이드에서 로그오프를 하면, 다른 사람이 나한테 말을 걸거나 할 수가 없잖아. 그런데 요즘 아이들의 인간관계가 딱 이 모습이야. 그것도 한순간에. 인간관계가 서서히 멀어지거나 가까워지는 게 아니라, 어느 순간 '아, 난 쟤가 싫어.' 이러면 그냥 로그오프하고 차단하듯이 딱 끊고 무시하는 거야. 다른 사람과 트러블이 있을 때 그걸 해결할 필요성을 별로 느끼지 못한달까. 옆에서 보고 있으면 정말 무서울 때가 있어.

요즘 우울을 호소하는 학생이 늘어났다고 들었어. 그것도 예전 우리들과는 좀 달라진 점이 아닐까?

글쎄…. 그건 잘 모르겠는데. 내 생각에는 그런 아이들이 많아졌기보다는, 아이들이 자신을 표현하는 방식이 예전보다 오픈되었다고 생각해. 생각해보면 나도 고등학교 때 우울증이었어. 하지만 그걸 알게 된 건 내가 대학교에 들어와서, 나의 힘든 감정과 마음을 해결하고 싶어서 심리학 수업을 들었을 때였거든. 알고 보니 우울증이었던 거야.

우리가 10대일 땐 우울증이 뭔지, 내가 느끼는 것이 우울한 감정인지를 잘 몰랐던 것 같아.

모르기도 했고, 만약 알더라도 참고 쉬쉬했던 거지. 그때는 어른들도 정신병원에 간다는 것 자체를 이상하게 봤으니까. 심리적인 문제가 있고, 그게 병이라는 사실을 아예 생각도 못하게 하는 그런 사회적인 분위기가 있었다는 거지.

그런데 요즘에는 자기가 조금 우울한 감정을 느끼는 것 같으면 바로 담임선생님이나 보건실에 가서 "선생님, 저 상담 좀 받아봐야 할 것 같아요. 저 상담 받고 필요하면 치료해야 하지 않을까요?" 이렇게 이야기하곤 해. 그런 걸 보면, 이제 우리 사회도 인식이 많이 변했구나, 아이들이 자신의 감정과 생각을 표현하는 데 더 익숙해졌구나 하는 생각도 들어.

그러면 선생님이자 선배로서 지금 아이들에게 가장 필요한 건 뭐라고 생각해?

흠…. 지금 아이들에게 가장 필요한 건 도덕 교육이라고 생각해. 이게 그냥 인성교육 같은 걸 말하는 건 아니야. 학교 교육이 물질 중심적이고 성공 지향적으로만 초점이 맞춰져 있어서 지금 아이들의 삶도 그렇고, 우리 사회도 이렇게 망가져가고 있는 건 아닐까 하거든. 그 전에 나는 누구이고 인간은 어떤 존재이며 무엇을 위해 살아야 할까, 이런 고민과 해답을 찾을 수 있도록 학교에서 도와줄 수 있어야 한다고 생각해.

아까 우울증 이야기도 했지만, 지금 우리 사회를 살아가는 사람들이 모두 어떤 병에 걸려 있는 건 아닐까 생각하거든. 세상은 점점 좋아지고 편해지는 것 같지만, 사람들의 정서적인, 심리적인 면은 점점 바닥으로 향하는 것 같아. 보이지 않는 어떤 환경이나 분위기가 변하고 있기 때문에 사람들이 점점 예민해지고 이기적으로 변하는 건 아닐까…. 그래서 먼저 아이들에게, 각자의 인생에서 진짜 중요한 것이 무엇인지 생각해 볼 기회를 주었으면 좋겠어.

잠깐 인터뷰를 쉬어가면서 우리는 한창 화제가 되었던 〈SKY 캐슬〉 이야기를 나눴다. 마치 선생님 아니 교수님에게 강의를 듣듯, 그녀는 풍부한 개념과 예시를 들어가며 대화를 이끌어나갔다.

'서른'과 관련해서 네 생각이 궁금해. 서른이 되었을 때 느낌이 어땠어?

나는 서른이 되었을 때 아무 생각이 없었어. 서른이구나…. 끝. 그냥 끝. 당시 나는 서른을 맞이하면서 동시에 폭풍을 겪는 중이었으니까.

아까 이야기했던 반 아이들과의 갈등 때문이었지?

어 맞아. 원래 서른 살의 갬성, 그런 거 있잖아. '감성' 말고 '갬성'. 하하, 그걸 느낄 여유가 나한테는 없었어. 서른 살의 시작은 내 자아가 생존하기 위한 절체절명의 순간이었어. 말하자면 서른 살이 통째로 빈 느낌이랄까. 그래서 '내가 서른이구나'하는 생각은 정말 최근에서야 할 수 있었던 것 같아.

서른이 되고 나니까 확실히 달라진 건 있어. 예전보다 몸의 회복력이 확실히 떨어진 느낌? 피부 재생도 그렇고, 피로가 잘 풀리지 않는 느낌이야. 나는 몸의 컨디션에 따라서 삶의 영향을 많이 받는 편이야. 혼자 산지도 오래 되었지만, 몸까지 아프면 괜히 더 짜증나고 서럽고 그래.

혼자 산 지 오래 되었다고 했는데 집에서 독립한 지는 얼마나 된 거야?

사실 집에서 독립한 건 고등학교 1학년부터였어. 기숙사 생활을 했거든. 대학생 때는 통학을 하긴 했었는데, 집에는 거의 잠만 자러 들어가는 식이었어. 그리고 중간에 호주 워킹 홀리데이도 1년 다녀왔고, 졸업하고는 임용 준비한다고 또 노량진에서 나와 살았고. 그러니까 실제로 집에서 살았던 기간은 얼마 되지 않아.

아, 안 그래도 얼마 전에 엄마랑 정말 크게 싸운 적이 있었어. 내가 너무 집에 안 오고 연락도 없어서 서운하다는 이야기를 하다가 서로 감정이 좀 격해졌었지. 그래서 어머니가 "너는 부모도 없는 애니?" 이렇게 말했었는데, 지나고 생각해보니 그 안에 담긴 속뜻은 '나는 너를 너무 모른다.'라는 의미였던 것 같아.

고등학교 이후 성인이 되는 과정에 부모님과 가족이 없었으니까. 어머니는 내가 어떤 생각을 하고, 어떤 삶을 사는지 궁금하니까 계속 연락해서 물어보는 거였는데. 나는 자꾸 말하기 싫다고, 귀찮게 하지 말라고 하니까 어머니가 정말 섭섭하셨겠지. 그게 지금까지 쌓이고 쌓이다 정말 얼마 전에 터졌어.

어머니도 그런 감정이 한 두 해 동안만 쌓인 건 아니셨을 거야.

그래서 다시 한 번 나에 대해 돌아보는 시간이 되었어. 일단 어머니께 죄송했고. 내가 정말 이기적이고 이해타산적인 사람이라는 걸 알게 되었지. 한편으로는 그나마 주변에 좋은 사람들이 있어서 내가 이렇게 버티고 살 수 있었구나. 그런 것들을 깨닫게 된 것 같아.

'예전에는 다른 사람들의 눈치를 많이 봤다. 그런데 그 눈치 보는 것조차도 내 자기중심적인 성격 때문에 그런 것이었다.'라고 사전 인터뷰에서 이야기 했었잖아. 언뜻 보면 모순적인 것 같은데, 어떻게 자기중심적인 것과 눈치 보기가 공존할 수 있었던 거야?

극과 극은 통하는 거야. 평소에는 눈치를 보면서 다른 사람에게 해를 끼치지 않으려고 하고, 마찬가지로 다른 사람이 나에게 해

원래 서른 살의 갬성,

그런 거 있잖아.

감성 말고 갬성.

하하,

그걸 느낄 여유가

나한테는 없었어.

를 끼치지는 않는지 지켜보는 건데. 누군가 내 경계를 넘어오면 어떻게든 내가 손해 보지 않으려고 했던 것이지.

물론 평소에는 다른 사람들에게 겉으로 친절하고 예절 바른 사람처럼 척을 했었지. 그런데 나는 그게 연기인 줄도 모르고 그냥 '내가 착한 사람이다.'라는 착각 속에 살았던 거야. 그러다 교사가 되고 아이들을 만나면서 진정한 내 모습을 발견할 수 있었어. 아이들에게는 나에겐 없는 순수함과 솔직함이 있었으니까.

순수함, 솔직함이 어른과 아이의 차이라는 질문에 답이 될 수도 있겠다.

음. 지금 생각하니 그럴 수도 있겠다. 확실히 그 점에서는 차이가 있어. 어른들은 이해관계가 분명하면 열 받는 일이 있거나 해도 몸을 사리고 자기 생각을 감출 줄 알잖아. 그런데 아이들은 아니거든. 자기감정에 정말 솔직해. 그게 내 점수나 평가에 영향을 미칠 수 있는 선생님이라고 해도 자신의 생각이나 감정을 솔직하게 표현하거든. 그런 면을 보면서 나의 이기적이고 거짓된 모습을 발견할 수 있었어. 물론 그 당시에는 아이들 때문에 너무 힘들었지만, 돌이켜보면 아이들 때문에 지금의 내가 조금이나마 괜찮은 삶을 살고 있지 않을까 싶어.

네가 방금 말한 '괜찮은 삶'이라는 건 어떤 걸 이야기하는 거야?

조금 어렵게 들릴 수 있겠지만 나는 타인이나 내 주변의 상황에 대해 내 멋대로 규정하지 않는 삶이라고 생각해. 사람은 누구를 만나고 어떤 일을 겪을 때 무의식적으로 머릿속에서 그 대상을 판단하고, 그걸 가지고 그 대상과 관계를 맺으려고 하잖아. 그게 아까 말했던 이해타산적인 삶, 자기중심적인 삶이라고 볼 수 있겠지. 하지만 다른 사람들을 내 멋대로 규정하고 판단하지 않을 수 있다면 그때 그 사람과 정말로 자유롭고 진실된 관계를 맺을 수 있는 것 같아. 그렇게 살아갈 수 있다면 그게 괜찮은 삶이 아닐까?

이해타산과 자기중심. 요정곰미는 자신을 이야기할 때 이 두 단어를 여러 번 사용했다. 그만큼 그녀는 자신의 부족함을 반성하고 그것을 바꾸려 노력하고 있었다. 잠깐이었지만, 내가 느낀 요정곰미는 차분하고 배려감 넘치는 사람이었다. 후배 선생님이기도 한 단비의 고민에 진심으로 조언하는 모습을 보면서, 나는 요정곰미에게 더 이상 이해타산과 자기중심적이라는 평가가 어울리지 않다고 생각했다.

너는 자신의 이기적인 모습을 깨닫는 기회가 있었고 그걸 고칠 수 있었지만, 어떤 사람들은 시간이 지날수록 자기중심적인 생각과 태도를 보이기도 하잖아. 그 이유는 뭘까?

글쎄, 어떻게 이야기해야 할지 모르겠지만, 나는 사람들이 '생존에 대한 불안'을 느끼기 때문에 그런 것은 아닐까 생각해. 요즘 주변 사람들을 보면 막 폐쇄적이거나 방어적이고 아니면 항상 예민해 있는 그런 모습을 볼 때가 있는데, 이건 가장 근본적으로 불안함이 있기 때문에 그런 게 아닐까.

조금 어려운 이야기긴 한데. 사람들은 방어적인 태도를 취하면서도, 동시에 타인과 소통하고 싶어 하는 욕구도 있잖아.

맞아. 인간은 사회적인 동물이라고 하잖아. 다른 사람을 만나서 교류하고 싶지만 나를 완전히 오픈하거나 내려놓기는 싫고. 요즘 우리 아이들을 봐도, 정말 친한 사이인 것 같아 보여도 실상은 서로에 대해 전혀 모르고 알고 싶어 하지도 않는 모습을 볼 때가 있어. 인터넷이나 핸드폰도 그렇고, VR, AR 같은 가상공간 기술이 계속 발달하는 것도, 그런 맥락이 아닐까 싶어.

실제로 우리 세대는 무엇에 관심을 두고 살아가고 있을까? 주변 친구들을 보면 어떤 것 같아?

내 주변의 가장 큰 관심사는 한 마디로 말하자면 '돈'이야. 친구들을 만나면 '어떻게 하면 안정된 직장을 가질 수 있을까', '더 많은 연봉을 받을 수 있을까', 주로 이런 이야기들을 많이 하지. 그 중에서도 제일 많이 이야기하는 건 부동산인 것 같아. 왜 그렇게 부동산 얘기를 하는가 보면, 평범한 사람들이 큰돈을 벌 방법은 결국 부동산밖에 없으니까. 나는 딱히 그런 데에 관심이 없지만, 우리나라 사람들은 그렇게 부동산에 집착하는 것 같더라.

친구들이 부동산에 관심을 갖는다고 했는데, 너는 어때?

처음엔 별 생각이 없었어. 딱히 할 말도 없었고. 내가 아는 게 있어야 뭐라도 말할 텐데, 모르니까 일단 듣기만 했어. 그런데 듣다 보니 왜 사람들이 그렇게 돈에 집착할까 하는 원인에 관심이 생기게 되었어. 지금은 나름대로 그 이유를 발견하게 된 것 같아.

사람마다 겉으로 드러나는 이유는 다양해. 어떤 사람은 남보다 돋보이고 싶어서, 혹은 정서적인 안정을 위해서, 아니면 자기만족이나 사회적인 명예, 지위를 위해서…. 그런데 공통적으로 돈을 욕망하는 공통적인 이유는 걱정, 불안이었던 거야. 이 불안감도 행복하게 살고 싶다는 욕망에서 기인하는 것이겠지만…. 그 행복이 어디에서 오는지 모르고 단순히 물질적으로 가진 게 많으면 더 행복하겠지, 그렇게 생각하는 것 같아.

사람들이 진정한 행복의 조건을 고민하지 않는다는 말이지?

내가 보기엔 많은 사람들이 자기의 불안이나 욕망의 원인을 모르는 것 같아. 그러니 남들이 알려주는 방법으로 행복을 찾아가는 거라고 생각해. 내 주변 사람들이나 아니면 인스타 같은 미디어를 보고, 다른 사람의 행복해 보이는 모습을 따라하려는 거지. 물론 나도 아직까지 무엇이 행복의 조건인지는 정확히 모르겠어. 하지만 일단은 내 모습과 생각을 솔직히 대면하는 것, 그리고 다른 사람들이나 이 세상을 그 모습 그대로 받아들이는 것이 행복의 출발이 아닐까 생각해.

우리가 살아가는 사회가 앞으로 어떤 모습일지 생각해본 적 있어?

좀 다른 이야기일 수도 있지만…. 요즘 애들이 진짜 '파국이다!'라는 유행어를 많이 써. 나는 그렇게 생각하거든. 아이들은 정말 순수한 존재야. 그래서 가만히 보면 아이들이 자주 쓰는 말들이 가까운 미래에 현실로 펼쳐지기도 하거든. 이렇게 표현하면 좀 그렇지만 동물들이 지진이 오기 몇 시간 전부터 알아차리고 도망가는 것처럼 아이들도 다가올 미래를 어렴풋이나마 직감하는

내 모습과 생각을

솔직히 대면하는 것,

그리고 다른 사람들이나 이 세상을

그 모습 그대로 받아들이는 것이

행복의 출발이 아닐까 생각해.

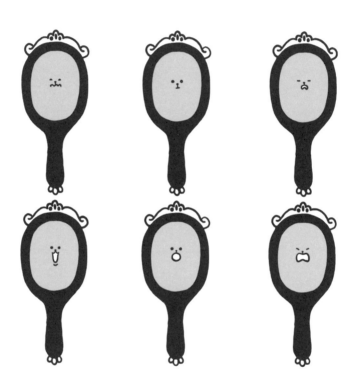

건 아닐까 싶기도 해. 예전에도 왜 '핵잼, 핵노잼'이런 말을 많이 썼었잖아. 그런데 후쿠시마 사태나, 아니면 북한 핵실험 같은 일들이 실제로 일어났었고.

그래서 나는 애들이 쓰는 농담이나 유행어를 유심히 들어보곤 해. 그런데 요즘 애들이 파국이라는 말을 많이 쓰니까, 그래서 내가 생각하는 미래는 파국…. 물론 과학기술도 엄청 발달하고, 우리의 삶이 점점 편해지고 있는 건 맞아. 하지만 각 분야의 학자라든지, 전문가들도 다 다가올 미래를 경고하잖아. 아이들은 그걸 자연스럽게 느끼는 거야. 참 신기해.

파국. 그녀가 이렇게 암울한 세계관을 가지고 있다는 것이 놀라웠지만, 한편으로는 이 세상을 자세히 들여다보고 깊이 사유한 흔적이 엿보였다. 그녀의 말처럼 우리의 미래는 정말 파국으로 끝나는 걸까? 요정꼼미는 인터뷰의 말미에 이렇게 덧붙였다. '세상을 바꾸기 위해선 결국 나 자신부터 바꿔나가야 해. 나는 한 사람이 충분히 세상을 바꿀 수 있다고 믿어.'

지금까지 솔직한 이야기 많이 들려줘서 고마워. 그럼 올해 가장 큰 목표는 뭐야?

올해 가장 큰 목표는 거듭나는 거야. 좀 모호하게 들릴 수도 있지만, 말 그대로 다시 태어나고 싶다는 거야. 내 안에 아직까지 부족한 점이 남아있는 것 같아서, 그것들을 고쳐나가고 싶어.

구체적으로 말하면, 첫 번째는 내 주변에 있는, 나와 함께 하는 사람들에게 좀 더 관심을 기울이고 싶고, 두 번째로는 이해타산적인 습성을 고치고 싶어. 내가 이렇게 살아갈 수 있는 것도 다 다른 사람들에게 받은 도움 때문이라고 생각하거든. 그래서 나도 사람들에게 도움이 되도록 함께 연대할 수 있는, 관계를 맺을 수 있는 그런 사람이 되었으면 좋겠어.

올해부터는 담임을 맡지 않아서 시간적으로 여유가 생긴다고 했잖아. 혹시 예전의 꿈을 생각해서 너만의 작품을 만들 거라거나 하는 계획은 없어?

글쎄, 내 작품을 만들고 싶다는 생각은 없어. 너무 단호하게 이야기한 것 같지만 지금 계획은 그래. 내 작업실도, 말이 작업실이지 모임 공간으로 쓰거나 친구들이 과외 공간으로 쓰기도 하거든. 내가 거기서 그림을 그리거나 하진 않아. 대학을 졸업하면서 창작에 대한 욕구는 거의 사라져버렸고, 일단은 내가 몸담고 있는 이 교직에 전념할 생각이야.

너의 서른에 대한 생각이나 느낌을 한 문장으로 표현해 줄 수 있겠어?

아, 너무 어려워. 서른은 뭐지? 서른은 전환점이다? 아! 책임이란 말을 떠올리니까 구체적으로 얘기할 수 있을 거 같아. 서른은 여름 같거든. 이제 막 자라면서 쌀알이 영글기 시작하는. 그 결실이 서른부터 달라지기 시작한다고 생각해. 그래서 서른 이후에 얻는 결실에 대해 자신이 책임져야 한다는 거야. 지금까지는 부모님이나 학교에서 내 행동이나 결정의 책임을 대신 져줬다면, 서른부터는 그 책임이 완전히 나에게 돌아오는 거니까. 그래서 '앞으로 나는 어떻게 살아야 하지?' 이런 고민을 이맘때쯤 더 많이 하게 되는 것 같고. 그래서 서른을 뭔가 더 특별한 감정으로 느끼게 되는 건 아닐까.

小
感

소
감

당연하겠지만, 사람들은 저마다의 10대를 추억으로 가지고 있다. 우리 세대는 참으로 다사다난한 청소년기를 보냈다. IMF와 함께 등장한 PC방은 빠르게 동네 오락실을 대체했다. 중학교 시절엔 '얼리어답터' 친구들이 무려 64화음과 컬러화면을 장착한 핸드폰을 학교에 가지고 오기 시작했다. 아마 우리는 선생님들에게 체벌과 구타를 당했던 무용담을 공유하는 거의 마지막 세대일 것이다. 지금 학생들은 상상하기 어려울지도 모르겠지만.

처음 '요정곰미'라는 닉네임을 보았을 때, 나는 그녀가 마냥 귀엽고 여린 미술 선생님일 것이라 지레짐작했다. 하지만 인터뷰 자리에서 처음 만난 요정곰미는 자신과 타인이 지닌 특성을 정확히 꿰뚫는 통찰력을 보여주었다. 그중에서도 아이들의 인간관계에 특징을 설명하며 언급한 '로그오프' 관계라는 표현이 인상 깊었다. 물론 요정곰미 한 사람의 의견일 뿐이지만 나는 그 말이 우리 사회, 특히 개인화의 특징을 너무나 적절히 그려낸 표현이라는 느낌을 받았다. 우리는 점점 서로 강하게 연결되고 있는 것 같아 보이지만, 사실 그 연결은 마치 언제든 끊길 수 있는 와이파이처럼 너무나 희미하다.

인터뷰에서 말한대로 올해의 요정곰미는 무거운 담임의 책임을 잠시 내려놓고 오롯이 강의에 집중하고 있다. 그리고 그녀는 이해타산적인 습성을 고쳐 다른 사람들과 연대할 수 있는 '거듭난 나'가 되기 위한 숨고르기에 들어간 것 같았다. 나는 요정곰미에게 가르침을 받는 학생들이 남들과는 조금 다르게 세상을 읽는 방식을 배워나갈 것 같았다. 그녀가 길러낸 미래 예술가들이 상상할 작품 속 세상은 어떤 모습일까. 적어도 그곳에서는 '파국'이 도래하지 않았으면 좋겠다.

서른이 되어

○ 비아, 최선을 다해야지. 나에겐 이번이 마지막 기회니까

○ 제과인, 서른이니까, 아직 디저트가 나오려면 기다려야 해

30

꿈과 직업 사이에서 헤매다

직업,
꿈의 대상에서
생존의 수단으로

　　인사혁신처에서 배포한 보도자료에 따르면, 2019년 국가공무원 7급 공채시험은 760명 선발에 총 35,238명이 지원하여 46.4 : 1의 경쟁률을 기록했다. 이 경쟁률만 놓고 봐도 아득하게 높기만 한데, 심지어 올 2019년은 최근 5년간 가장 낮은 경쟁률을 기록한 해란다. 민간기업의 경우에도, 2016년 한 해 대졸 신입사원의 경쟁률은 평균 35.7 : 1에 달했다고 한다. 실감나지 않는 경쟁률 앞에 취준생들은 자신이 그 행운의 주인공이 될 것이라는 실낱같은 희망에 매달리거나, 이내 경쟁의 장에 뛰어들기를 포기하고 스스로의 몸값을 현실에 끼워 맞춘다.

　　초등학교 시절 학기가 시작하면 선생님은 표 하나가 그려진 종이를 아이들에게 나누어주셨다. 우리는 그 종이 위에 삐뚤빼뚤한 글씨로 이름과 생일, 부모님의 성함과 직업, 좋아하는 것, 취미, 그리고 장래희망 같은 것

한국경영차총협회(2016) 〈신입사원 채용실태 조사〉, 한국청소년정책연구원(2017) 〈청년 사회 · 경제 실태 및 정책방안 연구Ⅱ〉에서 재인용.

들을 적어 사물함 문에 붙여놓곤 했다. 그 시절 친구들의 장래희망은 마치 자신의 창의력을 경쟁하듯 톡톡 튀면서도 다양한 모습을 하고 있었다. 과연 그 친구들은 자신의 장래희망과 얼마나 가까운 삶을 살고 있을까? 아니, 그 장래희망을 지금도 기억하고 있을까?

일반적으로 아동·청소년 시기의 '장래희망'은 자신이 성인이 되어 가질 것으로 기대되는 진로의 방향, 즉 직업을 의미한다. 건강한 사회에서, 개인은 자신의 능력과 적성, 그리고 희망에 기반을 둔 직업을 가짐으로써 자신의 꿈을 실현할 수 있음은 물론 자신이 속한 사회에 대하여 공익적으로 기여할 수 있다. 여기에서 건강한 사회란 개인, 특히 청년들에게 적절한 기회와 보상이 보장된 일자리를 제공할 수 있는 사회를 의미할 것이다.

문제는 실제로 직업을 선택할 시기에 도래한 20~30대들에게 직업이란 더 이상 자신의 자아를 실현하는 방법도, 일생에 이루어야 할 목표도 되지 못한다는 것이다. 한 사람의 직업은 그의 꿈이 아니라 철저히 그가 가진 개인적, 사회적 자원과 능력에 의해 결정된다.

2017년 만 17~39세 5,477명을 대상으로 실시된 〈11차 청년패널조사〉에 의하면, 고졸 이하의 학력을 가진 이들 중 약 53% 이상이 단순 제조업 혹은 도소매·숙박·음식업 직종에 종사하는 것으로 나타났다. 일자리는 학력 뿐 아니라 부모의 소득과 재산, 거주지, 성별, 외모, 연령 등 수많은 요인에 의해 결정된다. '좋은 일자리'로 취급받는 채용공고에는 괴물 같은 '스펙'을 가진 이들의 원서가 쇄도하지만, 한편에는 최저시급의 언저리에서 자신의 시간을 환전하는 이들이 존재한다. 전자에게는 끝없는 경쟁이, 후자에게는 심연의 체념이 그들이 어렸을 적 가졌던 꿈과 희망을 대체한다.

사회가 가진 부의 총량이 늘어날수록 그와 더불어 계층 간, 세대 간 빈부 격차가 벌어질수록, 임금으로 재산을 모으는 노력은 일정한 한계에 봉

착한다. 낮은 임금 상승률과 저금리는 '티끌 모아 티끌'이란 말의 뜻을 실감
케 한다.

　게다가 우리 세대는 1997년 IMF 외환위기로 가정의 경제적 기반이
무너지고, 2008년 미국발 서브프라임 모기지 사태로 취업시장이 급속도로
위축되는 경제위기의 순간을 경험했다. 이들에게 직장은 낭만적이고 온정
적인 공동체가 아니라, 생존의 최전선에서 하루하루의 벅찬 과업을 달성하
는 전쟁터다.

　이렇듯 각박한 임금노동시장의 현실의 대안으로, 또 자신의 '꿈'을 실
현하기 위한 수단으로 최근 많은 청년들은 창업의 길을 선택하기도 한다.
최근 많은 청년 창업 활동은, 스타트업, 사회적기업, 벤처기업 등 다양한 신
생 창업 방식에 '청년'이라는 수식어가 결합하는 형태를 보여준다. 이 시대
의 불안한 국내 경제 기반을 해결하고 청년들의 취업난을 타개하기 위한 하
나의 대안으로서 '청년' 창업은 폭발적인 관심과 지원의 대상이 되었다. 때
때로 청년들의 창업 성공 신화는 업계를 불문하고 혁신과 열정의 아이콘으
로 많은 사람들의 관심을 독차지하기도 한다.

　하지만 성공의 스포트라이트 뒤에는 당연히 실패의 위험이 따른다.
국세청에서 2017년 발표한 〈청년 창업활동〉 통계에 따르면, 2016년을 기
준으로 만 15세에서 34세까지 연령의 창업 규모는 총 226,082개라고 한다.
그러나 이 중 가장 높은 비중(18.9%)을 차지하는 음식숙박업 창업 사례에서,
5년 이상 사업을 지속할 가능성은 15.5%에 머물렀다. 다시 말해, 음식숙박
업 창업자 6명 중 5명이 5년 내에 사업을 그만두었다는 것이다. 그뿐만 아
니라 업종을 불문하고 자산과 경험이 부족한 청년들의 창업은 언제나 실패
의 위험에 노출되어 있다. 성공의 꿈을 안고 창업에 뛰어든 청년들은, 이내
높은 임대료와 오르지 않는 매출을 보며 하루하루를 다시 생업 유지의 불안

066

에 빠져들고 만다.

　이렇듯 나의 직업이 자아실현은 차치하고 나의 생존마저 담보할 수 없다는 암담한 현실에 부딪힐 때, 우리 또래들은 금세 자신의 운명을 불확실한 운의 영역에 맡기기 시작한다. 바로 얼마 전까지 대한민국을 휩쓸었던 '비트코인' 열풍에 수많은 20~30대가 탑승했던 것은 이러한 세태를 적나라하게 보여주는 현상이었다. 정상적인 방법으로는 내 처지를 획기적으로 변화시킬 수 없다는 현실은, 청년들을 '투자'라는 이름의 '내기'의 장에 입장하도록 한다. 이제 대학 교정에서 가장 인기 있는 동아리 중 하나는 '부동산 투자 동아리'다. 직장인들은 아침 9시에 자신이 보유한 주식의 등락을 확인하며 하루 일과를 시작한다.

　'새로운 시작'으로서의 서른은, 사실 모두에게 공평한 출발선을 보장하지 않는다. 아니, 어쩌면 새로운 시작은 선택받은 일부에게만 주어지는 특권일지도 모른다. 이제 서른은 약간의 돈벌이에 만족하며 현재에 안주하고 싶으면서도, 내가 언제고 이 자리에 있을 수 없다는 불안함을 동시에 느끼며 살아간다. 그래서 그들은 조금이라도 더 나은 자리를 찾아 미어캣처럼 목을 빼고 이리저리 주변을 살핀다. 내 위치가 정확히 어디인지를 인지하는 것. 그리고 더 이상 '꿈' 속에서 살지 않고 자신의 생존 전략을 스스로 구가하는 것. 이 처절한 현실주의가 '어른이 되는 길'이라면, 서른은 이미 그 길에 선 신실한 순례자다.

#신림동터줏대감 #24시간이모자라 #외교관이뭐길래 #서른은오지않았어

서른에 대한 소감

──────── 아니, 벌써

비아

외교관 후보자 준비생

나는 '비아'야. 고시 공부를 하고 있고, 이 생활이 이렇게 길어질 거라곤 생각 못 했지만…. 어쩌다 보니 신림, 대학동에 2014년에 왔고, 올해로 4년째 여기서 지내고 있어. 잘 모르는 사람들한테는 그냥 외무고시 준비한다고 하는데, 외무고시는 이제 없어졌고 정식 명칭은 '외교관 후보자선발시험'이야. 5급 사무관으로 외교관을 시작하려는 사람들이 보는 시험이고. 보통 1년에 한 번 시험을 치는데, 연초에 1차, 6월쯤에 2차 시험, 이걸 다 통과하면 8월쯤에 면접을 보고 합격자를 선발해.

2018년 7월,
대학동 고시촌의 어느 이자카야에서

가끔 뉴스를 통해 '몇백 대 일'의 경쟁률로만 비치는 그들. 합격을 위해 청춘을 바치는 '고시생'의 이야기를 들어보고 싶어 나는 오랜 친구인 그에게 어려운 부탁을 건넸다. 간만에 술 한 잔하고 싶다는 그의 부탁에, 우리는 모듬회 한 판과 맥주 한 잔을 앞에 두고 본격적으로 인터뷰를 시작했다.

외교관 시험을 준비하기 위해서 고시촌에 들어온 게 벌써 4년째지? 정말 시간이 빨리 지나간 것 같아.

막상 나는 계속 여기에서 지내다 보니까 시간이 흐르는 걸 못 느껴. 내가 나이를 먹고 있다는 생각을 못 하는 거지. 내가 지금 사회생활을 하는 것도 아니고, 공부 말고는 신경 쓸 게 별로 없잖아. 그래도 가끔 주변 소식을 듣거나 하면 '아, 내가 나이를 먹는구나.' 그걸 간접적으로 알게 되는 것 같아. 처음 여기에 들어왔을 때는 다들 비슷했었는데 말이지.

내가 남들보다 늦었다는 생각은 안 해 봤는데, 이제 1년, 2년 지나고 나니까 주변에 결혼한 친구들도 생기고 애 낳았단 친구들도 생기고.

사실 우리는 모두 살아가면서 크고 작은 시험을 치르잖아. 그중에서 너는 조금 더 어려운 시험을 더 오래 준비하는 중이고. 잘은 모르지만 그 시험은 준비할 것도 많고 난이도도 굉장히 어려울 것 같은데 외교관을 준비하게 된 특별한 이유가 있었어?

나는 사람 만나서 이야기하는 걸 좋아하고, 공부하는 것도 좋아했어. 물론 공부라는 게 책상머리에 앉아서 하는 것만이 아니라 세상에 관한 관심의 정도가 남들보다 더 컸다고 해야 하나. 그래서 외교관이란 직업을 가지면 계속해서 전 세계를 돌아다닐 수 있고, 새로운 다양한 사람들을 만나고, 그러면서 세상에 대한 공부를 계속할 수 있다는 점이 이 직업을 꿈꾸게 된 첫 번째 이유였어.

또 다른 이유는, 아무래도 가족이나 타인의 시선이 영향을 주었지. 나도 모르게 누군가의 좋은 아들, 조카, 손자, 그런 사람이 되고 싶었나 봐. 물론 내 성향이나 적성도 중요하지만, 명함을 내밀었을 때 그 사람들의 가슴을 뻐근하게 만들어주는 그런 사람이 되면 좋겠다고 생각했어.

사실은 대학에 다니던 시절엔 외교관에 대해서 크게 생각도 없었고, 내 미래에 대해서 진지하게 생각해보지 않았어. 그렇게 군대도 다녀오고, 별 고민 없이 재미있게 학교에 다니다 어느새 졸업이 한 학기 앞으로 다가온 거지. 2013년 여름쯤에 부모님이 앞으로 뭐 할 거냐고 진지하게 물어보시더라고. 그때 본격적으로 고민을 시작했던 것 같아.

처음에는 대학원에 가야겠다고 생각했었어. 바로 취업에 뛰어드는 것보다 내가 좋아하는 공부를 더 하고 싶은 마음이 컸었거든. 그런데 문득 대학원을 간다고 내 진로가 결정되는 건 아니겠구나 하는 생각이 들더라. 대학원에서 석사, 박사과정을 밟아도 그게 끝이 아니라 또 다음 스텝을 준비해야 하잖아. 그게 별로 마음에 안 들었어. 물론 그럴 자신도 별로 없었고. 그러다 보니 비슷하게 공부를 하긴 하지만 그 끝이 있는 고시를 공부해야겠다. 이런 결정을 하게 되었지.

비아의 이야기는 외교관 준비를 시작하게 된 계기에서 자연스럽게 고시생 생활 시작의 에피소드로 연결되었다. 마치 자신은 외교관을 준비할 수밖에 없었던 운명이었다는 듯. 그는 자신의 고시촌 입성기를 이어나갔다.

결과론적이긴 하지만 조금 더 이야기하자면, 그 당시 아는 누나가 외교관을 준비한다는 이야기를 얼핏 들은 기억이 있었거든. 혹시 그 누나가 지금도 시험을 준비하고 있지 않을까 해서 한 번 연락해 봤어. 그랬더니 마침 내가 연락했던 그때 딱 합격을 했었던 거야. 그래서 그 누나한테 시험에 대해서 이런저런 도움을 많이 받았어. 어떤 과목은 어떤 강사가 좋다더라 하는 정보나, 이 동네에서 생활하는 데 필요한 정보 같은 것들 말이지. 그런 내용을 합격생한테서 장문의 카톡으로 쭉 받으니까, 그때는 별 생각 없이 '아, 이렇게만 하면 되겠구나.' 하고 앞뒤 재지 않고 시작했어.

그게 2014년이 시작되는 그쯤이었던 거지?

응 맞아. 2014년 2월 28일, 아직 날짜도 기억나.

아! 그때 기억에 남는 재미있는 일이 있었어. 내가 서울에 올라온 첫날 학원 OT를 가는 길이었거든. 그런데 누가 뒤에서 내 이름을 부르는 거야. 돌아보니까 나랑 초중고를 같이 나온 동창이었어. 이야기를 해 보니까, 그 친구는 행정고시 재경직에 합격해서 학원 지인들하고 공부하는 사람들에게 밥 한 번 사러 그 동네에 들른 거였어. 그 친구는 모르겠지만, 학창시절에 그 친구는 내가 이겼으면 하는 나름 경쟁의 대상이었어. 그래서 걔를 마주친 그 순간을 스스로 '아, 이거는 나와의 열등감과의 조우다. 내가 이 시험에 도전하겠다고 서울에 올라온 첫날 그 애를 만났다는 건 더욱 열심히 해야 한다.'는 일종의 시그널이구나, 이렇게 받아들였었지.

공부를 시작한 그 이후로 지금까지는 어떻게 지냈어?

첫해는 나름대로 열심히 한다고 했지만 어영부영 지나갔어. 시험에 응시할 자격요건이 되지도 않았거든. 원서접수를 하려면 영어랑 제2외국어, 한국사, 이런 시험들의 점수가 있어야 했는데, 너무 급하게 시작하다 보니 그런 것들을 미리 준비하지 못했었어.

그래서 필요한 점수들을 만들었고 시험은 그다음 해부터 보기 시작했지. 처음 시험에 떨어졌을 때는 별생각이 없었어. 일 년밖에 안 됐는데 뭐, 이렇게 생각했던 거 같아. 그 당시엔 주변 사람들의 상황도 다 비슷했으니까. 친구들도 다 취업 준비한다고 하고 오히려 취업했던 애가 드물었지. 학교를 아직 다니고 있는 애도 많았고. 그때까지는 별생각 없었는데 시간이 지나면서 외롭다는 마음이 생기더라.

고시를 외로움과의 싸움이라고도 하잖아. 정말 외로움이 컸을 것 같은데, 어떤 게 가장 외로웠어?

여기에선 학원에서 만나는 인간관계 말고는 다른 인간관계가 없었으니까. 대학생 시절에는 스스로가 굉장히 관계 지향적이었는데, 여기에 와서 목적 지향적인 생활을 시작하니까 관계에 대한 욕구가 생겼었겠지.

시간이 지나고 수험생활에 적응이 된 다음부터는 사람들도 자주 만나려고 했었어. 물론 좋은 점도 있었겠지만, 지금 돌이켜보면 내 고시 생활이 이렇게 길어지게 된 원인이 아니었을까 싶기도 해.

그렇게 고시생 2년 차, 3년 차를 보냈어. 그리고 세 번째 시험에 떨어졌을 때부터 내가 공부를 계속할지 말지를 선택해야 할 순간이 다가온 거야. 그 시기부터는 내가 여기서 만난 사람들도 다 목적지가 달라지기 시작했거든.

올해 초에 시험을 볼 때 '이게 마지막이다.' 생각하고 준비했어. 그런데도 내가 좀 안일했지. 그래도 꽤 오래 준비했으니까 이 정도면 되겠지 하는 타성이 있었던 거야. 그래서 올해 시험에 떨어졌다는 결과를 보고 나니까 정말 아찔해졌었어.

아찔했다는 게 어떤 의미야?

이제 나이가, 앞자리가 바뀌어 버렸잖아. 내가 고시공부를 하면서 시간이 지나간다는 현실을 잘 몰랐었다고 이야기를 했지만,

또 달라진 건 달라진 거니까. 아무래도 느낌이 다르지. 주변 친구들도 어느 정도 자리를 잡고, 보통은 입사해서 1년 정도는 다 지난 상태고, 결혼한다는 소식은 더 자주 들리고.

주변에서 들려오는 이런저런 소식들은, 그가 신경 쓰지 않으려 해도 부지불식간에 적지 않은 영향을 주고 있었다. 주변의 변화를 보며, 아마도 그는 결과에 상관없이 수험생활의 마지막이 점점 다가오고 있음을 직감하고 있었을 것이다.

어쩌면 올해가 너의 수험생으로서의 마지막 시기일 수도 있겠다는 거지? 그럼 요즘은 하루를 어떻게 보내? 오랫동안 공부하면서 너만의 생활 패턴이나 습관을 만들었을 것 같은데.

음, 요즘은 아침에 일어나면 수영장에 가. 아무래도 공부하는 데 체력이 중요하잖아. 자취방 근처 동네에 있는 수영장에 화목토 이렇게 다녀.

이게 나이랑 관련이 있는 건지 모르겠는데, 최근에 몸 여기저기 잔고장이 나기 시작한 거야. 그런데 이제 아픈 게 무섭더라. 요즘은 어디가 좀 아프다 싶으면 일단 바로 병원에 가. 내가 좀 겁도 많고, 약간 필요 이상의 걱정을 만들어서 하는 걸 수도 있겠지만.

다시 일과를 이야기하자면, 수영 강습이 아침 6시에 시작해서, 그 전에 일어나. 강습이 없는 날은 조금 늦게 일어나고. 그렇게 아침에 운동하고 8시쯤 학교에 들어가서 외부인이 들어갈 수 있는 도서관 열람실에서 오전에는 8시부터 11시 정도까지 공부해. 그리고 점심 먹고 좀 쉬다가 다시 1시쯤부터 자리에 앉아서 오후 공부를 시작하고.

　요즘은 월수금마다 저녁에 경제학 학원을 다니기 시작했어. 학원을 가는 날이면 수업을 7시부터 10시까지 듣고, 수업이 없는 날에는 도서관이 문을 닫을 때까지 공부하지. 일요일을 빼고는 항상 비슷하게, 아침부터 저녁까지 공부한다고 보면 돼.

말로만 들었는데도 엄청 공부량이 많은 것 같아. 공부하는 게 힘들지는 않아?

　당연히 힘든데, 그래도 남들도 그만큼 하니까. 옆에 있는 사람들이 공부하는 모습을 눈으로 볼 수 있으니까 귀찮아도 일부러 대학 도서관으로 가. 도서관에 오래 있다 보면, 시험을 준비하는 사람들의 생활 패턴이나 공부를 열심히 하는지 아닌지 그런 게 보이잖아. 열심히 하는 사람을 보면 더 자극되기도 하고.

도서관에서 경쟁자, 아니면 동지들을 보는 거구나. 반복되는 일상에서 그래도 최근 가장 행복한 순간을 꼽자면 언제야?

　지금은 다른 게 없어. 온종일 열심히 공부하고 집에 와서 보는 웹툰 한 조각, 주말에 가끔 사 오는 맥주 한 캔, 그런 소소한 것들이 행복이지. 그것 이상으로 지금 할 수 있는 건 별로 없으니까.

넌 지금이 행복하다고 생각해? 조금 질문이 이상하지만.

　행복하냐고? 글쎄…. 얼마 전까지는 별로 행복하지 않다고 생각했었지. 계속 시험에 떨어지고 좌절하니까. 그래도 요즘은 마음을

온종일

열심히 공부하고

집에 와서 보는

웹툰 한 조각,

주말에 가끔

사 오는 맥주 한 캔,

그런 소소한 것들이

행복이지.

다잡고, 예전과는 다른 방식으로 열심히 하려고 하고, 내 한계를 넘어서려고 노력하는 중이거든.

그거랑 관련해서 소소하게 오는 행복이 있긴 하네. 아, 좀 웃긴 얘기긴 한데, 공부하다가 막 여기저기 흩어져있던 개념들이 갑자기 하나로 꿰어지는 느낌이 들었을 때의 희열? 그런 쾌감 비슷한 게 있거든. '공부가 제일 쉬웠어요' 류의 인간은 아니긴 하지만, 가끔은 그래. 지금은 그게 나에게 느껴지는 작은 행복이야.

그래서 올해부터 마음먹은 게 하나 있어. 내가 전에 해보지 않았던 거라도 뭐든 도움이 될 것 같으면 해 보자고 생각했어. 예전에 고시 공부에 관련한 이런저런 팁 중에서 '자기는 하루 동안 자기가 공부한 시간을 스탑워치로 체크한다.' 이런 이야기를 많이 들었었거든. 처음에는 그렇게까지 하지 않아도 된다고 생각했어. 그런데 올해부터 나도 내가 어떻게, 얼마나 공부하는지 한번 시간을 측정해봐야겠다 싶어서 화장실 갈 때나 밥 먹으러 갈 때는 시간을 멈추고, 펜을 잡고 앉아서 공부하는 시간만 시간을 재보고 있거든. 그래서 왠지 집중도 잘 되는 것 같아.

이 말을 마치고 그는 자신의 디지털 손목시계를 우리에게 보여주었다. 시계 알 속에는 10시간이 넘어간 숫자가 깜빡이고 있었다. 하루 10시간을 종일 자리에 앉아 문제들과 씨름했을 그가 새삼 대단하게 느껴졌다. 그는 자신의 고생을 인정받고 싶었는지, 그가 공부할 때 사용하려고 새로 장만했다는 만년필을 꺼내 자랑하듯 보여주기도 했다. 나는 그가 이 시험을 준비하는 더 깊은 이유가 있지 않을까 싶어 처음과 비슷한 질문을 다시 던져보았다.

어떤 이야기인지 알 것 같아. 조금 전에 네가 공부를 시작했던 스물 여섯 살 때와 지금이 그렇게 다르지 않다고 했는데, 그동안 다른 친구들은 앞서나가 자리를 잡은 것 같은 느낌이라고 말했잖아. 그런데도 지금까지 시험을 포기 하지 않고 계속 도전하는 이유는 뭐야?

한 단어로 콕 집어서 말하기는 어려운데. 열등감도 하나의 원인 이라고 할 수는 있겠지만, 희망이 더 큰 것 같긴 해. 이제껏 공부 했으니까 어느 정도 준비가 되었고, 그래서 내년에는 바라는 게 이루어지지 않을까 하는 희망이 있어.

사실 제일 큰 이유는, 내가 여기서 그만두면 스스로에게 후회 할 것 같아서 그래. 그동안 공부를 했다고 하지만, 정말 최선을 다해 열심히 공부했었는가를 스스로한테 솔직히 물어보면 자신 있게 '그랬어.'라고 대답하지 못할 것 같아. 지금 상황에서 이걸 그만두면 나는 나 자신에게 열등감을 하나 더 만들게 되는 것이 라고 생각했어.

인생을 통틀어 내가 좌절해왔던 순간을 곰곰이 생각해보니까 그 요인이 다 똑같았던 거야. 나는 스스로 똑똑하다고 생각하고, 내 머리를 믿고 그 이상으로 치열하게 도전하려는 생각을 못 했 던 거지. 그동안에는 적당히 해왔어도 나름대로 결과가 괜찮았 으니까. 그러니 '아, 이 정도면 되겠지.' 하는 생각이 습관이 되 어버렸던 거야.

그런데 이 시험은 그런 성격이 아니잖아. 최선을 다하지 않으 면 절대 합격할 수 없는, 결과가 너무 확실하게 드러나는 시험이 야. 그런데 이 시험까지도 그렇게 적당히 하다 포기하고 그만두 게 되면, 열등감이라든지 후회가 너무 클 것 같았어. 물론 시험에 합격한다고 해서 모든 문제가 다 해결되는 건 아니겠지만, 지금 내게는 이게 가장 절박한 목표가 되었어. 그만큼 들인 노력이 있으니까.

이번이 마지막 기회라고 생각하게 된 건 아무래도 나이라는 요인이 큰 것 같아. 20대와 서른은 조금 느낌이 다르기도 하고 물론 언제나 예외는 있지만, 주변을 봤을 때 어쨌든 이제 다 일을 하고 돈을 벌고 하는 나이니까. 남들 눈치 보지 않고 자기 인생을 살면 된다고 생각할 수도 있지만, 그렇다고 의식이 안 되진 않더라고. 그리고 이제 거기에 더해서 부모님도 신경 쓰이는 게 사실이야.

부모님 나이도 있으니까 내가 빨리 자리를 잡아야겠다 그런 부담감이 생긴 거지?

사실 아주 최근까지도 우리 집의 경제 상황을 잘 몰랐어. 나는 집에서 오래 떨어져 있었으니까. 아버지랑 내가 딱 서른 살 터울이거든. 내년에 환갑이시고, 어머니는 이제 쉰 여덟. 그런데 그 시기가 되니까, 아버지도 이제 변화의 시기를 맞게 된 거지. 그래서 원래 다니시던 직장에서 명예퇴직하게 되었고, 그 이후에 다른 일들을 이것저것 하다가 누구나 뛰어든다는 자영업에 도전하셨는데 그게 잘 안 풀렸어. 음식점이 잘 안되면서 그 과정에서 돈을 많이 잃었지.

지금 집에서 돈을 받아가면서 공부하는 게 많이 부담이 돼. 내가 얼핏 계산해보면, 이제껏 부모님이 쓰시던 규모도 있고, 나한테 지원까지 하려면 지금 집이 적자일 텐데. 게다가 동생까지 곧 결혼한단 말이지. 공부하는데 신경 쓰이지 말라고 일부러 말하지 않는 것 같은데. 그래도 부담이 큰 게 사실이야. 얼른 자리 잡아서 갚아야겠다는 생각도 크고. 그래서 얼마 전까진 그게 좀 힘들었어.

고시생들이 쓰는 커뮤니티 사이트가 있는데, 어느 댓글에 그런 이야기가 있었어. '너는 지금 부모님 노후자금을 깎아 먹으면서 그렇게 살고 있는 거다.' 그 문장을 본 순간 혼자 뜨끔해서 그걸 저장해서 가지고 있거든. 동생한테도 그렇고, 부모님한테도 미안한 마음이 크지. 그래서 나중에 합격하면 다 갚겠다, 그렇게 공수표를 날리고는 있는데, 어떻게 될지는 아무도 모르는 거잖아.

동생에게도 미안한 마음이 있다는 건 무슨 말이야?

동생은 지금 초등학교 선생님이야. 동생을 생각하면 복잡한 마음이 들어. 어릴 때만 해도 항상 오빠라고 앞서 있고 그랬는데, 군대를 기점으로 그게 뒤집혔던 거 같아. 학교도 금방 졸업하고 임용고시도 금방 합격해서 내가 여기에 들어올 무렵부터 걔가 일을 시작했어. 그러면서 오히려 여태까지 도움을 좀 많이 받았지. 생일이나 동생이 처음 월급을 탔을 때 그리고 첫 명절 때도 그랬고, "오빠, 서울에서 혼자 지내는데 맛있는 거라도 사 먹어." 이러면서 용돈을 보내주기도 했어. 그러니 동생에 대한 미안한 마음도 있지. 합격하면 다 갚아야겠다는 생각을 해.

가족을 이야기하는 동안 그의 말에서 다시금 합격에 대한 간절한 염원이 느껴졌다. 언제까지고 수험생활을 계속하기 어려운 집안의 사정. 한 살씩 늘어

나는 나이…. 그렇다면 그는 합격의 순간과 그 이후의 삶을 어떻게 기대하고 있을까.

공부하면서 '합격하면 어떤 기분일까?' 하는 생각도 많이 할 것 같아.

그럼! 합격한다면… 좋지. 너무 좋겠지. 지금까지 계속 시험을 준비하면서, 뭐든지 나중에 나중에 하면서 유예된 삶을 살았잖아. 내가 지금껏 시간이 흐르는 걸 몰랐다는 얘기는, 아직 내가 서른이라는 걸 못 받아들이고 공부를 시작했던 그 스물 여섯 일곱 정도의 마음이라는 거거든. 그러니까 제일 하고 싶은 건, 그 동안 참았던 거, 미뤄왔던 거를 다 보상받을 만큼 정말 재밌게, 열심히 사는 거?

그래서 합격한다면 맛있는 거 먹으러 가기도 하고, 좋은 데 가기도 하고 연애도 할 수 있으면 좋겠어. 처음에는 이것저것 개인적인 욕구를 채우려고 할 것 같은데 사실 외교관으로 일하는 게 어떤 느낌일지는 잘 모르겠어. 그냥 또 다른 체계 안으로 들어가는 거고, 거기 들어가면 또 조직에서 요구하는 걸 열심히 하고 있겠지. 면접 때야 인생 좌우명 운운하면서 "열심히 일하겠습니다." 그렇게 이야기하겠지만, 합격해도 그냥 작은 톱니바퀴 하나가 돼서 열심히 굴러가지 않을까?

내년에 시험을 보잖아. 그러면 안 되겠지만 떨어진다는 생각, 한 적 있어?

물론 그런 생각을 안 할 수가 없지. 그런데 이번에 경제학 수업을 들으면서 믿는 구석이 생기게 된 거 같긴 해. 그러니까 내가 지금 경제학을 잘 다져놓으면 혹시 내년 시험에 떨어지더라도 이걸 활용할 수 있겠다는 생각이 들었어. 경제학을 따로 열심히 하다 보니까, 내년에 시험에 떨어지더라도 이 경제학을 가지고 다른 무역 관련 공기업 같은 곳을 지원해 볼 수 있을 것 같아. 그래도 지금은 시험 이후를 생각하지 않길 바라야겠지.

'시험'이라는 주제에 대해서 한 가지만 더 물어볼게. 우리는 인생의 중요한 순간마다 시험을 마주해야 하잖아. 우리 사회의 시험이라는 경쟁 시스템에 대해서 느끼는 바가 있을 것 같아.

난 내가 어렸을 때부터 스스로 반골 기질도 있고 비판적 사고를 잘하는 사람이라고 생각했었어. 그런데 막상 지내는 걸 보면 나만큼 체제 순응적인 사람이 없더라. 그래서인지 이제 경쟁에 익숙해져 있는 것 같아. 물론 경쟁 때문에 생기는 여러 가지 폐해나 문제점이 있지. 그렇지만 그 제도 안에서 순응하면서 열심히 노력하면 결국 나에게 주어지는 보상이 작지 않잖아. 그래서 그 구조를 벗어나기가 쉽지 않고.

시험을 준비하면서 느낀 점인데 사실 내가 공부하고 있다는 사실 때문에 면제되는 것들이 있어. 지금 나는 완전히 백수지. 졸업해서 학적도 없고, 어딘가에 전혀 소속을 두고 있지 않은 처지인데. 그래도 거기에 대한 불안함이나 두려움을 잊게 해주는 건 '고시생'이라는 명찰이야. 인터뷰 시작할 때처럼 나를 소개해야 할 일이 있을 때 "저는 고시생입니다." 이렇게 이야기하면 '아, 쟤는 지금 공부하고 있는 애구나.' 그렇게 생각하겠지.

이런저런 핑계를 댔지만, 마음 한구석에 지금의 시스템에 대해 비판적인 마음이 있으면서도 결국은 여기에 따라가게 되는 것 같

난 내가 어렸을 때부터

스스로 반골 기질도 있고

비판적 사고를 잘하는 사람이라고

생각했었어.

그런데 막상 내가 지금 지내는 걸 보면

나만큼 체제 순응적인 사람이 없네.

아. 그러니 하루빨리 이 생활을 마무리할 수 있으면 좋겠는데, 그게 쉽지만은 않아.

인터뷰를 진행하며 그는 마치 자신의 논술 답안지를 읽어나가듯 긴 문장과 수준 있는 어휘를 구사했다. 나는 비아가 이렇게 자기 생각을 저렇게 논리적으로 전개할 수 있는 것도 그의 오랜 고시생 생활이 남긴 또 하나의 흔적은 아닐까 하고 생각했다.

이제는 우리 세대에 대한 이야기를 해볼게. 우리 세대를 떠올리면 어떤 생각이 들어?

음, 나는 우리 세대가 과도기 같다는 생각을 많이 하거든. 아날로그에서 디지털로 넘어오는 그런 느낌? 내가 이렇게 생각한 이유가, 요즘 애들은 그 수화기 모양으로 된 전화 , 그 뜻을 모른다는 거야. 지금의 어린 세대에게 전화기는 그냥 네모난 스마트폰이잖아. 그 이야기를 들으면서 들었던 느낌도 과도기였어.

또 다른 건, 우리는 80년대 끝자락에 태어난 세대잖아. 그러니까 좀 어렵게 표현하자면, 냉전기의 막바지에 태어났던 세대인데. 올해 남북관계나 북미정상회담 그런 걸 봤을 때, 지금의 어린 세대가 보는 것과는 다른 감정이 드는 것 같긴 해. 우리가 서른이라는 출발선에 섰을 때 이런 사건들이 벌어지고, 그런 것들을 볼 때 역사적인 과도기를 지내는 사람들? 같은 생각이 들어.

앞으로 우리나라, 아니면 우리 사회는 어떻게 변화해갈까? 좀 거창한 질문이지만.

그런데 이것도 물론 편견이겠지만, 우리 다음 세대는 그런 거시적이고 국가적인 것에 대해서 별로 관심이 없는 것 같아. 개인의 삶이나 행복 같은 것들이 중요한 시대가 되었다고 생각해. 우리도 다르지 않지. 워라밸 이런 말도 요즘 많이 하던데, 나는 이 말이 지금의 우리 세대를 표현하는 게 아닐까 싶어. 예전 어른들은 자기를 조금 희생하고, 회사나 조직에 자기를 욱여넣어서라도 순응하고 그렇게 살았다면, 우리는 좀 더 자신에 대해서, 자신의 행복을 위해서 살려는 욕구가 있는 것 같고. 글쎄, 이렇게 생각하는 것 자체도 또 다른 꼰대 마인드일까.

네가 요즘 다른 동갑인 친구들을 만난다거나, 친구들과 이야기를 하다 보면 드는 느낌이 어때?

약간 양가적인 감정인데, 하나는 친한 친구들을 만나면 그 순간에는 신기하게도 내가 어른이다, 서른이다, 하는 현실을 살짝 잊게 돼. 물론 현실의 이야기나 어려움, 고민 같은 것도 이야기하지만 친구들을 만나면 보통 옛날의 이야기를 하잖아. 그러면 그 순간에는 내가 서른이 아니게 되는 거지.

반대로, 친구들이나 또래들을 보면 서른이란 나이가 이제 절대 어리지 않구나 하는 걸 느껴. 수험생활이라는 게 나이 자체는 변했어도 삶의 모습이 크게 있는 건 아니니까 체감하지 못했던 것들 있잖아. 결혼이나, 집, 이런 것들. 그럴 때면 조급함도 생기고 이제는 정착했으면 좋겠다 하는 생각도 들고. 꼭 결혼은 아니어도 나만의 안정적인 공간, 나만의 삶 그런 걸 가질 수 있으면 좋겠어. 그래서인지 누군가를 보면 부러움이 생기고, 누군가를 보면 불안함이 생기고. 그런 여러 감정이 드는 것 같아.

맥주를 몇 잔씩 주고받으며 한참 대화를 이어나가다 보니, 어느덧 그가 잠에 들 시간이 한참 지나 있었다. 규칙적으로 생활하는 수험생답게 시작할 때보다 얼굴에 피곤함이 부쩍 깊어졌다. 더 묻고 싶은 질문이 몇 개 남았지만, 그의 내일을 생각해 이쯤에서 인터뷰를 마무리해야 할 것 같았다.

마지막으로, 네가 느끼는 서른을 한 마디로 표현해보면 어때?

서른…. 앞에서 계속해서 말했던 거지만, 난 아직 진짜 서른이 아니라고 생각해. 한 문장으로 하자면… '나에게 서른은 아직 오지 않았다.' 이렇게 정리할 수 있지 않을까? 뭔가 멋있게 정리하고 싶었는데 딱 떠오르는 표현이 없다.

小感

소감

우리는 살면서 수많은 시험을 경험한다. 대부분의 시험은 응시자의 수에 비해 합격의 자리가 턱없이 모자라기에, 많은 이들은 불합격이라는 좌절을 경험한다. 세상은 불합격자에게 언제나 냉혹하며 사람들은 언제나 합격의 기쁜 소식만을 기억한다. 불합격자에게 주어지는 것은 공허한 위로 혹은 외면에 뒤따르는 망각 뿐이다.

삼십 년을 살아온 우리는 어렴풋이 알고 있다. 시험의 끝이 곧 인생의 끝이 아니고 합격이 반드시 행복을 가져오지는 않는다는 것을. 그렇다 해도 적어도 '승자독식' 보다는 '패자와도 더불어 사는' 상식이 통용되는 세상이 온다면 어떨까. 우리는 과연 그런 세상을 꿈꾸고 만들어낼 수 있을까.

인터뷰 당시 그는 현실적으로 올해가 수험생활의 마지막 시기임을 직감하고 있었다. 그에게 불안함이나 걱정은 크게 느껴지지 않았다. 다만 마지막이라는 기회에 후회가 남지 않도록, 그는 자신에게 주어진 남은 시간을 빈틈없이 운영하고 있었다. 그에게 시간은 붙잡아야 할 대상이었다. 그래서 그는 가만히 두면 저절로 흐르게 될 자신의 '나이'도 잡아두었다. 마치 건전지를 빼둔 시계처럼 그의 '서른'은 '합격'이라는 건전지를 끼워 넣었을 때 비로소 다시 움직일지도 모르겠다.

비아는 이제 자신의 20대 절반을 투자했던 외교관 후보자 선발시험 수험생활을 마무리하고 새로운 삶의 단계에 들어섰다. 나는 비아의 시험 결과를 이 책에 옮기지 않으려 한다. 분명한 것은, 6년의 수험생활은 그의 삶에 있어서 단순한 공백으로 남지 않게 되었다는 것이다. 나는 앞으로 비아가 이제까지 유예시켜왔던 서른의 삶을 마음껏 누리기를 바라본다.

#호주유학의현실 #미슐랭디저트셰프란 #창업은쉽지않더라 #열정은달콤한것

서른에 대한 소감

──── 진짜 어른이 되는 나이?

제과인

디저트 셰프

내 이름은 '제과인'이고, 나이는 서른. 지금은 한식을 기본으로 한 컨템포러리 레스토랑에서 디저트 셰프로 일하고 있어.

2018년 7월,
송내역 근처 카페에서

'디저트 셰프'라는 직업에서 떠오르는 달콤한 이미지 때문이었을까? 유명 레스토랑에서 일하고 있다는 제과인의 이야기를 전해 듣고 인터뷰를 부탁했다. 다행히 그는 흔쾌히 수락했고, 마침 근무 스케줄이 비는 날이 생겨 우리는 섭외자 중 첫 번째로 그를 만나는 행운을 얻었다.

디저트 셰프가 우리한테는 조금 생소한 직업이거든. 셰프로 일한 지는 얼마나 된 거야?

음, 제과제빵 학교를 졸업하고 일을 시작한 지는 5년 정도 지났어. 중간에는 잠깐 내 가게를 운영하기도 했고. 서른 살이 된 새해에도 주방에서 일하고 있었어.

디저트 셰프가 되는 과정이 쉽지만은 않았을 것 같은데, 언제부터 어떻게 준비했는지 그 과정이 궁금해.

이야기하자면 조금 길 것 같은데, 사실 처음부터 셰프가 되려고 했던 건 아니야. 체대에 진학했는데 나랑 너무 안 맞아서 학교를 그만뒀어. 내가 생각했던 거랑 달라서. 그리고 진로를 다시 고민했지.

어릴 때는 미술도 좋아했었는데 책상 앞에 엉덩이를 붙이고 오래 앉아있는 건 싫은 거야. 미술은 일단 차분하게 앉아서 뭔가를 그려야 하잖아. 공부에는 원래 취미가 없었고.

생각해보니 내가 디저트를 굉장히 좋아했었거든. 자연스럽게 '디저트도 하나의 예술이지 않나? 그러면 내가 좋아하는 미술과도 가깝지 않을까?' 하는 생각이 들더라고. 그래서 학교를 그만두고 여기저기 아르바이트를 하면서 호주에 가려고 준비했지.

호주? 워킹홀리데이를 준비한 거야?

응 맞아. 워킹홀리데이. 그걸 준비한 이유는, 내가 호주에 가고 싶은 학교가 있었는데 그 학교의 학비가 굉장히 비쌌거든. 대학교도 그만두고 집에 손 벌리기는 그러니까, 우선 워킹홀리데이를 가서 내가 학비를 벌어보겠다고 생각했어.

결과적으로 처음 호주 워홀 생활은 실패했어. 너무 어릴 때 떠났던 거야. 영어도 못 하는데, 뭣도 모르고 그냥 가면 될 줄 알았던 거지. 엎친 데 덮친 것처럼 그때 세계 경제도 굉장히 안 좋을 때였어. 그래서 호주에서도 일자리가 하나도 없는 거야. 한국인은커녕 현지인 일자리도 없으니까. 그렇게 돌아다니다가 지쳐서 4~5개월 정도 있다가 한국에 돌아왔어.

그렇게 워킹홀리데이 생활을 접고 돌아와서는 '아, 이렇게는 안 되겠다.' 싶어서 다시 호주에 갈 준비를 시작했었어. 한국에서 다시 아르바이트도 하고, 이번에는 그냥 부모님께 학비 지원을 부탁드렸지.

그렇게 다시 호주에 갔던 때가 2010년쯤이야. 워홀을 실패한 경험도 있었고, 일단 영어가 중요하구나 싶어서, 먼저 어학연수를 받은 다음 디저트 공부를 시작했어. 그래도 워킹홀리데이 경험이 있어서 그랬는지 현지 생활에 적응하는 데도 어렵지 않았어. 공부도 하면서 동시에 파트타임 아르바이트를 병행할 수 있었어.

디저트는 어디서 공부했어?

호주 시드니에 있는 '르 꼬르동 블루'라는 학교에 다녔어. 원래는 미국에 있는 CIA라는 요리학교도 들어가고 싶었는데, CIA는 학비가 굉장히 비싸서 내가 감당하기 어려울 것 같았어. 학교에 다니려면 현지에서 일을 같이 했어야 했는데, 미국 학생비자는 따로 취업을 할 수가 없었거든. 그래서 호주 유학을 결정하게 됐지.

호주에서의 시간들이 정말 좋은 경험이었을 것 같아.

맞아. 사실 처음에는 요리라는 것이 예술적인 작업인 줄 알았는데, 호주에서 요리를 배울 때 우선은 굉장히 기술적인 부분, 이걸 이렇게 만들면 이런 맛이 난다 하는 기술을 배웠던 것 같아. 아무래도 그런 기초적인 것들이 중요할 테니까. 나한네는 정말 좋은 기회였고, 나한테 필요한 시간이었어.

스물 넷에 한국에 돌아와서 제일 먼저 시작했던 일은 어떤 거였어?

한국에 와서는 직장을 찾았지. 그런데 그때도 정말 쉽지 않았어. 일단 내가 너무 눈이 높았어. 외국에서도 공부하고, 또 나름 좋은 곳에서 일했었으니 웬만한 자리는 성에 차지 않았던 거지. 여러 군데 이력서를 넣었는데 대부분 떨어지고, 몇 군데 합격한 곳은 별로 마음에 안 드는 거야. 그리고 한국은 외국에서 일한 걸 경력으로 인정해주지 않더라고. 막내로 시작하려니까 좀 아쉬운 것도 있고, 한국 주방은 외국이랑 분위기도 아주 달랐어.

첫 직장을 구한 건 정말 우연한 기회를 통해서였어. 예전에 유학을 알아보면서 우연히 알게 된 블로거가 CIA 출신이었는데, 요리에 대한 실력과 열정이 엄청났어. 특히 CIA에 진학하는 과정이나 방법을 자세히 설명해 놓았었거든. 그래서 컴퓨터에 즐겨찾기를 해놓고 유학을 준비할 때도 그리고 호주에 있을 때도 매일 찾아 들어가 봤었어.

그런데 내가 한국에서 직장을 구할 때쯤 그 분이 서울에서 짧은 기간 동안 한 장소를 빌려서 예약제로 식당을 여는 팝업 스토어를 진행하고 있다는 글을 봤어. 그때 갑자기 '아, 정말 이 분이랑 같이 일을 해보고 싶다.'하는 생각이 들어서 무턱대고 연락했어. 나는 호주에서 디저트를 배웠는데, 셰프님과 같이 일해보고 싶다고 했어.

사실 기대를 크게 하진 않았어. 그런데 같이 해보자는 답장이 왔고 그렇게 한국에서 디저트를 만드는 일을 시작하게 된 거야. 그후로 셰프님과 서울을 다니면서 팝업 스토어를 진행했어. 물론 장사도 정말 잘 됐고, 요리에 대해서도 많이 배울 수 있었지. 나중에 그 셰프님은 투자를 받아서 새로 가게를 차리게 됐고, 나도 조금 더 준비해서 내 가게를 오픈했어. 좀 있다 가게가 망하긴 했지만.

자신의 창업 경험을 한 문장으로 마무리하려는 그에게, 실패의 경험을 자세하게 묻는 게 실례는 아닐까 하는 생각이 스쳤다. 하지만 개업에서 폐업까지의 이야기를 조금 더 자세히 들어보기로 했다.

괜찮다면, 가게를 운영했던 이야기를 조금 더 자세하게 해줄 수 있을까.

조금은 부끄러운 이야기지만… 가게는 2014년 말쯤에 여대 주변에서 시작했어. 에클레어랑, 초코퐁당이라고 안에 초콜릿이 가득 차 있어서 손님이 자르면 초콜릿이 흘러내리는, 디저트를 주로 팔았어. 테이크아웃이 없는 레스토랑 스타일의 디저트 가게였지.

시작한 지 얼마 안 됐을 땐 그래도 장사가 괜찮게 됐어. 석 달쯤 지났을 때쯤인가, TV에 잠깐 나온 적도 있었거든. 그랬는데 그해 여름에 메르스가 터졌어. 그래서 손님이 뚝 끊기고, 좀 있으니까 학교들은 방학해 버리고. 그 이후로는 손님이 늘지를 않더라. 그래서 버티고 버티다 결국은 2년 반 정도 지나고 2017년 5월에 가게 문을 닫았어.

여대 주변 디저트 가게라면 왠지 장사가 잘 되었을 것 같은데, 꼭 그렇지만은 않았었구나.

응. 우선 가게 자리가 좋지 않았어. 돈이 많으면 당연히 좋은 위치에 있는 점포에 들어가는 거고, 그게 아니면 어디 구석에 있게 되는 거니까. 그때 내가 가지고 있는 자본으로는 2층 점포에 들어갈 수밖에 없었거든.

그리고 의외로 여대생들이라고 해서 디저트 가게를 자주 찾는

건 아니더라. 그나마도 시험 기간이 되면 오는 사람이 없어. 방
학이 되면 더 없고. 그러다 보니까 비수기라고 할 수 있는 때가
1년의 절반은 되는 거야. 가게를 유지하기도 정말 어려웠어. 그
래서 사실은 장사를 시작한 지 1년쯤 지났을 때 문을 닫으려고
했는데, 가게가 나가지를 않는 거야. 울며 겨자먹기로 손해 보면
서 계속할 수밖에 없었어.

**장사를 접은 게 2017년 5월이었지. 그때 기분이 어땠어? 그 이후로 지금
까지는 어떻게 지냈어?**

사실 가게를 접고 완전히 망했을 때 나는 속이 시원했어. 뭐랄
까. 이걸 계속 끌고 가는 건 시간 낭비 같았거든. 손해를 보면서
장사를 계속하다 보니까 빚도 생기고, 완전 빈털터리가 되었지.
그때 알았어. 장사는 정말 쉽지 않구나. 그리고 자만하면 안 되
겠구나.

그 이후에는 다시 일자리를 찾았어. 그런데 전문적으로 디저
트만 하는 인력을 구하는 데는 우리나라에 정말 없어. 그때 카페
를 차리면서 받은 대출의 이자와 원금을 내야하니까 마음이 조
급해져서 다른 아르바이트도 잠깐 했었어. 그러다 새로 오픈한
호텔 레스토랑에서 일을 시작했어. 급여도 괜찮고 새로 생긴 곳
이라 시설도 좋았어.

그런데 시간이 지나니까 너무 따분해지는 거야. 사실 그 레스
토랑도 장사가 잘 되는 건 아니었는데, 원래 호텔이 레스토랑도
갖추고 있어야 하니까 어쩔 수 없이 운영하는 그런 곳이었던 거
지. 그래서 일 없이 매일 앉아 있을 때가 많았어. 눈치도 보이고,

내 요리에 발전도 없는 것 같아서 '기회가 있다면 다른 곳으로 옮기고 싶다.' 이런 생각을 하게 되었지.

그때 팝업 레스토랑을 같이 했던 그 분한테 갑자기 연락이 왔어. 요즘 뭐하냐고, 가게에 자리가 하나 생겼는데 같이 해볼 생각이 있냐는 거야. 사실 팝업 스토어 이후에도 몇 달 정도 같이 일했는데, 그 당시에는 나만의 가게를 차리고 싶어서 그만뒀거든. 돌이켜보면 준비되지 않은 상태로 무모했던 거지. 그래서 이번 기회는 놓치지 말자, 내 실력을 좀 더 쌓자는 생각을 가지고 가게에서 다시 일하겠다고 대답을 했어. 그게 올해 2월이었고, 지금까지 그 가게에서 디저트를 책임지면서 일하고 있어.

분명 너의 실력도 그만큼 훌륭하니까 셰프님도 너와 같이 일하고 싶어 했던 게 아니었을까? 지금 일하고 있는 곳은 어떤 곳이야? 너는 어떤 일을 해?

하하. 지금 일하는 곳은 한식 레스토랑이야. 한식을 현대적인 스타일로 해석하고, 그것을 시즌마다 에피소드 형식으로 엮어내는 것으로 유명해.

가게는 12시에 오픈하는데 그럼 아침 10시에 도착해서 그날 메뉴를 준비해. 가게까지 가는데 한 시간 반 정도 걸리니까 8시 반쯤 집에서 나와. 아침에 출근해서 가게 오픈을 준비하고, 런치가 시작되면 12시부터 3시까지 손님을 받고, 두 시간 정도 쉬면서 디너를 준비해. 디너는 6시에 시작해서 한 9시, 10시 정도까지. 손님이 많거나 오래 남아있거나 하면 11시가 넘을 때도 있고.

보통은 일주일에 이틀을 쉬어. 식당이니까 따로 주말은 없고, 각자 근무하는 스케줄이 있는데 특별한 이벤트가 있거나 바쁘거

사실 가게를 접고 완전히 망했을 때
나는 속이 시원했어.

뭐랄까,
이걸 계속 끌고 가는 건
시간 낭비 같았거든.

나 하면 더 일을 하기도 해. 지금은 내가 디저트 셰프를 맡고 있고 내 밑에 보조 셰프가 한 명 있어. 이렇게 둘이서 디저트를 담당하고 있어. 당연히 일하는 건 힘들고 지치지만, 나만의 작품을 만들어낸다는 사실이 뿌듯하기도 하고 재미있어.

인터뷰 내내 차분한 그의 목소리에서 지금의 그가 있기까지 겪었을 수많은 굴곡이 전해졌다. 이제 질문의 방향을 바꾸어 제과인이 살아가고 느끼는 서른의 모습을 들여다보기로 했다.

정말 파란만장한 20대를 보냈던 것 같아. 정신없이 바쁘게 달려오다 보니 어느덧 서른이 되었잖아. 어떤 느낌이야?

딱히 특별한 생각이 들진 않아. 사실 남들과 다른 길을 걷기도 했고, 장사에 실패해서 아직 빚도 많이 있거든. 그러니까 다른 또래들보다는 경제적으로 이뤄놓은 게 없고, 좀 늦었다는 느낌도 있지. 그렇지만 지금 내가 좋아하는 일을 하고 있고, 이 일을 죽을 때까지 계속할 거라고 생각해. 그래서 당장 돈을 많이 버는 건 사실 중요한 일이 아니야.

물론 서른이 되고 나니까 스스로 변한 것도 있어. 뭐랄까, 스무 살에는 학교도 며칠 만에 때려치는 그런 패기나 무모함 같은 게 있었다면, 서른이 되고 나서는 어떤 백업 플랜을 준비하게 되는 것 같아.

그렇게 느끼게 된 건 아무래도 미래에 대한 불안함 때문이겠지? 어릴 때는 한두 번 실패해도 아직 어리잖아. 다시 시작할 수 있다는 느낌이 있었지. 하지만 서른은 사회적으로도 무언가를 시작하고, 정착해야 할 시기이기도 하고, 가정을 꾸려야 할 나이이기도 하고. 그래서 실패하지 말아야 한다는 생각을 가지고, 뭔가를 선택할 때 더 안정적인 것을 고르게 되는 것 같아.

불안함이라는 게 서른을 이해하는 중요한 감정인 것 같아.

그렇지. 우리가 어릴 때는 서른이면 무엇인가 이룬 준비된 어른일 것 같았는데 막상 서른이 되어보면 그렇지도 않잖아. 적은 나이는 아니지만, 사회적인 경험으로는 초년생이고. 내가 생각했던 서른, 남들이 말하는 서른과 내가 실제로 겪는 서른의 괴리감이랄까. 그런 게 우리에게 불안함을 주는 것이라고 생각해.

물론 나는 남들처럼 직장에서 일하는 건 아니지만 우리 나이쯤이면 보통 회사에서는 막내잖아. 아니면 아직 취업을 못 했을 수도 있어. 생각해보니 취업이 굉장히 큰 부분이지 않을까? 다들 좋은 직장, 안정적인 일자리를 원하는데 그런 곳은 많지 않고, 그러다보니 경쟁률은 높고 떨어지는 사람은 계속 떨어지는 거지. 그러면 자괴감도 들고, 굉장히 불안할 것 같아.

너는 창업이라는 또 다른 경험을 했었잖아. 창업을 했을 때 제일 불안하게 느껴지는 건 어떤 거야?

창업을 했을 때는, 당연히 망할 수도 있다는 사실이 제일 불안하지. 망하면 끝이잖아. 그거 말고는 없지 않을까? 결국 창업은 잘되거나 망하거나 둘 중 하나니까.

그래서 요즘 젊은이들한테 창업을 권하는 지금 사회도 문제가 있다고 생각해. 솔직히 말해서 나도 기술적인 부분으로는 어

느 정도 준비가 되었다고 생각해서 시작했는데도 굉장히 어려웠
단 말이야. 그런데 대부분의 청년들이 전혀 준비되지 않은 채로
사업에 뛰어드는 모습을 볼 때가 많거든. 창업은 스스로 완벽히
준비되었다고 생각할 때 시작해야 한다고 생각해. 물론 사회적
으로도 어느 정도의 지원이 있고, 만약 실패해도 다시 재기할 수
있는 제도가 있었으면 좋겠어.

**이야기를 쭉 들어보니 청년 창업이 쉽지만은 않다는 생각이 들어. 요즘은
거의 매일을 아침 일찍 출근해서 밤늦게까지 일하잖아. 아무래도 체력적으
로 힘들긴 하겠다.**

좀 그렇지. 그래도 평소에 일하는 건 괜찮아. 버틸 만해. 그런데
우리 레스토랑이 시즌별로 에피소드를 구성한다고 했잖아. 그게
3개월에 한 번씩 메뉴를 바꾼다는 말인데. 그러면 에피소드를
바꾸기 2주 전부터는 메뉴를 계속 기획하고 직접 만들어보고, 3
일 전부터는 아예 가게 문을 닫고 새로운 메뉴를 만들어보거든.
이때는 거의 밤을 새우다시피 해서 준비한단 말이야. 그러면 완
전히 지쳐. 이때 '아, 내가 진짜 체력이 약해졌구나' 생각이 들더
라고. 건강을 생각해서라도 운동을 해야겠는데, 또 시간이 잘 나
지는 않네.

**그럼 너는 과거의 서른과 지금의 서른, 어른들과 우리 세대가 뭔가 다른 것
같아?**

노력하면 성공한다 아니면 개천에서 용 난다. 뭐 이런 말들이 통
용되지 않는 사회가 되지 않았나 싶어. 예전에는 성공의 기회가

좀 더 열려있었던 것 같아. 그러니까 시골에서도 어떻게든 서울로 가서 노력하면 성공할 수 있었고. 우리 부모님 세대에는 그런 성공신화 같은 게 많이 있었잖아. 지금은 뭔가 막혀있는 느낌이야. 뭘 시도하더라도 일단 출발점이 다르니 도저히 이길 수 없다는 느낌이 들어. 특히 장사를 해보니까 더욱 그래. 자본을 가진 사람들은 실패에 대한 부담도 적고, 만회할 수 있는 기회도 많잖아. 그런데 우리 같은 사람들은 우선 시작점이 달라. 장사에서 제일 중요한 건 자리인데 가게를 시작하는 입지가 다르니까.

말 나온 김에 디저트 이야기를 좀 더 하면, 요즘 디저트 가게 같은 게 많이 생기잖아. 가게를 여는 대부분 사람들은 해외에서 유학을 다녀오거나 아니면 외국의 유명한 셰프들이 여는 마스터클래스 같은 걸 수강해서 시작하는 사람들이 많거든. 하지만 그런 강의를 들으려면 돈이 많이 들어가니까, 경제적으로 여건이 되지 않으면 시작하기 쉽지 않지.

그럼 창업 경험자의 입장에서, 우리나라에서 음식점을 운영할 때 제일 중요한 포인트는 뭐라고 생각해?

물론 자신이 판매하는 음식에 대한 실력과 자부심이 가장 중요하겠지. 그런데 아까도 이야기했지만, 우리나라에서는 가게의 자리가 중요한 것 같아. 사실 우리 아버지도 부동산 임대업을 하셨어. 막 큰 건물은 아니고 원룸이었는데. 처음에는 임대율도 괜찮았고 수익이 좀 났었어. 그런데 시간이 지나면서 건물도 오래되고, 그 주변에 새로운 오피스텔이나 건물들이 들어오니까 사람들이 잘 안 들어오는 거야. 그래서 얼마 전에 정리하셨다고 들었어.

그렇구나. 사실 집값이나 임대료, 이런 부동산 문제는 세대적인 문제와도 관련이 있는 것 같아.

맞아. 좀 다른 이야기였지만, 가게를 운영하는 입장에서는 자기 건물이 아닌 이상 임대료의 비중을 무시하기 어려워. 그런데 당연히 건물주도 그 건물에 투자한 만큼 이익을 보려고 할 거잖아. 그러니 임대료는 내려가기 어렵고, 오히려 점점 오르는 거지. 정말 장사로 성공하려면 임대료가 나가지 않게 자기 점포를 가져야 하는 것 같아. 물론 그러면 아까 말했었던 자본의 문제랑 연결이 되겠지… 어려워.

또 가게를 운영할 때는 고객들과의 소통이 중요한 것 같아. 특히 요즘은 SNS 홍보나 인스타그램 같은 마케팅이 굉장히 중요해졌잖아. 사실 처음 가게를 운영할 때 내가 그런 걸 잘 하지를 못했거든. 성격이 그렇게 활발한 편이 아니라서 말이야. 가게에 자주 오는 단골을 봐도 막 아는 척도 잘 못 했어. 하지만 이것도 일종의 사회생활이잖아. 다음에 다시 시작할 때는 내가 더 노력해서 바뀌어야겠지.

그는 자연스레 다시 사업을 시작하겠다는 말을 꺼냈다. 한 번 실패를 경험했지만 왜 다시 사업을 시작하고 싶다는 걸까? 의아함에 그의 말을 되물었다.

그럼 나중에 다시 사업을 시작하고 싶은 거야?

응. 나는 나중에 내 이름을 건 디저트 가게를 운영하는 게 꿈이

야. 앞에서는 계속 장사가 어렵다, 하면 안 된다, 그렇게 이야기
했던 것 같은데 그래도 나는 내 가게를 가지고 싶어. 빵이나 디
저트, 커피를 정말 전문적으로 하는 손님들에게 맛으로 인정받
는 그런 가게를 만들었으면 좋겠어.

한 번 실패했었는데 다시 도전하려는 이유가 뭐야?

나는 어릴 때부터 내가 좋아하는 일을 해야 했어. 돈을 많이 버
는 걸 떠나서, 좋아하는 걸 하는 게 가장 중요해. 나는 돈보다는
내 행복이 더 중요하거든. 좋아하는 일을 하다 보면 언젠가 돈은
따라오지 않을까? 그럴 거라고 믿어.

그래도 당장 시작할 수는 없고, 지금 생각으로는 한 서른 다섯
은 지나야 가능하지 않을까 싶어. 실력도 더 쌓아야 하고, 아직
남은 빚도 갚고 해야 하니까.

그리고 뉴질랜드에 가서 영주권을 받을까도 생각하고 있어.
나이를 먹으면서 내가 안정 지향적으로 변한 걸 수도 있는데 일
종의 보험인 거지. 아무래도 뉴질랜드는 우리나라보다 디저트가
발달해 있기도 하고, 내 기술이나 실력을 인정받기도 더 유리한
곳이기도 하니까. 그리고 뉴질랜드는 영구영주권 취득이 가능하
거든.

약간 헬조선을 벗어나자, 이런 맥락이야?

꼭 그런 건 아니야. 하지만 아까도 말했듯이, 디저트나 요리를
하는 사람으로서 한국이 어려운 곳인 건 사실이야. 구조상 그래.
반면에 뉴질랜드는 일단 디저트가 식생활에 거의 필수적이고,

시장도 발달해 있고, 그러다보니 수입도 우리나라와 비교해서 더 많이 얻을 수 있어.

또 한국에서는 삶의 여유를 찾기가 어려운 것 같아. 모든 게 빠르고 바쁘게 지나가고, 그러니까 삶의 균형을 찾기가 어렵지. 일과 삶의 밸런스. 요즘 많은 사람들이 그게 중요하다고 생각하잖아. 그런데 자영업이나 서비스업을 하는 사람들은 아직도 그 균형을 찾기가 어려운 것 같아. 반면에 식당도 일찍 문을 닫아버리잖아. 그 곳 사람들은 자신의 삶이 중요하니까.

물론 외국으로 떠나 사는 것만이 능사는 아니겠지. 사실 스물여섯쯤에는 지금보다 더 외국에 나가서 살고 싶었어. 그때는 정말 한국을 떠나고 싶었거든. 그래서 영국 워킹홀리데이에 지원했었는데, 결국엔 떨어졌어. 그때 약간 외국에 나가야겠다는 생각이 꺾이긴 했어. 그래도 한국에서 무언가를 이루어봐야겠다는 생각도 들었고, 그즈음에 지금 여자친구를 만나기도 했어.

네 말처럼 무작정 해외로 나간다고 성공이나 행복이 보장되지는 않을 거라 생각해. 지금 너에게 가장 행복을 주는 일은 어떤 거야?

물론 제일 행복할 때는 좋아하는 사람을 만나 맛있는 키피를 마시면서 대화할 때지. 음, 그리고 이것도 너무 모범답안 같기는 한데, 디저트를 만들 때 그래서 맛있는 디저트를 손님이 맛있게 먹을 때, 나는 그때가 가장 행복한 것 같아. 아니면 아무 생각 없이 쉴 때. 그런 소소한 순간들이 지금은 행복해.

돈보다는 내 행복이 더 중요하거든.

좋아하는 일을 하다 보면 언젠가 돈은 따라오지 않을까?

그럴 거라고 믿어.

소소한 행복이 요즘 유행이기도 하잖아. 너무 공감되는 대답이다. 네가 생각하기에 지금의 서른 살에게 가장 필요한 건 뭐라고 생각해?

서른 살에게? 어려운 질문이네. 내가 막 이야기해도 좋을지 모르겠는데…. 나는 우리 서른 살에게 열정이 필요하다고 생각해.

열정? 뭔가 의외의 대답인데.

내 생각에는 지금 서른 살 중에서 본인의 삶을 살지 못하고, 사회적인 시선에 따라서 사는 사람들이 많은 것 같아. 부모님이 바라는 것 아니면 주변 사람들의 이야기나 그런 것이 좋아 보여서 내가 정말 원하는 게 아닌데도 따라가는 그런 모습들 있잖아. 나는 열정이 없어서 그렇다고 생각해. 그래도 서른이면 아직은 도전해 볼 만한 시간인 것 같아. 마흔이면 좀 다르려나?

나는 같이 일하고 있는 세프 형한테 영향을 많이 받은 것 같아. 지금 가게를 운영하는 데도 엄청나게 열정적으로 일하고, 실력도 물론 뛰어나지. 열정을 가진다고 모두가 성공하는 건 아니겠지만 하나의 분야에서 두각을 나타내기 위해서는 그런 열정이 필요한 게 아닐까.

크고 작은 실패를 경험했던 그의 입에서 '열정'이라는 단어를 듣게 된 것이 조금은 뜻밖이었다. 같은 단어지만 주변에서 쉽게 들어왔던 그 흔한 '열정'보다는 더욱 묵직하고 뜨거운 느낌이 전해졌다.

마지막으로, 서른을 한 단어로 정의한다면 뭐라고 할 수 있을 거 같아?

서른? 음, 서른은 '새로운 출발'인 것 같아. 10대나 20대는, 공부를 한다거나 인간관계를 쌓는다거나 그런 과정을 통해 사회에 나가는 걸 준비하는 시기였다고 생각해. 그리고 부모님의 보호라던가 학생이라는 신분 같은 그런 안정적인 울타리 내에 있는 시기잖아. 그런데 서른은 이제 그 울타리를 벗어나서, 내가 어른으로 독립을 해야 하는 시기잖아. 이전까지는 배우고 훈련하고 몸을 푸는 단계였다면, 이제 서른은 출발점에 서 있는 그런 느낌인 것 같아.

小感

소
감

　　　　　태어나 처음 카카오가 듬뿍 들어간 다크 초콜릿을 맛보았던 때를 떠올려 보았다. 생긴 건 여느 초콜릿과 다르지 않은 그것을 깨물었을 때, 마치 고동색 크레파스를 씹은 듯 퍼지는 씁쓸하고 떫은 낯선 자극이 당혹스러웠다. 초콜릿의 원재료인 카카오는 떫은맛이 나고, 카카오가 들어가야 초콜릿의 달콤하고 쌉싸름한 질감과 풍미가 생긴다는 것을 알게 된 건 한참 뒤의 일이다.

　　카카오의 떫은맛은 초콜릿의 달콤한 맛을 배가시킨다. 수많은 멘토가 '인내는 쓰지만 열매는 달다.'고 말한다. 그렇다면 우리들의 삶도 어느 만큼의 떫은 경험을 더해야 더 풍성한 맛을 내게 되는 것일까? 지금은 벅찬 듯 느껴지는 고난들이 우리의 삶을 어떤 방향으로 인도할지 우리는 전혀 알 수 없다. 그저 우리는 망망대해 속 돛을 펴고 출항한 조각배처럼, 이리저리 흔들리며 어디론가 향하고 있다. 그곳이 내가 그리던 행복의 풍경이길 바라면서.

　　제과인은 지금도 디저트 셰프라는 자리에서 구슬땀을 흘리며 자신의 꿈을 준비하고 있다. 언젠가는 그의 꿈이 현실로 이루어져 그의 이름을 내건 가게를 만날 수 있게 되기를, 그리고 달콤한 그의 디저트 한 접시를 맛볼 수 있었으면 좋겠다. 그가 자신의 인생이라는 정찬에서 달콤한 디저트를 맛보기까지, 그 열정이 식지 않았으면 좋겠다. 서른이 '새로운 출발'이라고 생각했던 그에게, 열정과 실력은 자신이 꿈꾸는 미래를 만들어가는 가장 믿을만한 무기가 되어줄 것이다.

○ 지원, 나에게 맞는 일을 찾았어. 이제 나에게 맞는 사람을 찾았으면

○ 포로리, 조금 편안해지니까 오히려 미래가 두려워지는 거야

30

사랑의 무게를 느끼다

사랑,
시작하기도 전에
피곤함이 찾아오는 이유는

　　만날 때마다 좋은 사람 있으면 소개시켜달라고 채근거리는 친구들이 있다. 하지만 그 말에 큰 맘 내어 '소개팅' 의향을 물어보면, "아, 요즘은 좀 바빠서…." 하고 발을 뺀다. 이들의 심리는 "혼자라 외롭긴 하지만, 막상 누구를 만나 연애를 시작하기엔 귀찮기도 하고 피곤하고…." 다. 꼭 뒤에는 "아무래도 나이를 먹으니 누굴 만나는 게 점점 어려워져."라는 사족을 남긴다. 남들은 좋은 사람을 척척 잘도 만나 연애도 결혼도 쉽게 잘 하는 것 같은데 '나'는 결혼은커녕 연애를 시작하는 것도 이렇게 어려운 일인지, 참 모를 일이다.

　　통계청의 〈인구동향조사〉에 따르면, 2018년 우리나라의 평균초혼연령은 남성이 33.15세, 여성이 30.40세를 기록하였다. 흥미로운 것은, 해당 통계를 집계하기 시작한 1990년 이후 평균초혼연령은 한 차례의 역전도 없이 남녀를 불문하고 꾸준히 상승곡선을 그려왔다는 것이다. 2018년에 혼인한 남성은 평균적으로 2000년에 비해 3.87년, 여자는 3.91년 더 늦게 결혼식을 올린 셈이 된다. 결혼이 늦어지는 '만혼화' 현상이 어떤

한 사건이나 유행에 의한 일시적인 현상이 아니라, 매우 점진적이고 지속적인 사회적 변화라는 것을 알려준다.

미혼남녀가 결혼을 미루는 이유에 관한 여러 사회학적 분석이 존재한다. 특히 1997년 외환위기 이후 고착화된 저성장, 극심한 취업난, 낮아진 고용안정성 등의 요인으로 인해 결혼적령기 인구의 경제적 기반이 흔들리며 결혼에 필요한 재정을 확보할 수 없게 된 것이 하나의 주요한 원인일 수 있다. 유사한 이유로 소득에 비해 급격하게 오른 부동산 시세를 문제의 원인으로 지적하는 분석도 있다.

하지만 나는 조금 더 미시적인 측면에 주목해 이야기를 이어나가고자 한다. 그것은 결혼 이전에 선행되는 관계맺기, 즉 '연애'에 관한 것이다. 한국보건사회연구원의 〈청년층의 주거특성과 결혼 간의 연관성〉 연구보고서에 따르면, 이성교제 상대가 있는 미혼 중 90.1%는 결혼할 의향이 있다고 답한 반면, 현재 교제 상대가 없는 경우는 결혼 의향에 고작 21.9%만 긍정적으로 응답했다. 이것은 현재 이성을 만나고 있을 때 훨씬 더 결혼에 긍정적인 태도를 보인다는 것을 의미한다. 너무나 당연하지만 결혼은 '상대가 있어야 하는 것'이다. 시간이 지날수록 누군가를 만기 어려워진다고 느끼게 되는 이유는 무엇일까?

세상에는 사랑에 대한 수많은 정의가 있다. 저마다 자신이 생각하는 사랑의 모습이 있지만 그 모습은 모두 다르게 생겼을 것이다. 그 누구도 사랑을 완벽하게 표현할 수 없다. 우리는 다만 사랑이 가지고 있는 몇 가지의 공통된 특징으로 사랑을 어렴풋이 그려낼 수 있을 뿐이다. 그 수많은 사랑의 모습 가운데, 나는 사랑이란 '이래저래 재면서 계산하지 않는 것'이라고 표현하고 싶다. 이러한 측면을 고려할 때, 우리는 우리가 쉽게 사랑을 시작하지 못하는 이유를 더 뚜렷하게 설명할 수 있다.

현실을 들여다보자. 나이가 들수록 삶에서 마주치는 새로운 이성에게 연애의 감정을 느끼고 그것을 표현하기는 어려운 일이다. 소개팅은 이 어려운 일련의 과정을 획기적으로 단축시키는 우리 고유의 풍속이다. 주선자는 소개팅에 참여하고자 하는 이들의 외모, 직업, 거주지, 외적 취향과 같은 스펙들을 비교하고 그 견적에 맞춰 소개팅을 주선한다. 참여자는 주선자의 신용과 상대방의 '프사'에 근거하여 소개팅이라는 게임에 참가를 결정한다. 소개팅에서는 무엇을 입고, 어디에서 만나고, 어느 식당에서 어떤 메뉴를 시키고, 어떤 대화를 나누어야 하는지에 관한 수많은 규칙들이 있다. 상대의 카톡 답장 주기와 'ㅋ' 숫자는 소개팅의 성패를 가늠하는 중요한 척도로 기능한다. 새로운 인연을 만난다는 사실에 설레야 할 소개팅은, 이렇게 두 플레이어 사이에 수많은 양식과 코드가 교차하는 일종의 의례로 변모한다.

나이가 들수록 사랑하기 어려워진다는 말은, 살아가며 자신만의 '사랑의 방정식'에 변수를 계속 추가하고 그 식을 더 복잡하게 설계해 나간다는 말과 같다. 우리는 연애를 생각하며 머릿속에 내 통장 잔고와, 앞으로의 기대 수익과, 부모님의 재산 목록과, 연애를 시작할 때 들어갈 수많은 비용들을 방정식에 대입해 본다. 사랑을 시작하기도 전에, 젊은 남녀들은 자신의 연애를 머릿속으로 빠르게 암산하고 이내 피곤함에 휩싸인다. "아직은 연애할 때가 아닌 것 같아."라는 대답은 매우 복잡하고 치열한 계산을 통해 얻어진 답이다.

그럼에도 불구하고 우리는 언제나 사랑을 꿈꾸며 실제로 사랑을 수행한다. 우리 세대의 사랑은 어느 정도 현실 속에 구성된 '이상적인 사랑하기'에 저항하면서 자신들만의 사랑의 문법을 구축하는 과정이 되었다. 계산하기를 강요하는 타인들의 시선을 뛰어넘어 오롯이 두 사람의 감정과

112

행복에 눈을 맞추며, 이미 존재하는 사랑의 공식을 던져버리고 둘만의 사랑의 언어를 나누며 많은 청년들은 저마다의 사랑을 만들어나가고 있다.

사실 만혼화, 저출생, 낮은 삶의 만족도와 같이 우리 세대가 당면한 '문제'들은, 우리가 자유롭게 사랑의 감정에 집중할 수 없기 때문에 생긴 문제들일지도 모른다. 우리가 마음껏 사랑할 수 있는 사회를 만들어준다면 청년 세대의 많은 문제들이 자연스럽게 해결될 텐데, '높은 어른'들은 정녕 그 사실을 모르는 걸까?

#미술사전공글쟁이 #짧았던공시생생활 #4년연애가끝나고 #아빠아라라시덕후

서른에 대한 소감

──── 웃고 있어도, 눈물이 난다

지원

(전)사보제작사 기획실 대리

나는 지원이야. 사보기획사에 취업한 지 한 달 좀 넘었어. 시험 끝나고 바로 취업한 거라 아직 회사에 적응하는 중이야. 사회초년생이지. 그리고 얼마 전에 4년 동안의 연애가 끝이 났어. 하하…. 다들 그 이야기를 물어보더라. 내 취업이 궁금한 게 아니라 다 이별 이야기를 궁금해 하더라고. 어제도 친구들을 만났는데, "회사는 좀 어때?"가 아니라 "그래서 왜 헤어졌어? 좀 괜찮아?" 이걸 눈치 보면서 물어보는 거야.

2018년 7월,
우리의 단골 카페에서

고등학교 3학년 동창으로 만난 지원은 지금도 종종 동네에서 만나 커피나
술을 한 잔씩 나누는 사이다. 나는 이 책을 기획할 때부터 지원의 이야기를
꼭 담았으면 했다. 그녀의 쿨한 성격처럼, 지원은 나의 인터뷰 제안을 흔쾌
히 수락했다. 이 자리에는 또 다른 고등학교 동창 B가 함께 했다. 우리는 오
랜만에 만난 여느 친구처럼 시시콜콜한 신변잡기를 조금 나눈 뒤 본격적으
로 인터뷰를 시작했다.

**오랜만에 만나서 할 이야기가 많네. 최근에 사보기획자가 되었다고 했는
데, 사보기획자는 어떤 일을 해?**

'사보'라는 게 그 회사 사람들만을 대상으로 하는 사내보, 그리고
외부인들까지 대상으로 하는 사외보가 있어. 우리 회사는 둘 다
외주를 받아 만들어. 나도 그중에 몇 개 매체를 맡아 전체적으로
기획을 하고, 리라이팅이라고 해서 취재기자가 써 온 원고들을 정
리하는 일을 해. 그리고 지면 디자인도 내 선에서 결정해. 전체적
으로 책이 나오게끔 여러 일을 맡아 하는 거야.

취업한 지는 얼마 안 됐지만 하루를 어떻게 보내?

나는 좀 회사에 일찍 출근하는 편이야. 아직은 상사 눈치를 보는

중이지. 그 사람이 아침 일곱 시 반에 와서 밤 열 시 반에 퇴근하는 사람이거든. 그런데 나한테도 그런 걸 요구하는 편이라서…. 아침에 진한 커피를 들고 출근하면 먼저 팀장에게 줘야 할 원고를 작성해. 그리고 기획회의가 있으면 회의를 준비하고 참석도 하지.

업무는 리라이팅 작업이 제일 많은 것 같아. 원고를 쓰고 고치고를 반복하는 거지. 책 나오는 시기가 되면 가제본 나온 걸 보면서 종일 교열 교정하고, 가끔은 디자이너 만나서 이야기도 하고. 아직 일을 시작한 지 얼마 안 지나서 직접 취재를 나니거나 하진 않았는데, 아마 다음 달부터는 사진작가랑 같이 외근도 다닐 것 같아. 뭐 기본적인 업무는 일반 회사원이랑 크게 다르진 않겠지만, 그래도 책이 나오는 주기가 있는 일이니까.

사보기획자라는 직업이 왠지 너에게 잘 어울리는 것 같아. 그럼 그 전에는 어떤 일을 했어? 대학교 전공부터 해서 20대를 어떻게 보냈는지 간단히 이야기해줄래?

대학에서 미술사를 전공했어. 어렸을 때부터 나는 어렴풋이 글쓰는 일이나 창작하는 일을 하고 싶다고 생각했었거든. 그런데 나는 그림이나 음악에는 소질이 없었어. 그렇다면 내가 그런 사람들을 도와주는 일을 하면 좋겠다 하고 생각했던 것 같아.

고등학교 2학년쯤인가, 집 근처 도서관에서 책을 하나 읽었는데 그게 미술사에 관련된 책이었어. 그래서 그때 '아, 이런 길도 있구나.' 하고 알았지.

대학에서 전공 공부를 하는데, 졸업할 때가 가까워지니까 공부가 재밌어지더라. 그래서 유학을 가야겠다고 생각했었어. 4학년부터 천천히 유학원과 파리 소르본 대학 같은 곳에 미술사 전공 과정도 알아보고 있었어. 그런데 그 찰나에 아빠가 암에 걸리게 된 거야.

그래서 유학은 접었고, 일단 학교부터 졸업해야겠다고 생각했어. 그리고 학교를 졸업한 뒤에는 다른 진로를 준비하면서 1년 정도 학교에서 조교로 일했어. 그렇게 일해서 번 돈을 다 아빠 병원비에 보탰지. 그리고 그때쯤 연애를 시작했고…

전개가 굉장히 스펙타클한데?

그렇지? 내 삶이 좀 그랬어. 돌아보면 한곳에 정착해있기보다는 계속 옮겨 다녔어.

조교 일을 그만둔 다음엔 아버지 회사 일을 도와드리기 시작했어. 다행히 아버지 건강이 좀 회복돼서 다시 일을 시작하시게 됐거든.

하지만 내가 그 일을 계속하긴 그랬고, 나는 원래부터 글 쓰는 일을 하고 싶었어. 그래서 그 무렵 작가교육원에 들어가서 석 달 과정의 강의를 들었어. 그 강의를 수료하고 얼마 안 있어서 라디오 작가 제의가 왔었어.

그런데 라디오 작가의 처우가 정말 형편없더라. 나름 메이저 방송사의 작가 자리였는데도, 처음에는 한 달에 80만 원을 준다는 거야. 먼저 현직에 들어간 동기가 이야기해주기를 자기는 한 달에 22만 원을 받는데. 선배들이 "너희는 공기 같은 존재다. 실력으로 글 쓰는 거 아니고 그냥 아이디어 내는 원숭이라고 생각해라." 이런 말을 한다는 거야. 그건 아닌 것 같더라고. 어쨌든 돈은 제대로 벌어야 할 거 아니야.

정말? 심하네. 돈도 쥐꼬리만큼 주면서 대우도 그렇게 별로였다니.

그렇지. 그건 내가 바라던 글 쓰는 일이 아니었어. 제대로 4대 보험이 보장되는 것도 아니고, 노동자 대접은 아예 못 받는 거지. 나는 어쨌든 4년제를 나온 사람인데 그렇게 대접받고 싶진 않았어. 그래서 교육을 수료한 다음에도 일단 아빠 회사에서 계속 일을 도와드렸어.

그러다가…. 2016년쯤이지, 남자친구가 취직했고 그때부터 슬슬 결혼 얘기를 꺼내기 시작했어. 그런데 나는 아무것도 준비가 안 된 상황이었고, 아빠 건강도 그 와중에 좋아졌다 안 좋아졌다 했어. 그래서 결혼하려면 뭔가 안정적인 직장이 있어야 할 것 같아서 공무원 준비를 시작하게 됐어.

그땐 결혼 생각도 있었으니까. 그래서 안정적인 위치가 필요하다고 생각했던 거구나.

맞아. 나는 어렸을 때부터 공부를 재밌어했어. 그래서 공무원 시험 공부도 재밌었어. 내가 무언가 배우는 걸 좋아하기도 했고, 공무원을 준비하기 전까지는 인생에서 내가 하고 싶은 공부를 할 시간이 허락되지 않았었거든.

처음에 나는 공무원 준비를 딱 일 년만 하고 나오려고 했었어. 이걸 될 때까지 무작정 붙잡고 있을 건 아니라고 생각했지. 그래도 공부가 잘 맞아서 그랬는지, 모의고사를 치면 점수도 합격권으로 괜찮게 나왔었어. 결과적으로는 두 번의 시험에서 다 떨어졌지만….

사실 시험을 12일 남기고 남자친구랑 헤어졌어. 그때는 아무런 감정도 없었어. 오히려 속이 시원했고. 그런데 시험이 끝나고 나니까 그제야 실감이 나더라. 아, 이제 끝났구나. 시험에서 떨어지고 이제 앞으로 뭘 할까 고민하는 중에, 가장 친한 친구가 지금의 회사를 소개해줬어. 그 친구도 비슷한 일을 하고 있었고, 내 성향이나 장점 같은 것도 잘 아는 친구였거든.

예전에 내가 어느 웹매거진에 칼럼을 기고하던 게 있었어. 몰랐는데, 내가 한 20개 넘게 글을 썼었더라. 사람들도 많이 좋아해 줬었고. 내가 읽어봐도 정말 재밌었어. 기고했던 글을 경력으로 인정받아서 지금 회사에서 면접 기회가 주어졌고, 바로 일을 시작했어. 운이 좋았지. 그러니까 남자친구랑 헤어지고부터 취직까지, 한 달 사이에 진행된 거니까 굉장히 정신없이 빠르게 지나갔지.

마치 한 편의 시나리오를 읽듯. 지원은 단숨에 자신의 과거사를 펼쳐놓았다. 자칫 길을 잃을 수도 있겠다 싶어 나는 질문의 시점을 그리 멀지 않은 과거로 옮겨보았다. 항상 자신이 원하던 대로 거침없이 살아왔던 그녀가 갑자기 공무원을 준비한다고 말했을 때 나는 그 이유가 너무 궁금했다.

공무원 시험을 작년에, 그러니까 20대의 마지막에 준비했잖아. 전공이나 네 적성과는 전혀 상관없어 보이는데, 왜 공무원을 준비하게 된 거야?

딱 한 마디로 하자면 안정적인 삶이야. 모두가 그렇지 않을까?

요즘은 어느 직장에서 일해도, 대기업을 간다고 해도 마흔이 넘어가면 나갈 준비를 하잖아. 그래서 결론은 치킨집이라는 말이 나올 만큼…. 한 예순 살까지 안정적으로 할 수 있는 일은 공무원이 대표적이고. 모두가 그 생각을 한다는 게 문제지만 말이야.

공무원 공부가 그렇게 어려운 건 아니야. 고등학교만 졸업하면 다 응시할 수 있고, 나이에 제한도 없잖아. 그게 아마도 수많은 사람이 공무원을 준비하는 이유일 거야, 나도 그랬지.

인터뷰 자리에 함께 한 친구 B도 공무원 시험을 준비하고 있었다. 그는 왜 공무원을 준비하느냐는 질문에 '미래가 없으니까'라고 짧게 대답했다.

나는 평소에 네가 정말 재능이 많다고 느꼈었거든. 아마 주변에서도 그렇게 말할 거로 생각해. 네가 스스로 생각할 때 "나는 이걸 제일 잘하는 것 같아." 하는 게 있어?

신기하게 사람들이 나한테 호감을 느껴. 성격적인 면도 있겠지만 왜인지 사람들이 나한테 비밀 얘기도 많이 하는 편이고, 그냥 믿어주더라고. 그리고 내가 말하거나 쓴 글을 굉장히 재밌어 해줘. 우리 어릴 때는 싸이월드나 페이스북에 글을 많이 올렸잖아. 내가 시시콜콜하게 올리는 그런 걸 재미있다 해주더라고. "지원아, 네가 표현하는 식으로 자기는 생각 못 해봤어. 재밌어." 하고. 나는 사람들을 즐겁게 해주는 데 소질이 있는 것 같아. 내가 연예인을 해야 했었는데.

연애? 그것도 재밌겠다. 연애 경험들 가지고 에세이라도 한 번 써보는 건

어때?

아니, 연애가 아니라 연예인을 했었어야 했다고.

미안, 연예를 연애로 잘못 들었어⋯. 이참에 연애 이야기를 시작해볼까? 네 지난 연애가 꽤 길었잖아. 처음에는 그 사람을 어떻게 만났어?

이렇게 뜬금없이? 하하, 좋아. 처음에는 소개로 만났어. 사실 전 남자친구를 만나기 전에 다른 사람을 소개받아 만났는데, 글쎄 그 사람이 광합성이 뭐냐고 묻는 거야. 그래서 아는 언니한테, "언니, 소개받은 사람이 광합성이 뭐냐고 물어보는데 어떻게 해요? 저 너무 무서워요." 이렇게 말하니까, 지금 장교로 군 복무 중인 남자가 있는데 괜찮으면 소개시켜 주겠다고 했어. 그래서 만났지. 연락 좀 하다 약속을 잡고 처음 봤는데, 그때 느낌이 오더라고. 이 사람과는 오래 보고 만나겠구나 하는 느낌이.

그럼 연애할 때는 어땠어? 그 사람은 잘 맞았어?

응, 난 정말 재밌고 좋았어. 나빴던 적은 하나도 없어. 그냥 편안했다고 그럴까? 만날 때 편하고, 까다로운 것도 없었고. 그리고 나는 장녀였고, 걔는 늦둥이 막내였어. 그래서 그런지 내가 좀 더 편안하게 느꼈고, 서로 원하는 대로 컨트롤 할 수 있다는 게 잘 맞았던 것 같아. 나중에는 그게 독이 되긴 했지만.

아무래도 시간이 지나면 서로 너무 익숙해지니까.

서로 너무 성격이 똑같았다고 할까. 그 친구도 나도 성격이 둥근 편이었어. 그런데 그런 사람들은 마음속에 그어놓은 선이 있잖아.

나는 사람을 대할 때 내가 정해놓은 선을 넘으면 다시는 안 본단 말이야. 얘도 그런 사람이었던 거지. 우리가 4년 동안 만나면서 사실 한 번도 제대로 싸워본 적이 없었어. 성격이 비슷했으니까. 우리는 선을 넘지 않으려고 서로를 너무 배려했어. 그런데 다시 생각해보니 그건 배려가 아니라 회피였던 거야. 서로 좀 부딪혀서 깨지기도 하고 쌓아가는 게 있었어야 했는데, 그러질 못했어. 그러다 보니 점점 지쳤던 거지.

헤어지게 된 직접적인 이유는 결혼 시기에 대한 생각이 달랐던 게 컸어. 내가 공무원시험을 준비할 때도 남자친구가 계속 옆에서 보채는 게 있었어. 나도 공부하면서 스트레스가 큰데 옆에서 열심히 공부해서 빨리 합격하자, 이제 집을 구할 건데 시험에 떨어져도 그냥 빨리 결혼하자, 이런 말을 계속했거든. 난 그런 말이 너무 듣기가 싫었어. 떳떳하지 않은 결혼을 하기는 싫었단 말이야. 경제력도 아무것도 없는 상태에서 결혼하는 건 마음에 안 들었어.

나중에는 그쪽에서도 그런 내 생각을 눈치 챘나 봐. 결국에는 먼저 헤어지자고 하더라. 그래서 차인 거지. 그런데 굉장히 기분이 좋았어. 탈출한 기분이었달까.

다른 연애들과는 좀 다른 게 있었을까?

어렸을 땐 연애를 그냥 막 했던 거 같아. 막 했다는 게 무슨 뜻이냐면 마음 가는 대로 말하고 행동한다는 거. 그리고 어릴 땐 그냥 남자친구가 하는 대로 따라가는 게 맞는 건 줄 알았어. 그러니까 그 사람이 말하는 건 다 맞는 거였고, 무슨 일이 있어도 다 내가 잘못한 줄 알았지. 그런데 전 남자친구와의 연애는, 친구처럼 동등한 관계로 지냈다는 사실이 좋았어. 물론 경제력이 생기니까 연애가 풍족해지기도 했고.

나도 내 생각이 있고 내 삶이 있잖아? 그렇게 집착하지 않는 점은 편했어. 그러니까 좋아하지만 서로의 생활은 지켜주자는 생각이었지. 다만 나는 계속해서 그 사람의 눈치를 보았던 것 같아. 그냥, 그 사람과 감정적으로 부딪히기 싫었던 거야.

요즘 우리 주변을 보면 너처럼 몇 년 동안 오래 만난 커플들이 헤어지는 경우가 꽤 있는 것 같아. 마치 결혼 아니면 이별을 선택하는 갈림길에 선 것처럼….

맞아, 여자들끼리도 '이제 결혼할 거 아니면 헤어져라.', '그 사람이랑 평생 살 게 아니면 서로 놓아 주는 게 좋은 거다.' 그렇게 이야기하거든. 결혼할 게 아닌데 계속 만나는 건 서로에게 소모니까, 그 사이에 더 좋은 사람을 만날 기회를 놓치는 걸지도 모른다는 거야. 그래서 그런지 주변에서도 많이들 헤어졌어.

요즘엔 서른이라고 결혼이 늦은 건 아니지만…. 아이를 낳으려면 지금쯤 결혼해야 하는 게 맞겠지. 그래야 서른 둘쯤에 애도 낳고 하니까.

연애를 통해 새롭게 배웠다고 생각하는 건 없어?

배운 거라면…. 먼저 '나'라는 사람을 더 알게 되었지. 내가 뭘 좋아하는지, 또 어떤 걸 싫어하는지 알았어. 연애하면서 나의 취향이 좀

우리는
선을 넘지 않으려고
서로를 배려했던 거지.

그런데 다시 생각해보면
그건 배려가 아니라
회피였던 거야.

더 뚜렷해졌달까? 그리고 이제는 더 좋은 사람을 만날 수 있을 것 같아. 얼마 전까지만 해도 나는 연애의 첫 번째 단계로 돌아가기 싫다고 생각했었거든. 연애를 새로 시작하는 건 분명 귀찮은 일이니까. 그런데 다음 연애도 잘 할 수 있겠다는 생각이 들어. 확실히 지난 연애들이 내게 배움의 계기가 되었어.

만약에 새로운 연애를 시작한다면 어떤 사람을 만나고 싶어?

왜? 이야기하면 나 소개팅이라도 시켜주게? 하하…. 좀 부끄러운데. 간단히 말하면, 생각을 함께 공유할 수 있는 사람? 그게 잘 안되니까 정말 힘들더라. 내가 좋아하는 관심사를 많이 이야기할 수 있으면 좋겠어. 아, 근데 연애 모르겠어. 지금은 바쁘기도 하고…. 하하.

'연애 안 해!'하고 소리쳐 놓고 '소개팅 한 번 해볼래?'라는 친구의 제안에 솔깃해하는, 그러면서도 '내가 소개팅 나가도 괜찮을까' 하는 걱정이 몰아치는…. 이 복잡하고 갈피 못 잡는 마음은 무엇 때문일까.

일을 시작하면서 바쁘겠지만, 요즘 새로 시작한 취미는 없어?

글쎄…. 아라시 밖에 없어. 요즘 즐기는 거라면 퇴근하고 즐기는 맥주 한 캔, 그리고 노트북으로 보는 아라시 오빠들이 전부야.

1999년에 데뷔한 일본의 아이돌 그룹.

주변을 보면 요즘 새로 덕질을 시작하는 사람이 많더라.

아무래도 덕질은 나 혼자 할 수 있고, 시간이 그렇게 많이 들지 않으니까. 그리고 제일 큰 건, 덕질은 감정소모가 없어. 그들은 항상 웃고 행복할 뿐이고, 나는 그런 그들을 보면서 즐거우면 되는 거거든. 만약 내가 누군가를 만나 연애를 시작하면, 처음에는 안 그랬어도 나중엔 걔를 만나러 나갈 준비를 하는 것 자체가 귀찮아지잖아. 물론 그 귀찮음을 넘어 배려하고, 노력하는 게 사랑이겠지. 그렇지만 덕질은 내가 그런 노력을 할 필요가 없으니까. 누워서도 만날 수 있고, 벗고도 만날 수 있고. 하하, 내 꼴이 어떻든 간에 그 사람들은 나를 모르잖아.

덕질도 동생이랑 같이 한다고 알고 있는데, 동생이랑 정말 친하지?

응, 원래 어렸을 때부터 친했어. 동생이 나를 잘 따랐어. 동생이랑 나랑 성향은 정말 다른데, 취향이 같아. 그래서 내가 뭘 좋아한다고 그러면 자기도 같이 따라서 좋아하고. 그래서 어릴 때는 축구장에도 같이 많이 다니고, 내가 어떤 가수를 좋아하면 나중에는 자기가 더 나서서 좋아하기도 했지. 그러니까 친구 같은, 가족인데 절친 같은 존재야.

동생 말고 다른 가족들과도 굉장히 끈끈하지 않아? 가족에 대한 애정도 강하고, 부모님께도 잘하고.

응, 가족 말고도 친척들과도 유난히 친한 편이야. 내가 사람을 좋아하는 편이니까. 그리고 직장을 가지면서부터는 '내가 가족을 지켜야 하지 않을까' 하는 그런 생각이 들어. 집에 생활비도 드리기 시작했고. 첫째 딸이라서 그런지 더 그런 생각을 하는 것 같아.

그리고 친척 중에도 따지면 내가 직계 장손이거든. 위에 아무도 없어. 그러니까 나한테는 집안의 대소사를 다 거르지 않고 상의하려고 해. 할머니 할아버지 재산 관련 이야기라든지 그런 걸 막 나하고 상의를 하는 거지. 그렇게 어릴 적부터 사랑도 받고 대접도 받으면서 자라다 보니까, 이제 그걸 내가 다시 어른으로서 보답해야지, 그런 생각이 있지.

부모님, 특히 아버지에 대해서 좀 더 이야기해줬으면 좋겠어. 혹시 괜찮다면 아버지 이야기를 조금 해줄 수 있어?

지금 아버지는 비인강⑭암이라고, 김우빈이 앓고 있는 암이랑 똑같은 거야. 이게 담배를 오랫동안 피우면 걸리는 암이라고 해. 그런데 우리 집은 암 가족력이 있기도 하고, 아빠는 스트레스를 스스로 못 푸는 타입이었어. 사람이 좀 소심한 거지. 그런데 그건 그 나이 때 아저씨들이 다 그렇지 않을까?

그러면서 폭음이나 폭연을 그렇게 하고. 그렇다고 어디 나가서 운동하는 것도 아니고, 친구들도 한정되어 있다 보니, 그렇게 참고 누르던 것들이 병으로 나온 건 아닐까 싶어.

얼마 전까지 아버지 회사에서 같이 일했었잖아. 그때 함께 있으면서 아버지에게 어떤 생각이나 감정이 들었어?

아버지는, 일할 땐 굉장히 깐깐한 사람. 나는 덜렁거리기도 많이 하고 꼼꼼하지 않은 성격이거든. 그런데 아빠와 함께 잔고를 정

리할 때나 거래처 다닐 때 보면 아빠가 굉장히 꼼꼼한 사람이더
라고. 그래서 나도 옆에서 많이 배웠어.

그리고 아빠가 날 밖에 데리고 다니는 걸 정말 좋아해 주셨
어. 거래처 같은 곳에 갈 때면 같이 가서 꼭 인사시키려 하고. 생
각해보면 그렇게 아빠랑 같이 붙어 다닐 기회가 또 없을 텐데,
2~3년 동안 아빠랑 데이트 잘 하고 다녔다. 이건 정말 좋은 기
억이 될 것 같아. 나중에 아빠가 계시지 않더라도⋯. 좋은 사람
이야, 우리 아빠.

조금 속 깊은 이야기였지만 그녀는 담담하게 가족 이야기를 전했다. 그녀의
답변에서 가족에 대한 애정이 진하게 묻어나왔다.

서른이 된 소감이 어때?

사전 인터뷰에도 답변했는데, 서른이라고 하니 '웃고 있어도 눈
물이 난다~' 하는 그 노래가 생각났어. 누구 노래였지? 기억이
안 나네. 나는 괜찮은데, 이제 '서른이니까 어떻게 해야 한다.'
하는, 그런 보이지 않는 사회적인 압박이 있는 것 같아. 나는 아
무렇지 않거든? 사는 것도 똑같고. 그렇게 변한 거 없는데 뭔가
해야 할 것 같은 부담감, 그런데 그게 뭔지는 모르겠어.

사회적인 압박이라고 말했는데, 더 구체적으로, 서른이 된 우리에게 어떤 걸 요구하는 것 같아?

조용필, 〈그 겨울의 찻집〉(1985)

이제 성인이니까 커리어나 경제력이 준비되어 있어야 할 것 같은 느낌이야. 내가 3년 전에 썼던 칼럼을 보니까 운전을 시작하는 나에 대해서 글을 썼더라고. 그때는 내가 서른 전에 딱 칼단발 머리하고 오피스룩 입고 차 끌고 다니는 그런 멋진 여자가 돼 있을 줄 알았거든. 막상 서른이 되니 그때와 다른 건 없더라. 나야 뭐 이제 시작하는 단계니까. 나보다 먼저 자리를 잡은 친구들은 다를 수도 있겠지만.

물론 주변을 보면 먼저 앞서나가는 것 같은 친구들도 있지.

다른 건 별 느낌이 없는데, 벌써 애를 낳아 키우는 친구들을 보면 그런 생각이 들더라고. '아, 서른이 넘어가면 안 되는데' 하는 생각. 주변을 보면 작년하고 올해에 많이 결혼했어. 물론 결혼하는 나이가 많이 늦어지고 있다지만, 그래도 내 주위 친구들을 보면 서른에는 결혼을 해야 한다 생각하는 친구들이 많지. 그런 친구들을 보면, '어, 내가 지금 이러고 있어도 되나? 따라가야 하는데' 그런 생각을 하게 돼.

다른 친구들 이야기를 들어봐도, 각자 다른 불안함을 느끼는 것 같아. 지금 너는 어떤 불안함이 있어?

내가 아직 취업뽕이 덜 빠졌는지 크게 불안한 건 없는데…. 아, 지금은 '내가 맡은 다음번 책이 잘 나올까?' 하는 걱정이 크다. 이제 내가 새로운 일을 맡은 거잖아. 처음부터 끝까지 내가 다 기획을 하고 결정을 하는 것들이니까, 완벽하게 해내고 싶다는 생각이 굉장히 부담으로 다가와. 사실 어떻게 해도 책은 나올 거

생각해보면

그렇게 아빠랑 같이 붙어 다닐 기회가 또 없을 텐데,

그 2년, 3년 동안 아빠랑 데이트 잘 하고 다녔다.

이건 정말 좋은 기억이 될 것 같아.

나중에 아빠가 계시지 않더라도….

좋은 사람이야, 우리 아빤.

야. 그래도 잘 나왔으면 좋겠어. 이게 너무 부담이 커서, 퇴근을 해서 잠을 잘 때도 계속 내가 하는 일을 생각하게 돼. 다들 처음 회사에 들어가면 그런다고들 하던데, 나는 그런 부담감을 지금 느끼고 있나 봐.

원래 새로운 창작물을 만들어낸다는 게 스트레스를 많이 받는 일이잖아.

맞아. 이 일도 어떤 면에서는 창조의 예술이지. 물론 스트레스는 크지만, 그래도 나는 아직 내가 하는 일이 재밌어. 힘들어도 어쨌든 눈에 보이는 결과물이 나오잖아. 한 달에 한 번, 석 달에 한 번 이렇게 내 책이 나오니까 그걸 보고 만지는 즐거움이 있더라고. 이제 일이 좀 눈에 익어서 그런지 원고를 보면 오탈자도 점점 잘 보여.

내 전임자들은 다들 오래 못 버티고 금방 퇴사했대. 그래서 처음에는 나한테도 "몇 달 뒤에 그만둘 거예요?" 그렇게 물어보더라. 나는 꼭 오래 다니고 싶어. 승진도 빨리하고 싶고.

그럼 조금 다른 이야기로 넘어가 볼게. 네가 생각하기에는 지금 우리 사회가 예전과 비교했을 때 뭔가 다른 점이 있는 것 같아?

약간 다른 점이 있다면, 우리의 윗세대는 우리보다 좀 더 풍족했던 것 같아. 그 풍족하다는 게 돈이나 그런 게 아니라 기회가 더 많았다고 해야 할까. 내가 전에 교직원들하고 일할 때, 같이 일하던 분이 그냥 신문에 나왔던 교직원 공고를 보고 와서 쉽게 붙었대. 지금은 말도 안 되는 이야기지. 대학교 교직원이 되는 것도 얼마나 힘든 일이야. 어른들이 그런 이야기 많이 하잖아. 예전에는 4년제 대학만 나오면 대기업이 서로 모셔가려고 줄을 섰다고. 요즘은 아무래도 전체적으로 기회도 적어졌고, 그러니 그 기준을 맞추려고 더 치열하게 경쟁하게 되고, 상대적으로 삶의 모습이 하향조정된 느낌이야.

삶이 하향조정되었다는 게 무슨 말이야?

예전에는 웰빙 시대 이런 말을 많이 했잖아. 그러니까 삶의 질이나 이런 걸 추구할 수 있었는데, 요즘은 가성비를 따지는 시대인 것 같아. 이제 점점 기술도 발전하고 새로운 기계나 로봇 같은 게 등장하는데, 사람이 일하는 모습은 크게 바뀐 게 없어. 사람을 갈아 넣는 느낌이야. 예전에는 사람이 하는 일을 기계가 대신하는 그런 느낌이었다면, 지금은 기계가 하지 못 하는 일을 사람이 대신하는 그런 게 아닐까.

그런 이야기가 있어. 우리 세대가 역대 가장 똑똑한 세대라고. 다 영어 할 줄 알지, 대학 나왔지. 인터넷이나 여행 같은 걸 통해서 경험한 것도 많고, 해본 것도 많아. 그런데 막상 독립해서 스스로 먹고 사려니까 이 세상이 너무 힘든 거야. 그래서 서른인데도 아직도 부모님 밑에 있는 친구들도 많아. 나도 그렇고.

어떤 어른들은 우리를 보고 "야, 지금 얼마나 살기가 좋냐, 예전에는 먹고살기 얼마나 힘들었던 줄 아냐" 이렇게 얘기하잖아. 그런데 난 그렇게 생각해. 어쨌든 그때는 공부한 만큼, 노력한 만큼 돌아왔잖아. 스스로 번 돈으로 집도 살 수 있었고. 지금 우리 월급 가지고 수도권에서 집을 살 수 있겠어?

세상은 정말 빠르게 변하고 집값이나 물가도 막 오르는데, 우리는 그대로인 거야. 사람이 변하는 건 한계가 있지.

시간이 지나고 우리가 더 나이를 먹으면 사회가 좀 달라지지 않을까?

지금도 조금씩 사회는 변하고 있는 것 같아. 특히 정치적인 부분에서는. 그래도 나는, 우리가 나이를 먹는다고 해도 사회가 그렇게 달라지는 게 있을까 싶어. 어쨌든 사람은 나이가 들수록 자신의 삶에서 지켜야 할 것들이 생기잖아. 예전의 386세대들도 가정이라든지, 재산이나 명예라든지 지킬 게 생기니까 지금처럼 변했듯이.

우리 회사의 상사가 그러더라. 자기는 정말 진보적인 사람인데, 그래도 세상이 변하는 게 싫대. 왜냐면 지금 이대로도 안정적으로 살 수 있는데 굳이 세상이 변화하는 동안 나한테 조금이라도 위험이 오는 게 싫은 거지. 내가 있는 이 조직이 나름 진보적인 집단인데도 그렇게 생각하는 게 신기했어.

지금 너의 모습을 20대 때랑 비교해보자면 어때?

어, 나도 많이 달라졌지. 나는 그런 이야기 많이 들었어. 예전에는 굉장히 전투적이고 신여성, 이런 이야기를 많이 들었는데, 그랬던 내가 이제 안정을 찾고 막 공무원을 준비하고 하는 게 나 스스로도 신기하더라. 어쩔 수 없는 것 같아. 예전에는 두려울 게 없었는데, 이제는 망설이고 두려워할 줄 알게 되었어.

인터뷰 중간 귀여운 아이를 안은 부부가 카페에 들어와 우리 옆자리에 앉았다. 우리는 세상 귀여운 아이를 보며 장난도 치고 재롱도 부렸다. 시간을 보니 어느덧 인터뷰를 진행한 지 두 시간 가까이가 흘러 곧 저녁 식사시간이었다. 우리는 다시 자리로 돌아가 이야기를 이어갔다.

마지막으로 올해가 지나기 전에 이루고 싶은 계획이 있어?

어릴 적엔 못 해봤던 새로운 걸 도전하고 싶어. 예를 들면 위스키에 한 번 입문해 볼까 생각해 봤어. 요즘 하이볼에 꽂혀서 동생이랑 집에서 자주 만들어 마시고 하는데, 그냥 생 위스키 맛은 아직 잘 모르겠더라고.

친구들이 이제 그러더라. 나이 앞에 '3'을 달았으니까, 말하자면 레벨업을 한 거래. 그래서 그런지 이제 나이에 맞는 경험도 더 해보고 싶고, 좀 비싸더라도 나이에 맞는, 좋은 걸 사서 오래 쓸 옷이나 가방 같은 것들을 장만해야겠다 싶었어. 이제 TPO라는 게 필요하더라. 내가 외부 일정을 나가는데 동생이 그러는 거야. "제발 그 거지같은 에코백 좀 버려." 하면서 자기 가방을 빌려줬는데 들고 보니까 알겠더라고. 그래서 다음 주에는 아울렛에 가볼까 해.

새로 직장에 들어가니 그런 것도 갖춰야 하는 거구나.

맞아. 구두랑 명함지갑도 필요하고. 그리고 조만간 차도 사려고. 이제는 아침마다 대중교통으로 출근하는 거 못하겠어. 출퇴근이야 어떻게 한다 쳐도, 앞으로는 외근 나갈 일도 많을 테니까, 차가 필요하지 않을까 싶어. 당장 집을 사고 그러진 못하겠지만, 내 생활 전반을 좀 더 좋게 만들고 싶어. 이제 서른이고, 어른이 되었으니까.

小感

소
감

원고 작업을 마무리할 때쯤 지원으로부터 뜻밖의 소식을 접했다. 그녀는 다니던 사보기획사에서 퇴사하게 되었다고 말했다. 일이 꽤나 격무라는 것은 전해 들었지만, 여러 사정이 있었겠거니 하고 자세한 이야기는 묻지 않았다. 그리고 시간이 지나 원고 수정을 위해 인터뷰 내용을 살펴보다가 새삼스레 먹먹한 여운에 빠져들었다. 그녀의 퇴사 소식은 우리가 얼마나 불안정한 삶의 위치에 서 있는지 보여주는 단면이었다.

내가 이 책을 만들겠다고 생각한 이유 중 지원이 끼친 영향이 3할은 훌쩍 넘을 것이다. 그만큼 공무원 시험을 준비한다는 그녀의 선언은 나에게 놀라운 일이었다. 충분히 고민하고 어려운 결정을 내렸겠지만, 그렇다고 해도, 누구보다 자유롭고 자신의 꿈이 확실해 보였던 그녀가 공무원시험에 뛰어들 줄은 꿈에도 몰랐다. 과연 그녀를 변하게 한 것은 무엇일까? 이 책은 바로 그 질문에서 시작했다고 해도 과언이 아니다.

인터뷰에서 그녀는 한곳에 정착하기보다 항상 떠돌아다니는 20대를 보냈다고 말했다. 서른과 함께 떠돌이 생활을 마감하나 싶었는데, 또다시 그녀는 자신의 선택에 따라 자리를 박차고 나왔다. 이 글을 쓰는 지금, 지원은 말레이시아에서 한 달 간의 퇴사여행을 즐기는 중이다. 지원이 인스타그램에 올리는 생생한 여행 경험담과 드립들을 보고 있으면, 아직 지원의 감이 죽지 않았다는 사실에 흐뭇한 미소가 지어졌다. 나는 그녀가 자신의 강점을 살려 다른 이들에게 즐거움과 행복을 주는 사람이 되었으면 좋겠다. 그 전에 그녀가 스스로 즐거움과 행복을 느끼는 자리에 서 있었으면 좋겠다. 부유하던 꽃가루가 제 자리를 찾아 사람들에게 달콤한 열매를 선사하듯이.

#오지여행전문가 #대기업도다를건없어 #4남매중맏이 #이젠연애하고파

서른에 대한 소감
———— 나에게 온전히 집중할 수 있는
시간의 카운트다운

포로리
대기업 엔지니어

내 이름은 포로리야. 나이는 스물 아홉이지만, 빠른이니까 뭐, 서른으로 살아가는 중이지. 무슨 소개를 할까…. 직장인이고, 지금은 엔지니어를 하고 있어. 전자공학을 전공해서 연구개발 관련한 일을 하고 있지.

2018년 7월,
강남의 시끌벅적한 카페에서

자신의 가명을 '포로리'라고 지어달라는 그에게, 나는 '너 참 변함 없구나'라고 말했다. 그만큼 그는 독특한 친구였다. 대학교에 입학해 처음 포로리를 만났을 때, 때로는 순수하지만, 때로는 깐족거리는 모습이 처음에는 조금 낯설었다. 말 그대로 그는 '포로리'를 닮은 사람이었다.

시작은 우리가 만난 대학 시절 이야기부터 해보자.

생각해보면 스무 살 때는 아무것도 모르는 백지 같았지. 순수했던 시간이었어. 막 어른이 되긴 했는데, 대학생이 되고 처음 기숙사 생활을 하고, 생판 모르는 사람들이랑 살아가는 경험은 처음이었거든. 그래서 처음엔 여러모로 낯설었지만 그래도 다행히 학교에서 좋은 사람들도 만나고, 잘 적응하고 살았던 것 같아.

생각해보면 공부를 열심히 하진 않았고, 열심히 놀았어. 대신, 내가 누구인지를 많이 찾아다녔던 것 같아. 그러니까 내가 좋아하는 것들을 찾아서 많이 하려고 했어. 예를 들면 '자유학교' 같은 거. 자유학교는 중고등학교에서 퇴학을 당하거나 해서 학교에 다니기 어려운 청소년들에게 검정고시 과정을 가르쳐주는 야간학교였는데, 나는 거기서 교사로 4년을 넘게 일했어. 대학의 거의 전부를 함께 한 거지. 물론 전공 공부도 나름 열심히 하려고 했고,

여행도 기회가 되는 대로 많이 하려고 했었어.

대학 시절에 가장 기억에 남는 경험은 뭐야?

개인적으로는 졸업이 한 학기 남았을 때 학교를 휴학하고 남미를 세 달 동안 여행했던 게 기억이 나. 그때는 너무 여행을 가고 싶어서 휴학하고 아르바이트로 돈을 모아서 떠났었거든. 그 순간이 내 인생에서 정말 중요한 경험이었던 것 같아.

남미 여행 중에서 어떤 게 제일 기억에 남아?

그전까지는 학교 수업이나 취업 같은 것들이 내 인생에 전부였지만, 남미를 여행하고 나니 내 인생의 시야가 좀 더 넓어졌던 것 같아. 여행하는 동안에는 너무 행복했어. 그리고 온전히 나를 바라볼 수 있었던 시간이었어. 내 온전한 욕구를 깨닫고, 내가 어떤 사람인지를 알 수 있었지.

남미에서 마주하는 경험들은 내가 흔히 겪지 못하는 상황이잖아. 일상에서는 진짜 나의 모습을 보기가 쉽지 않은데 완전히 낯선 상황에 놓였을 때 내가 어떻게 반응을 하는지 보니까, '어? 나 생각보다 괜찮은 사람이다.' 그렇게 느꼈어.

제일 기억에 남는 건 이과수 폭포에 갔을 때야. 그때가 거의 여행 초반이었거든. 꼭 폭포에 가서 사진을 찍어야지 했는데, 그날 숙소에 메모리카드를 놓고 왔어. 그래서 아침부터 기분이 안 좋았어. 급하게 메모리카드를 사야 했는데, 하필 현금도 없어서 환율을 손해 보면서 ATM에서 현금을 찾아서 메모리카드를 비싸게 샀어. 진짜 최악이었지.

게다가 비도 너무 많이 왔어. 그때 내가 헐렁한 수영복을 입고 있어서 에라 모르겠다 하고 그냥 모든 걸 놓아 버렸어. 비를 홀딱 맞으면서 그 물이 내려오는 모습을 바로 앞에서 보는데, 이게 정말 어마어마한 거야. 그렇게 폭포수를 내가 그대로 다 맞다시피 하면서 그 장면을 보고 있는데, 갑자기 그 순간 내 안의 감정이 폭발한 것처럼 그 자리에서 나도 모르게 오열했어.

왜인지는 모르겠는데. 아마 그날의 기분 탓도 있었을 거고, 그 어마어마한 자연 앞에서, 여기서는 울어도 되겠다는 생각이 들었어. 옛날에 박지원 아저씨의 '울 만한 터' 이런 말도 있잖아. 나에게는 이과수 폭포가, 아무리 소리를 지르고 울어도 아무도 못 듣는 그런 곳이었지. 그런 경험이 좋았어. 물론 다른 여행지도 엄청 좋은 곳들이 많았는데, 아무래도 감정을 건드리는 곳은 거기였어. 그리고 돌아오니까 솔직히 나는 졸업하고 바로 취업하고 싶지가 않았어.

그래도 졸업한 뒤에 바로 취업했지? 왜 그렇게 했어?

한마디로 말하면 가정환경이 그렇게 좋지 않았거든. 그래서 졸업하고 바로 취직할 수밖에 없었어. 그 당시에 부모님이 하시던 일을 그만두고 서울로 올라와서 장사를 시작하셨는데, 그게 잘 안 풀리면서 빚도 많아졌어. 내가 조금이라도 빨리 일을 시작해서 집에 도움을 드려야 하는 상황이었지. 물론 그러지 않아도 어떻게든 살았겠지만, 이제 내가 집에서 맏이라는 짐이 조금 컸어. 우리 집이 4남매인데 내가 첫째니까.

솔직히 나는 더 놀고 싶었어. 20대는 돈이 없지만, 시간은 넉넉할 때잖아. 한 1년 정도는 정말 아무것도 신경 쓰지 않고 온전히 나를 위해서 시간을 보냈으면 좋겠다고 생각했었는데, 바로 취업을 할 수밖에 없었어. 졸업하면서 회사를 두 군데 지원했는데 다행히 지금 다니는 회사에 합격했지.

인터뷰 초반에 그는 자신의 회사 이름을 밝히기를 주저했다. 물론 그 이유를 충분히 짐작할 수 있었지만, 그의 인생에 큰 부분을 차지할 회사 이야기를 들어보지 않을 수 없었다. 나는 천천히 그 이야기를 끄집어내려고 했다.

그래도 다행히 좋은 직장에 들어갔잖아. 지금 다니는 회사는 어디야?

회사는 핸드폰을 만드는 전자회사야. 거기서 나는 디스플레이 관련된 업무를 하고 있어. 2014년 8월부터 일했으니까, 햇수로는 5년 차고, 이제 거의 만 4년이 된 거 같아.

지금까지 4년이나 일했는데 지금까지 일하면서 어땠어?

나는 괜찮았어. 가장 큰 재정적인 어려움이 많이 해소됐지. 어떻게 보면 그게 이 회사를 선택한 가장 큰 이유였으니까. 두 번째는 이제 내 앞으로의 커리어를 생각하면 그래도 큰 회사에서의 개발 경험이 나중에 어떤 선택을 하더라도 도움이 될 거라고 생각했어. 그리고 회사생활 자체를 봤을 때도 나는 정말 좋은 사람들을 잘 만난 것 같고…. 여러모로 감사하지.

그렇구나. 같이 일하는 사람들은 어떤 점이 좋아?

내가 일하는 조직은 두세 명, 아니면 대여섯 명 이렇게 소그룹으로 이어져 있거든. 그래서 같이 일하는 사람들 사이에 관계가 정말 중요한데, 지금 함께 일하는 선배들은 본인만 생각하는 게 아니라 후배들이 성장할 수 있도록 잘 챙겨주고, 내가 잘한 부분에 대해서는 잘했다고 어필해 주셔. 사실 그런 걸 잘해주는 사람을 만나는 건 쉽지 않다고 생각하거든. 회사생활 하다 보면 남의 성과도 자기 걸로 뺏고 하는 사람도 있잖아. 그런데 나를 존중해 주고, 나를 좋은 쪽으로 이끌어주고 싶어 하는 사람들을 만난 거 같아. 그래서 나는 지금 회사생활이 마음에 들어.

그래도 직장생활을 하면서 힘든 점이 있지는 않아?

초반에는 아니었는데, 한 4년 차쯤 되니까 요새 좀 힘든 게 있어. 목표의식이 없어진다고 할까. 일종의 권태일 수도 있고, 내가 어떤 사람이 되고 싶은지, 내가 앞으로 뭘 추구해야 할지 이런 것들을 고민하는 시기인 것 같아.

사실 회사에 들어올 때부터 나는 뚜렷한 목표를 가지고 왔다기보다는 돈을 벌기 위해 회사에 들어왔어. 그래서 지금은 뭔가 비전을 잃어버린 느낌이야. 회사의 비전과 나의 비전을 동시에 만족할 수 있다면 좋겠지만, 그게 쉽지는 않잖아. 특히 우리 같은 대기업이면 더 그렇지.

대기업에 대해 가지는 다른 사람들의 오해나 환상 같은 것들이 있잖아.

잘 모르겠어. 난 다른 데서 대기업 다닌다는 이야기를 한 적이 잘 없거든. 나도 월급쟁이일 뿐이고, 어떤 회사에 다니는지는 크게 중요하지 않다고 생각했어. 솔직히 다를 것 없는 사람들인데, 회사가 대기업이냐, 중소기업이냐, 그런 걸 다르게 보는 사람들의 시선이 조금 불편했어. 그래서 직장에 대해 굳이 안 물어보면 먼저 말하진 않아. 그냥 회사 다니고 엔지니어라고 말해.

네가 생각하기에 너는 어떻게 그 회사에 들어갈 수 있었던 것 같아?

글쎄, 그건 정말 나도 잘 모르겠어. 굳이 생각해보면… 나에 대한 자신감? 이것도 확실하진 않지만, 나는 나 자신을 좋아하는 편이거든. 그리고 내가 살아온 과정 순간순간에 최선을 다하려고 노력했어.

또 하나 있다면 나는 계속 남들이 잘 선택하지 않는 길을 찾아가려고 했던 것 같아. 스스로를 아웃사이더, 소수자로 만들고 싶었던 걸지도 몰라. 그래서 대학교도 멀리 떨어진 포항에 갔고, 군대도 남들 많이 가는 육군이 싫어서 해병대에 지원했었지. 내가 모르는 것에 대한 호기심이 많았고.

요즘 하루는 보통 어떻게 보내고 있어? 일할 때 말고 특별히 하는 건 있어?

주중엔 그냥 출퇴근의 반복이야. 얼마 전부터 자율출퇴근 제도가 시작되긴 했는데, 그래도 나는 보통 9시쯤 출근해서 6시에 퇴근해. 그리고 일이 끝나면 주로 저녁에는 회사 안에 있는 수영장에 가. 운동하고 나서 집에 오면 책을 보거나 음악을 듣거나

솔직히 다를 것 없는 사람들인데,

회사가 대기업이냐, 중소기업이냐,

그런 걸 다르게 보는

사람들의 시선이 조금 불편했어.

그렇게 개인적인 시간을 보내. 회사 근처에는 딱히 즐길 거리가 많이 없기도 하니까.

그래도 주말에는 생산적인 활동을 하려고 노력하는 편이야. 계절에 따라 다르긴 하지만, 작년부터는 승마를 배우고 있어. 그래서 일주일에 한 번 정도는 승마장에 가고, 몇 달 전부터는 영어학원에서 회화를 배워. 거기서 사람도 만날 겸 영어공부도 할 겸.

이런저런 활동을 많이 하려는 것 같은데. 사람 만나는 걸 좋아하고, 새로운 도전을 즐기는 성격인 것 같아.

사실 처음부터 그랬던 건 아니었어. 너도 알겠지만, 당장 내 스무 살을 생각해보면 원래 내가 그런 성격은 아니었잖아. 하지만 언제부턴가 스스로를 존중하기 시작하니까, 내가 아닌 다른 사람들도 소중한 존재고, 모두가 중요한 사람들이라는 생각을 하게 되었어. 그러니까 사람들과의 관계도 좀 더 능동적으로 변했고, 그러면서 다른 사람들에게 관심을 두게 되었지.

그런 변화가 가능했던 건 아무래도 여행이 가장 큰 영향을 주었을 거야. 여행하다 보면 낯선 사람들하고 많이 마주치는데, 그때마다 내가 나를 감춰봤자 얻을 건 없잖아. 여행지에서 만난 사람에게 서로를 그대로 보여주고, 잠깐이지만 솔직할 수 있는 그 순간 그게 나는 너무 좋았어. 내가 생각하는 그대로를 표현하는 것에 대한 자유로운 그런 분위기가 좋았어.

또 자유학교에서의 경험이 내게 큰 영향을 주었던 것 같아. 겉으로 보기에 그 학교 학생들은 문제아라고 할 수 있는 친구들이었거든. 평범함에서 벗어난 아이들을 가르쳤는데, 시간이 지나면서 그 학생들도 저마다 소중한 한 사람이라는 걸 깨달았지. 그리고 그 친구들이 변화되고 각자의 꿈을 찾아가는 모습들을 보면서 사람에 대한 편견도 많이 사라질 수 있었던 것 같아.

삶의 여러 과정을 지나면서 너는 진정한 네 모습을 찾을 수 있었고, 타인의 모습도 그대로 받아들일 수 있게 되었다는 말이네.

그렇지. 제일 중요한 건 내 존재는 타인에 의해 결정되는 것이 아니라는 거야. 물론 그건 다른 사람들도 마찬가지고. 그러니 내가 싫어한다고 그 사람이 가치 없는 사람이 되는 건 아니잖아. 그 사실을 알게 되니까 이제 한 사람 한 사람이 모두 좋은 사람으로 보이고, 그 사람들의 이야기를 듣는 것들이 어느 순간부터 좋아지더라고.

원래 나는 앞에 나서는 걸 별로 안 좋아했었는데, 지금은 나 자신을 표현하기 좋아해. 요즘은 평범하게 살기에 내 시간이 아깝다. 그냥 내가 하고 싶은 대로, 내 마음대로 살아야겠다. 그런 생각을 해.

하지만 사람들은 남들의 시선 그리고 타인과의 비교에서 오는 불안감이나 열등감 같은 걸 가지기도 하잖아.

다 각자의 삶과 생각이 있는 거니까. 난 지금의 내 삶의 태도가 만족스럽지만, 이건 내 성격이 그런 거지, 다른 사람에게 내가 무조건 맞다고 우길 수는 없잖아.

물론 어떤 사람은 이렇게 생각할 수도 있어. '너는 지금 좋은 회사 다니고, 돈도 잘 벌고 걱정할 게 없으니 그렇게 생각할 수

146

있는 거 아니냐.' 할 수도 있겠지. 하지만 나의 20대는 거의 밑바닥 인생이었단 말이야. 20대 초반에는 경제적으로 많이 어려웠으니까.

막 군대에서 전역할 때쯤 나는 정말 하고 싶은 일들이 많았는데, 집이 갑자기 어려워지다 보니 그런 것들을 다 포기하고 집에서 경제적으로 완전히 독립해야만 했어. 그래서 그때부터 학자금 대출도 받고, 생활비도 직접 벌면서 학교에 다녔지. 주변에서 알게 모르게 도움을 받긴 했어도 정말 어려운 시간이었어. 그런 시간을 견뎌내면서 지금의 내 모습이 만들어졌다고 생각해.

인터뷰 초반에 4남매 중 첫째라고 했잖아. 그 부분도 네 삶의 선택에서 큰 영향을 주었을 것 같아.

아무래도 누군가를 책임져야 한다는 부담에서 자유롭기 힘들어. 꼭 가족들에게 경제적인 도움이 되어야 한다는 건 아니었지만, 이제 뭔가 맏이로서 해야 할 역할이 있으니까.

그리고 나는 동생들하고 나이 차이가 꽤 많이 나는 편이거든. 두 살, 여덟 살, 막내랑은 열네 살 차이야. 나는 사춘기도 사실상 거의 없다시피 지나갔어. 그러니까 맏이로서 느끼는 부담이랄까, 그런 것들이 아무래도 있는 편이야.

부모님을 생각하면 드는 감정은 어때?

집안이 힘들어지기 전에는 그냥 존경하는 아버지, 부지런한 어머니, 이런 느낌이었어. 하지만 집이 어려워지고 나니까 아무래도 예전의 자신만만한 아버지의 모습과 다르게 조금 초라해 보였지. 그만큼 우리 집이 어려운 상황이었으니까. 그래도 가족을 끝까지 책임지려는 아버지의 모습을 볼 수 있었고. 그 과정에서 어머니의 희생이나 헌신도 정말 컸다고 생각하거든. 그러면서 부모님에 대한 감사한 마음이 훨씬 커졌어.

어렴풋이 사정은 알고 있었지만, 나는 이제껏 포로리가 느꼈을 그 부담의 무게를 제대로 이해하지 못했다. 그 어려운 형편에서도 항상 밝은 모습을 보여주던 그의 학창시절을 생각하며, 내 마음 속에는 안도감와 미안함이 동시에 교차했다.

쉽지만은 않았던 20대도 지나고 이제 서른이 되었잖아. 스스로 생각하기에 예전과 달라진 게 있는 것 같아?

솔직히 서른이라고 삶이 크게 달라지진 않았어. 취업한 뒤로는 직장인의 삶이 똑같이 이어지는 중이야. 학생에서 직장인이 되었을 때는 엄청 다른 변화가 있었는데, 직장인이 되고 나서는 나이를 먹어도 크게 달라진 건 없는 것 같아.

그래도 예전과 비교해 보면 내 생각의 바운더리가 좀 달라졌긴 해. 말하자면 조금 겁쟁이가 된 느낌이야. 어릴 적 나는 조금은 무모했는데, 언젠가부터 어떤 것을 결정하거나 결론을 짓는데 겁을 내기 시작한 것 같아. 작은 선택에도 예전보다 더 많이 망설이게 되었고.

내 삶의 목적이나 방향을 정하고 싶으면서도 한편으로는 새로운 길을 선택하는 게 망설여지는 거야. 그게 직업적인 부분일 수도 있고 아니면 어떤 삶의 궁극적인 방향일 수도 있고.

처음 회사에 입사했을 때 나는 이 직장도 내 궁극적인 목표를 이루는 하나의 과정이라고 생각했어. 여기에서 일하면서 재정적인 부분이나 향후 진로를 생각해 봐도 나쁘지 않은 곳이니까. 그런데 막상 들어오고 시간이 지나니까, 이제 불확실한 미래를 선택하기보단 그 안정감에 취하게 되는 것 같아.

새로운 시작에 대한 마음도 있지만, 한편으로는 이 안정감이나 편안함에 안주하게 되는 거구나.

맞아. 양면적인 감정인 거야. 게다가 포기해야 할 기회비용이나 미래의 불안함을 생각한다면 더더욱 지금의 삶을 포기하기가 쉽지 않지. 괜찮은 회사에 어렵게 들어왔는데, 그냥 여기에 있는 게 사실 삶을 가장 쉽게 사는 방법이잖아. 그러니까 사서 고생할 필요가 없는 건데.

그러면서도 새로운 선택을 고민하게 되는 이유가 뭘까?

지금의 삶도 좋지만, 언제부턴가 내 삶이 나에게 매너리즘처럼 느껴졌어. 스스로 돌아봤을 때도 나태해진 게 많이 느껴지고. 물론 누군가는 배부른 소리라고 하겠지. 그런데 내가 20대를 보내온 모습은 지금과는 달랐거든. 내 부족함을 메우기 위해 정말 치열히 살았고, 내 꿈을 찾기 위해 노력했었는데…. 지금은 그렇지 않아. 20대에는 하고 싶은 것도 많았는데, 지금은 뭘 해야 할지, 뭘 하고 싶은지 그런 목적의식 자체를 잃어버렸어.

나는 서른이 지나기 전에 내 삶의 목표를 세우고 싶었어. 왠지 서른이 지나면 시기적으로 늦을 것 같았거든. 서른이 뭔가 나의 심리적인 마지노선이라고 스스로 생각했던 거 같아. 그래서 다른 진로를 선택하거나 결혼한다거나 하는 그런 중요한 결정을 빨리 마치고 싶었어. 물론 지금으로선 그게 어려워진 것 같지만.

예전의 네가 이루고 싶었던 꿈이나 계획은 뭐였어?

무슨 꿈이나 계획이 뚜렷하게 있는 건 아니었어. 그래도 키워드로 말하자면 나는 누군가를 교육하는 것에 관심이 있었어. 공학을 전공했으니까 공학에도 관심이 있었고. 교육과 공학이라는 분야를 아울러서 누군가에게 긍정적인 영향을 줄 수 있으면 좋겠다는, 약간은 막연한 희망이 있었어.

이때 포로리의 전화벨이 울렸고 우리는 잠시 인터뷰를 중단했다. 얼마 전 소개팅으로 만난 상대에게 걸려온 전화였다. 잘 되가냐는 질문에 그는, '아니, 아마 어려울 것 같아.' 라고 씁쓸하게 말했다. 포로리에게, 나는 연애에 대해 질문하지 않을 수 없었다.

사전 인터뷰를 보면, 서른이 가기 전 꼭 이루고 싶은 목표 중 하나로 연애를 꼽았잖아. 그 이유는 뭐야?

솔직히 누구를 만나고 싶다는 감정은 예전부터 있었지만, 취업하기 전까지는 경제적으로 여유가 없었고. 그래서 오히려 스스로 연애감정 같은 걸 차단했던 거 같아. 당장 내가 학교 다니고 밥 먹을 돈도 빠듯한데 누군가를 만나는 건 사치라고 생각했어.

물론 지나고 나니 그런 생각도 사실은 편견이었겠다 싶어. 돈은 넉넉하지 않아도 예쁘게 사랑하는 커플들도 많잖아. 내가 직장을 가지고 나서 연애를 했냐 하면 그런 것도 아니고. 회사생활을 하면서는 먼저 나를 채우는 시간을 가지고 싶었어. 대학 시절에는 누리지 못했던 그 시간에 대한 보상 같은 게 필요했어. 그러다 보니 다른 사람을 만날 마음의 여유가 없었다고 해야 할까. 물론 입사 이후에는 소개팅도 많이 했어. 다른 사람들도 많이 만나려고 노력했고. 그런데 생각보다 관계가 잘 발전하지 않더라.

왜 연애를 시작하지 못했던 것 같아?

일단은 내가 연애라는 걸 잘 몰랐어. 누구를 만나본 경험이 없었으니까 서툴렀던 것 같아. 그리고 그냥 막연히 연애하고 싶다는 생각만 있었지, 누구를 만났을 때 정말 좋다, 이 사람을 만나보고 싶다는 감정이 잘 안 생겼었어. 아마 사랑이란 감정에 대해서 잘 이해를 못 했던 것 같아.

그래서 그냥 혼자 이것저것 하면서 내 만족을 채우는 시간을 많이 보냈지. 아까 말했듯이 여행도 많이 다니고, 스스로 재밌는 걸 찾아서 즐기려고 하고, 남들과는 다른 경험을 많이 해보려고 했는데…. 어느 순간부터 그런 마음이 들었어. 그러니까 혼자 노는 건 이제 충분히 했고 만족스럽다. 이제는 이런 재밌는 걸 혼자가 아니라 누군가와 같이 공유하면서 즐기고 싶다는 생각을 한 1~2년 전부디 했던 것 같아.

너는 어떤 사람을 만나고 싶어?

글쎄…. 이제 나이도 있고 하니까, 진지하게 만날 수 있는 사람? 물론 꼭 결혼할 사람을 만나고 싶다는 건 아니지만, 만나다 보면

그냥 막연히 연애하고 싶다는 생각만 있었지,
누구를 만났을 때 정말 좋다,
이 사람을 만나보고 싶다는 감정이 잘 안 생겼었어.
사랑이란 감정에 대해서 잘 이해를 못 했던 것 같아.

이 사람하고 결혼해야겠다 싶은 그런 마음이 드는 사람이면 좋겠어. 그리고 서로 존중할 수 있는 사람, 함께 건강한 연애를 할 수 있는 사람이었으면 좋겠어. 뭐가 건강한 건지는 잘 모르겠는데… 서로 행복함을 느낄 수 있고, 신뢰할 수 있는 사람을 만났으면 좋겠어.

너는 상대적으로 안정적인 직업을 가졌고, 경제적으로도 상위에 있는 사람이잖아. 하지만 주변을 보면 그렇지 않은 사람들도 많지. 네가 생각하기에는 우리 세대의 삶의 모습이 어떤 것 같아?

음, 일단 우리 세대의 경제적인 상황은 좀 어려운 것 같아. 나는 그래도 운 좋게 좋은 회사에 다니고 있지만, 당장 우리 집만 보더라도, 취업을 못 하는 동생을 보면 요즘 일자리 구하기가 정말 어렵구나 하는 걸 느껴. 사실 어떤 마음가짐의 차이일 수도 있겠지만, 예전보다 겉으로 보기엔 부유해진 것 같으면서도 현실은 그렇게 넉넉하지 않다는 느낌이 있어.

그래서 그런지는 몰라도, 우리 세대는 좀 더 소소한 것에 만족하려고 하잖아. 나는 그런 움직임이 긍정적인 변화라고 생각해. 예전 세대는 남들과 비교하면서 돈을 더 많이 벌고 남들보다 좋은 집, 좋은 차를 가지는 게 어떤 성공의 기준이었다면, 지금은 행복이나 만족의 기준이 조금은 달라지고 있는 것 같아. 스스로의 만족과 자아성취가 더 중요한 기준이 된 거지. 돈은 조금 못 벌어도 내가 하고 싶은 걸 추구하는 그런 모습은 좋은 변화이지 않을까.

그런데 그게 쉽지는 않잖아. 그걸 말해준다고 해도 바로 깨달을 수 있는 것도 아니고. 그리고 어떻게 보면 그렇게 이야기하는 것 자체가 꼰대짓일 수도 있다고 생각해. 사람의 자라온 환경이나 배경이 모두 다르고, 내가 그 사람의 인생을 그대로 살아온 게 아니니까. 다른 사람은 쉽게 그렇게 말할 수가 없지.

나도 그렇게 생각해. 하지만 요즘 주변에는 그렇게 쉽게 말하는 사람이 너무 많은 것 같아.

그래서 나는 그런 말들을 별로 안 좋아해. 나에 관해서 이야기하는 건 좋아하지만, 내가 남한테 뭔가 충고같이 이야기하는 건 별로 하고 싶지 않아.

그래도 동생들을 보니까 조금 다르긴 하더라. 하하. 남이라고 생각하지 않아서 그런지, 동생들을 보면 가끔 '저러면 안 되는데' 하는 생각이 들 때도 있어. 동생들이 힘들어하거나 하는 모습을 보면서 뭔가 걱정도 되고. 동생들은 나처럼 시간을 허비하지 않았으면 좋겠다는 생각이 들어. 나도 나이가 들었나 봐.

동생들과 나이 차이가 꽤 많이 나잖아. 그러다 보면 동생 세대와의 차이도 느낄 것 같은데, 어때?

일단 생각하는 방식들이 많이 달라. 이건 내 동생들의 개인적인 특색일 수도 있겠지만, 우리 때보다는 생각이나 판단, 행동들이 좀 더 주도적인 거 같아. 나름대로 자기들의 생각이나 표현을 정리할 줄도 알고, 뭔가 자기들이 좋아하는 것을 스스로 찾아다니는 모습들을 볼 때가 있어. 우리가 중·고등학교에 다닐 땐 일단 좋은 대학을 가는 것이 제일 중요한 삶의 목표였잖아. 그러니까 뭔가 내 취미 같은 것들을 개발할 기회는 없었고, 그냥 시키는 대로 늦게까지 야자하거나 학원에 가는 게 인생의 전부였지. 물론 지금도 똑같이 학원도 가고 늦게까지 공부해. 그런데 그 외적인, 자기들이 관심 있는 것들에 대해서 스스로 찾아가고 즐기려고 하는 모습들이 있어.

맞아. 생각해보면 우리 세대가 그렇잖아. 한편으로는 어른 세대의 생각이나 감성도 가지고 있으면서, 또 자라오면서 사회의 의식이나 문화 같은 것들이 굉장히 빨리 변하기도 했고.

밀레니얼 세대라고 그러나? 아니면 낀 세대. 완전히 모바일 세대도 아니고. 그래서 옛날의 어떤 90년대 감성도 가지고 있으면서, 신기술에 대해서도 민감하고. 어떤 경계선에 있다는 느낌이 어느 정도 있지. 지금 우리 나이뿐만 아니라, 대충 80년대 중후반부터 90년대 언저리? 그 정도 사람들은 다 비슷할 것 같아.

이야기를 마치고 그는 갑자기 자리에서 일어나 누군가에게 인사를 건넸다. 몇 학번 위의 선배였다며 포로리는 꽤 길게 이야기를 나누었다.

마지막으로 '나에게 서른이란 이것이다.' 이걸 한 마디로 표현한다면 너는 어떻게 말할 것 같아?

서른? 글쎄…. 말하자면, 나에게 온전히 집중할 수 있는 시간의 마지노선 같은 느낌. 아니면 카운트다운이랄까? 그러니까, 이제 나만 생각할 수 있는 시간, 나만을 위한 시간이 점점 줄어드는 것 같아. 다른 더 좋은 말이 있는지는 모르겠어. 이제는 뭔가 나만을 오롯이 생각할 수 없는 시기가 다가오는 것 같아서.

쉽게 표현하자면 서른은 어른이 되어가는 과정이라고 할 수 있을까?

어른, 어른은 좀 어렵다. 난 아직 어른이 아닌 것 같은데. 서른을 어른이라고 생각하는 사람이 얼마나 되겠어. 예전에는 서른이 정말 어른이라고 생각했는데. 솔직히 나는 아직도 회사에서 완전 막내고, 현실감각 없고 독특한 그런 사람이거든. 주변 사람들을 보면 나보다 훨씬 현실적인 것 같아. 돈을 벌고, 재산을 불리고, 가족들을 위해 더 좋은 환경을 만들려고 하는 그런 모습들이 대부분이지. 어떻게 보면 그게 더 현명한 걸 수도 있고.

　　우리는 흔히 대기업 직장인에 대한 일종의 선입견을 품곤 한다. 아마도 그 중 하나는 '그들이 아무 개성도 없고, 불안도 없고, 욕심도 없는, 무취무미의 사람들'일 것이라는 생각이다. 하지만 내가 아는 포로리는 그 편견에 전혀 들어맞지 않는 사람이다. 도포에 갓을 쓰고 피라미드에 오르는 그를 보고, 어느 누가 그를 평범한 대기업 엔지니어라고 생각할까? 오히려 포로리는 우리에게 역설적이지만 당연한 사실을 일깨워준다. 그것은 그 사람이 어떤 회사에 다니고 어떤 일을 하든지, 우리는 모두 각자의 개성을 지닌 개인이라는 사실이다.

　　나는 인터뷰에서 조금은 힘겨웠던 포로리의 과거 경험들을 알게 되었다. 다른 사람이라면 자신의 현실을 원망하고 자포자기했을 만큼 어려웠던 상황이지만, 그는 언제나 낙천적이고 밝은 모습을 보였다. 어쩌면 그 모습마저도 포로리에게 지워진 책임이었을지도 모르겠다. 4남매의 장남이라는 귀속 지위, 혹은 해병대라는 사회적 성취 지위 때문에라도, 그는 힘들어도 다른 사람에게 그 티를 내지 못했을 수 있었겠다는 생각이 들었다. 다행히 이제 그는 자신에게 주어졌던 부담을 하나씩 내려놓고 있는 듯 보였다.

　　포로리는 예전과 다름없이 직장 생활을 이어나가고 있다. 물론 그가 언제까지고 회사에 남아 있을지 아니면 어느 순간 그곳을 뛰쳐나갈지 알 수 없다. 이 원고를 쓰는 날, 포로리는 자신이 활동하는 국악 동호회 공연 포스터를 선해주었다. 나는 포로리가 어디에 기든지 자신의 그 독특한 '똘끼'를 잃지 않았으면 한다. 그는 언제나 자신이 가진 밝은 에너지로 주변을 밝히는 사람이니까. 그리고 포로리는 얼마 전 좋은 사람을 만나 풋풋한 연애를 시작했다. 친구들은 그의 연애 소식에 격하게 놀랐지만, 나는 포로리가 지금까지 모아두었던 사랑을 여자친구에게 쏟아줄 것 같았다. 마치 이과수 폭포처럼.

서른이 되어

○ 강유, 서른은 조금 허망한지도 몰라. 그러니 쉬었다 가는 게 어떨까

○ 새아, 치열하게 살고 있지만 해피새아는 행복해

30

진정한 자유를 꿈꾼다

여행,
진정한 자유가 불가능해질 때
그것은 일상이 된다.

       스물과 서른의 경계에 선 이들은 때때로 자신의 삶에 새로운 자극을 주고자 한다. 그 하나의 방법으로 많은 사람들은 여행을 택한다. 삶이 힘겹고 지칠 때 혹은 사는 게 무료하고 지겨울 때, 우리는 가방에 짐을 싸고 여권을 챙겨 어디론가 떠나는 상상에 빠진다.

    적어도 해외여행에 있어 우리 세대는 축복받은 존재들이다. 우리나라는 1989년에야 비로소 일반 국민에게 해외여행 전면 자유화가 허락되었기 때문이다. 그전까지 통제의 대상이었던 해외여행은, 개인의 여건과 취향에 따라 자유롭게 선택할 수 있는 여가의 한 축으로 자리매김했다.

    특히 20대의 해외여행은 최근 몇 년 사이에 극적인 증가세를 나타

냈다. 한국관광공사에 따르면, 1989년이 처음 성인이 된 2008년, 20~30세의 해외여행은 갓 200만 명을 기록했다. 이 수치는 미국 서브프라임 모기지 사태의 여파로 2009년 잠시 감소세를 나타내다. 2010년을 기점으로 폭발적으로 증가해 2018년에는 500만 명에 육박하게 된다. 단순 수치상으로, 20대의 해외여행은 10년 새 무려 2.5배의 증가세를 보인 것이다.

그렇다면 20대의 해외여행이 갑자기 늘어난 이유를 어떻게 설명할수 있을까? 우리는 저마다 다른 여행을 경험했던 인터뷰이에게서 그 이유를 간접적으로 살펴볼 수 있다. 누군가는 '여행하는 동안에는 다른 사람들의 눈치를 보지 않고, 큰 해방감과 자유를 느낄 수 있기 때문에' 여행을 좋아한다고 말했다. 또 자유롭고 싶거나 마음의 공허함과 스트레스를 풀기 위해 여행을 떠났었다고 말했다. 많은 친구들은 퇴사나 이직, 혹은 입학과 졸업같이 삶에서 큰 전환을 맞을 때 비교적 긴 기간의 여행을 떠났다.

김영하 작가는 자신의 책 《여행의 이유》에서 "어둠이 빛의 부재라면, 여행은 일상의 부재"라고 표현했다. 그의 말처럼, 사람들은 일상과는 구별된 특별한 시간, 익숙한 현실에서 벗어난 새롭고 낯선 순간을 마주하기 위해 여행을 떠난다. 일상의 수많은 제약이 사라진 낯선 곳에서 나에게 허락된 자유로움을 만끽하는 것, 그것이 여행의 묘미다. 하지만 그의 표현을 조금만 비틀어 생각해보면 어떨까? 만약 어둠 ↔ 빛 = 여행 ↔ 일상의 구분을 그대로 적용한다면, 빛이 어둠을 사라지게 하듯 일상은 여행의 순간들을 잠식하는 존재가 아닐까?

일상을 정의하는 수많은 표현이 있겠지만, 나는 일상을 '자발적, 비자발적으로 속박된 타자들과의 관계'로 정의하고 싶다. 우리는 살면서 수많은 타자들과 관계망을 형성한다. 그 관계망들은 나의 인식과 판단, 행동에 영향을 끼친다. 심지어 그 구성된 관계들이 곧 개인의 존재와 특성을 정의한다고 보는 관점도 있다. 일상에서 벗어난다는 것은 잠시나마 내 주변에 쳐진 관계의 그물망을 빠져나가겠다는 말과 같다. 반대로, 여행에서 돌아와 일상에 복귀한다는 것은 내가 타자들과 얽히고설킨 회로기판에 다시 연결되겠다는 것과 다를 바 없다.

일상이라는 현실을 수많은 관계들의 끊임없는 작용으로 정의한다면, 우리는 이제 '일상'에서 완전히 벗어나는 법을 잊어버린 존재일지도 모른다. 당신이 어떠한 장치로든 인터넷에 접속해 있는 이상, 당신은 타인들에게 '존재'한다. 우리는 정보통신 기술의 발달로 진정한 자유를 얻었다고 생각하곤 하지만, 사실 '연결된 자유'는 언제고 그 끈을 당겨 당신을 제자리에 앉힐 수 있다. 우리에게 선택의 폭을 넓혀주는 것처럼 보이는 수많은 여행 정보들은 사실 현실에서 마주할 수 있는 '무제한의 가능성'을 배제하고 몇몇의 '괜찮은 옵션'들로 우리의 경험을 제한한다. 여행자의 손에 지도 대신 스마트폰이 들려져 있는 이상, 그는 낯선 현지인이 아니라 익숙한 '네이버'의 여행 후기에게 자신의 여정을 맡길 것이다. 전세계 어디서나 실시간으로 타인의 정보와 평가에 접속할 수 있는 시대에, 여행은 더 이상 일상으로부터의 완전한 해방이 되지 못한다.

많은 이들에게 여행은 편도가 아니라 왕복 항공권으로 상징되는 일상으로의 복귀를 전제로 한다. Hemeets의 노랫말 속에 나오는 One-way ticket을 가지고 떠난 연인은, 그들의 비자 때문에라도 언젠가 귀국 항공편을 예매할 수밖에 없다. 복귀가 없는 여행은 그 자체로 또 다른 일상이다.

여행이 일상의 진정한 탈출구가 될 수 없다는 사실을 깨달을 때, 사람들은 여행을 일상의 일부로 끌어들인다. 이제 여행은 일생의 특별한 순간이 아니다. 그것은 때가 되면 어딘가로 떠나주어야만 하는 삶의 필수적인 과업이다. 여행을 향한 견딜 수 없는 충동은, 일상의 과부화를 해소함으로써 그 일상이 지속될 수 있게끔 만드는 또 다른 '일상의 패턴'인 것이다. 여행의 우연성과 실패 가능성이 제거되었을 때, 사람들은 모두 비슷하게 여행을 하고 그것을 비슷한 방식으로 인증하는 반복의 굴레에 빠진다.

여행을 통해 진정한 자유를 느껴보고 싶다면 스마트폰을 집에 두고 여행을 떠나보라. 그리고 거리의 이정표를 따라 걷다 버스기사에게 정류장을 묻고, 인포메이션센터에서 얻은 도시 지도를 보며 길을 헤매다 향긋한 음식 냄새와 허름한 간판에 이끌려 이름 모를 식당으로 들어가라. 온전한 자유로움은 선택할 수 있는 권한이 나에게 완전히 주어졌을 때 가능한 것이다. 우리는 진정으로 자유로워본 적이 없기에 완전한 자유 앞에서 불안함을 느낀다. '선택장애'는 우리가 일상이라는 거미줄에 잡혀있는 상태와 같다. 만약 당신이 진정으로 '일상의 부재'를 경험하고 싶다면, 먼저 나를 옭아매는 관계들을 잠시라도 완전히 끊어낼 용기가 필요하다.

#커리어와행복사이 #삶의허망함을넘어 #대학원졸업반 #이젠독립하고파

서른에 대한 소감

———— 서른 살, 정말 별 것 아니구나!

강유
대학원 석사생

나는 서른살 강유라고 해. 대학을 졸업하고 몇 년 동안 광고 대행사에서
일하다, 지금은 내가 하고 싶은 꿈을 찾아 대학원에서 공부하고 있어.

2018년 8월,
개강을 앞둔 어느 날 대학로 카페에서

서른 살을 맞은 2018년 1월, 우리는 스페인 그라나다의 어느 번화가에서 서로를 처음 만났다. 우리는 성 니콜라스 전망대에서 함께 노을을 감상했고, 번화가 뒷골목에서 멋진 타파스를 만끽했다. 동갑의 나이 그리고 대학원생이라는 공통점이 동병상련의 감정을 느끼게 해서일까. 나는 '한국에서 다시 만나자.'는 의례적인 인사말을 잊지 않았고, 이 책을 준비하며 그녀에게 다시 연락을 건넸다.

지금 대학원에서는 어떤 분야를 공부하고 있어?

우선 학부 이름은 커뮤니케이션이야. 커뮤니케이션 학부라고 하면 신문이나 방송만 있는 것처럼 생각할 수도 있는데, 그것만 있는 건 아니고 다양한 미디어를 전반적으로 다뤄. 요즘은 워낙 플랫폼이나 콘텐츠를 강조하는 시대니까.

원래 나는 미디어 플랫폼 사업 쪽에 관심이 있었어. 콘텐츠를 기획하고 유통하는 그런 쪽? 학교 다닐 때 직접 제작하는 일도 많이 해봤는데, 아무래도 그쪽은 나보다 잘하는 사람이 많은 것 같기도 하고, 기본적으로 마케팅 전략이나 유통 같은 분야에 더 재미를 느끼는 것 같아.

처음 전공을 결정하게 된 계기나 이유가 있었어?

글쎄, 내가 처음 이쪽을 공부하고 싶다고 마음먹은 건 중학교 때였는데, 그냥 방송이나 그런 문화 콘텐츠 같은 걸 좋아했어. 그래서 원래는 PD가 되고 싶었고, 그래서 이쪽 전공으로 입학했지. 나는 대학 생활이 정말 재미있었어. 요즘에는 뭐 취업이 안되니까 이과를 가라, 경영학과를 가라 이런 말이 많잖아. 그런데 나는 신방과에 들어갔던 걸 진짜 잘했다고 생각해.

나는 학교 다니면서 동아리도 세 개씩 가입하고, 다른 것도 이것저것 한다고 바쁘게 살았어. 학교 행사도 기획해 보고, 대외활동도 열심히 참여하고, 2학년 마치고는 1년 동안 휴학하고 미국에 있다 오기도 했었어. 그리고 졸업을 스물 넷에 했지!

스물 넷에 졸업하고, 바로 일을 시작한 거야?

아니, 일을 바로 시작한 건 아니었어. 원래 내가 PD가 되고 싶어서 언론고시 준비를 1~2년 했었어. 면접까지 가기도 했지만⋯. 결과적으로는 잘 안 됐지. 그리고 나니까 빨리 돈을 벌고 독립하고 싶었어. 언제까지 시험에 매달려있을 순 없겠다 싶어서 일단 다른 직장을 구했고, 그렇게 스물 여섯쯤부터 일을 시작했어.

처음 일을 시작한 곳이 홍보 회사였지? 거기선 주로 어떤 일을 했었어?

음⋯ 업무를 뭐라고 딱 단정 짓기 어려운 게 정말 하는 일이 다양했거든. 홍보 업무라는 게 그래. 보도자료 작성하고, 기자 만나는 일도 하고, 온라인 홍보, SNS 관리도 많이 했어. 종종 프레스(언론) 행사 같은 것도 기획하고. 물론 그런 일을 하려면 광고주한테서 일을 받아야 하니까 계속 제안서 만들고, 경쟁하면서 그렇게 보냈지.

사람들이 가지는 광고회사에 대한 이미지가 있잖아, 스마트하다거나 바쁘다던가 그런 거. 실제로 경험해보니 어땠어?

사실 학부 때 배워왔던 거랑은 좀 다르긴 했지. 아무래도 딱 떨어지는 일이 아니고, 일하는 상황이나 방법도 계속 바뀌고, 내가 아는 것을 계속해서 응용해나가는 거니까. 바쁘기도 많이 바빴어. 하지만 그 회사에서 일했던 경험은 나쁘지 않았어. 지금도 그 회사 사람들이랑 연락하고 지내. 일을 그만둔 다음에도 회사 사람들 만나러 찾아가고 그랬어.

그러면 회사는 왜 그만두게 된 거야? 한 3년 정도 다닌 거잖아?

원래 광고홍보 쪽 업계 사람들이 금방 일을 그만두는 경우가 많거든. 한 1년 정도 버티다가 관두는 거지. 그런데 나는 적어도 3년은 일해봐야 내가 이 일을 계속할 수 있을지 알 수 있다고 생각했어. 만약에 3년을 일했는데도 내가 다른 일을 하고 싶다, 이 일이 맞지 않는다고 생각이 들면 그때 진로를 바꾸는 것도 괜찮을 것 같았어.

그래서 버텼지. 일 자체는 재밌고 좋았어. 그런데 뭐랄까… 원래 내가 좋아했던 미디어나 방송 쪽 일을 하고 싶다는 미련이 생기더라고. 그리고 내가 이 일을 정말 끝까지 재미있게 여기면서 할 수 있을까 싶었는데, 그건 아닌 것 같았어.

그러면 다른 길을 찾아보자 생각하고 일을 그만뒀지. 그런데 그때가 마침 딱 스물 아홉이었어. 회사를 그만둘 당시에는 만약에 내가 서른이 넘어가면 그냥 참고 계속 다니게 될 것 같은 생각이 들더라. 서른이 넘어가면 뭔가 다른 꿈이나 하고 싶은 게 있어도 일단 참고 버틸 것 같은 마음이었어. 그래서 그냥 뛰쳐나가자 해서 스물 아홉에 회사를 나온 거야.

왜 서른이 넘어가면 참고 넘어갈 것 같다고 생각을 한 거야?

아무래도 불안한 마음이 커졌을 테니까. 회사를 나가려고 했을 때도 사람들이 남아 있으라고 많이들 만류했었거든. 지금 나가서 한다고 뭐 하겠냐 이러면서 하는 말이, "시집은… 그러면 시집은 언제 갈 건데?" 하하. 그 말은 진짜 많이 들었어. 그런데 나는 결혼이 중요한 게 아니고, 그냥 다른 일을 시작하고 싶은 미련이 남아서, 할 수 있는 만큼 해 보자 그래서 나왔지.

그래도 잘 다니던 회사를 그만두고 대학원에 온다는 게 쉽지만은 않은 선택이었을 텐데, 대학원 생활은 괜찮았어?

나는 처음부터 대학원에 온 목표가 뚜렷했어. 나는 내가 일하던 PR 쪽보다는 콘텐츠 산업이나 경영, 그리고 미디어 관련 정책이나 법 같은 쪽이 나한테 더 재미있거든. 그래서 좀 더 학교에서 배워야겠다는 생각을 했던 거지. 사실 돌이켜보면 꼭 대학원을 안 왔어도 됐나? 하는 생각도 가끔 해봐. 굳이 대학원을 안 오고 그냥 경력을 쌓는 게 나았을까 하는 건데, 그래도 학교에 들어와서 몰랐던 것도 많이 배우고, 나 스스로 앞으로의 방향을 딱 잡는 데 많이 도움이 되었던 것 같아. 후회는 없어.

너는 직장생활도 해봤고, 대학원도 다니고 있잖아? 두 그룹을 비교해봤을 때 제일 큰 차이가 뭐라고 생각해?

학생은 사실 실수해도 괜찮거든? 이것저것 도전하고 실수하면서 교수님이나 친구들에게 피드백을 받으면서 고치고. 그런데 회사에서는 실수하면 안 돼. 그게 가장 큰 차이가 아닐까? 종종 대학원 생활이 너무 힘들다고 말하는 친구들이 있는데, 보면 학부를 졸업하고 바로 대학원에 온 경우가 많아. 그런 경우에는 이 차이를 경험해보지 않았으니까, 대학원이 힘들다고 느낄 수도 있을 것 같아.

대학원에서 제일 힘든 건 그런 거거든. 학부생 때랑은 다르게 교수님들이 나를 좀 더 지적하고, 많이 혼내기도 해. 그런데 그것도 사실은 내 실력을 향상시키려고 하는, 어쨌든 제자들을 위한 교육 방법이잖아. 반대로 사회에서는 내 조그마한 행동이나 실수 하나에 정말 심란하게 까이고, 비난받고, 때로는 인신공격까지 당할 때도 많지. 그것도 나를 위해서라기보다는 자신의 이익을 위해서.

그러다 보니까 대학원 생활이 내 인생에서 좀 쉬어가는 시기라는 느낌도 들어. 물론 대학원에서 해야 할 것도, 공부할 것도 많아. 하지만 '앞으로 어떻게 살아야 할까?' 하는 고민을 하면서 인생의 방향도 잡아가는 시간이 되는 것 같아. 앞으로의 내 커리어나 삶의 목표를 준비하는 데 2, 3년이 그렇게 긴 시간은 아니잖아.

하지만 '앞으로 어떻게 살아야 할까?' 하는
고민을 하면서 인생의 방향도 잡아가는
시간이 되는 것 같아.

앞으로의 내 커리어나 삶의 목표를 준비하는 데
2, 3년이 그렇게 긴 시간은 아니잖아.

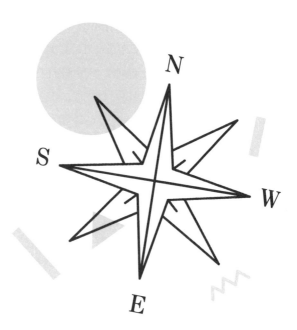

강유는 "아, 이렇게 말하면 좀 꼰대 같은데?"라며 잠깐 자신의 이야기를 가다듬었다. 나는 "뭐, 나도 그렇게 생각해." 하고 그녀의 말에 동의했다.

대학원 생활도 거의 마무리하는 시기일 텐데, 그동안 대학원에 다니면서 가장 어려웠던 점이 있었다면 뭐였어?

어려웠다고는 말하기 애매하지만…. 일단 대학원 생활은 되게 자유롭잖아. 그러니까 공부도 누가 시켜서 하는 게 아니라 스스로 찾아서 하는 거고. 그런 자유가 주어지니까 오히려 얼마든지 늘어질 수도 있는 것 같아. 늘어지려면 얼마든지 늘어지는데, 그러다 보면 딱히 하는 것도 없으면서 뭔가 죄책감만 들고, 스트레스 받고 그래.

어쨌든 회사에 다닐 때는 출퇴근 시간도 정해져 있고, 그날 해야 할 업무가 딱딱 정해져 있고, 주중에 일했다면 주말은 쉬고 다시 월요일부터 시작하는 이런 패턴이 있는데. 대학원은 일상의 패턴이나 구조가 다 사라지니까, 웬만큼 본인이 자기 관리에 철저하지 않으면 흐트러지기 너무 쉬운 환경이지. 그게 좀 어려운 것 같아.

혹시 남들보다 조금 늦은 나이에 대학원을 다니면서 오는 고충 같은 건 없었어?

고충이라기보단 교수님들이 내 미래에 대해서 자꾸 걱정하는 거야. 아무래도 다른 친구들보다 나이가 많으니까 내가 제일 급하다고 생각하시는 것 같아. "얘는 졸업하면 어떻게 하지? 어디든 빨리 보내야지." 이런 이야기도 하시고. 나는 괜찮은데 교수님들도 어른이다 보니 '여자가 서른이 넘으면 빨리 안정적인 삶을 찾아야 한다.' 이런 생각을 하시는 분들이 많으니까….

우리 대학원 신입생 중에서 스물 세 살이 있는 거야. 나는 진짜 깜짝 놀랐거든. 그러니까 학부를 조기 졸업하고 바로 대학원에 온 거였어. 물론 빨리 과정을 밟아나가는 것도 좋지만, 나는 그 친구를 보면서 좀 뭐랄까, 왜 그랬을까 하는 생각도 했거든.

나는 20대가 약간 그런 시간인 것 같아. 20대는 뭘 해도 용납되는 나이가 아닌가 싶거든. 갑자기 200일, 300일 여행을 해도 누가 뭐라 할 사람도 없고, 막 무모하다 싶은 경험을 얼마든지 만들 수 있는 나이가 20대라고 생각해. 만약에 내가 취업하기 전인 스물여섯으로 돌아간다면 난 2년 정도 더 놀았어도 좋았을 것 같아. 그냥 백수처럼 노는 게 아니라 하고 싶은 것도 해 보고, 새로운 것도 도전해보는 그런 시간을 가졌으면 어땠을까….

그래도 아까 미국에서 1년 동안 지낸 적이 있었다고 했었잖아. 너의 20대에서 특별한 시간이었겠다.

아, 그건 어떻게 보면 정말 아무것도 아니야. 보통 교환학생은 스펙 쌓으려고 가는 경우가 많은데, 나는 그런 건 아니었고, 내가 어렸을 때부터 그냥 미국에서 1년 사는 게 버킷리스트였어. 딱히 이유는 없고 그냥 거기서 살고 싶었던 게 있었어. 그래서 2학년 마치고 휴학하고 무턱대고 떠났지.

처음에는 시애틀에 있다가, 다음에는 샌디에이고로 조금 내려와서 지냈어. 가기 전에는 그래도 인턴 같은 거라도 좀 해볼까 했는데, 결론적으로는 그냥 재미있게 잘 놀다 왔어. 지금 생각해보면 그때가 스물 두 살이니까 엄청나게 어린 나이었는데, 그래도 나는 그 시절 경험이 소중했다고 생각해. 정말 즐겁게 놀았고, 여러 사람을 만났고, 그러면서 내 가치관도 많이 바뀌었어.

가치관의 변화라… 구체적으로 어떤 변화가 있었어?

미국에 가기 전엔 내 생각이나 시선이 좀 좁았었던 것 같아. 그러니 타인에 대한 편견 같은 것도 있었고. 예를 들면 한국에서는 흔히 이슬람 믿는 사람들을 좀 무섭게 여기고 안 좋아하는 경향이 있잖아. 그런데 미국에서 홈스테이를 했었는데, 거기서 터키 친구들을 정말 많이 사귀었어. 물론 그들의 여성관이나 먹는 문제로 많이 싸우기도 했지만 같이 살면서 '아, 이렇게 생각하면서 살아가는 사람들도 있구나.' 하면서 내 생각도 많이 깨지고, 시야가 많이 넓어지는 계기가 되었어.

그런 경험들이 있어서 한국에 돌아와서는 잠깐 우리나라에 방문하는 외국인들을 데리고 가이드하면서 소개하는 활동도 했었어. 그들도 우리나라에 방문하면서 새로운 것들을 경험하고, 그러면서 시야도 넓히는 기회를 가질 수 있었으면 싶지.

그녀는 20대의 자신이 더 많은 것을 경험해보지 못한 것에 아쉬워했지만, 그녀는 이미 남부럽지 않을 만큼 특별한 20대를 살았다. 미국 체류 경험을 시작으로, 우리는 서로가 거쳐 갔던 여러 여행지와 그곳에서의 에피소드를 이야기했다. 마침 우리가 만나 인터뷰했던 카페는 고풍스러운 소품들에 둘러싸여 고즈넉하면서도 이국적인 분위기를 풍겼다.

졸업 이후에는 어떤 계획을 세우고 있어?

지금은 우선 졸업논문 쓰는 데 집중하고 있지만…. 이제 다시 취업준비를 해야겠지? 그런데 이번에는 너무 급하지 않게, 정말 내가 관심 있고 좋아하는 분야로 천천히 기회를 찾자는 생각을 하고 있어.

지금까지는 좀 급하게 살았던 것 같아. 주변 사람들이 나보다 뭔가 앞서나가면 마음이 급해지고, 졸업이나 취업 같은 정해진 통과의례들을 빨리 해치워야 할 것 같았지. 그래서 남들보다는 조금 빠르게 스물 여섯쯤에 일을 시작했는데, 막상 그렇게 회사에 들어가서 몇 년 일하다 보니까 그냥 그런 생각이 들더라고.

'내가 그렇게 조급하게 살아도 어차피 남들과 똑같은 삶을 사는구나. 그렇게 행복하지 않구나.' 어차피 좀 천천히 여유 있게 살아도 다 자기 갈 곳을 찾아가잖아? 나보다 더 오래 준비했던 동기들이 결국에는 자신과 맞는 곳에서 만족하면서 일하는 것도 보다 보니까, 살면서 빠르게 달리는 것만이 답은 아니라는 생각이 들었어.

네 말처럼 요즘 우리는 남보다 뒤처지면 안 된다는 부담감을 많이 안고 살아가는 것 같아.

맞아, 한창 일할 때는 '이렇게 서둘러 빨리 달려왔는데, 그래서 나한테 남은 게 뭐지?' 하는 생각도 좀 있었고, 그래서 당시엔 내가 별로 행복하지 않다고 생각했어. 물론 일이 싫거나 사람이 힘든 건 아니었지만 조금 그 삶 자체에 지치기도 했던 것 같아. 지금 와서 되돌아보면, 늦었다고 누가 나를 탓하는 것도 아니고 그게 잘못된 것도 아닌데 말이야.

그래서 지금은 대학원에서 다시 사회로 돌아갈 채비를 하는 중이잖아. 그러면 좀 불안하거나 조급해지지는 않아?

지금은 그런 불안함은 없어. 아예 없다면 거짓말이지만. 가끔 한 번씩 고민할 때는 있지. '아, 나가면 뭐하지?' 이렇게… 하하. 이런 생각을 하긴 하는데, 그렇게 조급하진 않아.

우리 엄마가 그랬어. 엄마도 내가 워낙 하고 싶은 걸 해야 직성이 풀리는 성격이란 걸 알고 있었지만…. 남들 시선에 따라 치열하게 경쟁하면서 살기보다는 그냥 내 행복을 찾아서 살면 좋겠다고 했었거든. 그 길을 한국에서 찾아도 좋고, 만약 도저히 못 찾겠으면 외국으로 나가도 된다고. 그렇게 말해주시니까 많이 위안이 됐었지.

조금 모호한 질문일 수도 있겠지만, 지금 너는 그 행복을 찾은 것 같아?

글쎄, 정확히 정리해서 말하기는 어려운데…. 나는 우리가 매 순간 행복할 필요는 없다고 생각해. 행복해야 한다는 강박감이 오히려 우리를 불행하게 만든다는 생각? 하하. 맛있는 것을 먹었을 때, 아니면 여행을 가서 자유로움을 느꼈을 때, 그 기분이 다 똑같지는 않잖아.

사실 행복이 뭔지는 잘 모르겠어. 그냥 억압받지 않는 느낌, 혹은 삶을 즐거워하고 내 삶을 자유롭게 사는 것? 그저 불만족스럽지 않은 상태를 행복이라는 사람도 있던데…. 나는 세상에 정해진 규범이나 남들의 시선에 휘둘리지 않고 지금의 나에게 만족하는 게 행복인 것 같아.

최근에 제일 행복했던 때는 기말 페이퍼를 밤새워 미친 듯이 쓴 다음 제출하고 맥주 한 캔을 딱 마셨을 때! 그게 너무 행복했었어. 그 페이퍼를 잘 쓰고 못 쓰고는 중요하지 않고, 일단 기한에 맞춰서 냈다는 그 사실 자체가 중요했지. 그렇게 과제를 끝내고 맥주 한 캔 하면서 영화를 보는데 그게 그렇게 행복하더라. 행복이란 게 그렇게 거창할 필요는 없잖아?

고작 한 학기 대학원 생활을 맛보았지만, 나는 학생 신분이 되고 마치 어린 아이처럼 작은 것에 행복해하던 내 자신을 떠올리며 강유가 말한 행복의 순간을 공감하지 않을 수 없었다.

대학원이라는 새로운 환경에서 서른을 맞이하게 되었잖아. 서른이 된 느낌은 어땠어?

20대와 똑같아. 정말. 적어도 어렸을 때 나는 서른이 되면 당연히 차 한 대 있고, 결혼해서 집 한 채 있고, 독립적으로 내 직장 다니면서 멋있게 살고 있을 줄 알았는데. 막상 서른이 되어보니 이렇게 살고 있어. 하하하.

그래도 약간 그런 건 있지. 어른들이 나를 보는 관점, 그리고 나에게 해주는 말들이 달라진 것 같아. 스무 살 초반에야 "네가 정말 원하는 것에 도전해라." 그렇게들 이야기했는데, 요즘은 "다들 안정적으로 살아라." 이런 말들을 많이 해.

요즘 계속 생각하는 게 하나 있어. 내가 중·고등학교 다닐 때 선생님 중에, 특히 여자 선생님 중에 지금 내 나이쯤 되는 선생님들이 많았단 말이야. 그땐 그 선생님들이 화를 내면 막 우리끼리 "노처녀 히스테리 부린다." 이런 말을 했었거든. 그때는 서른한두 살도 막 노처녀라 말했는데, 지금 생각해보면 그분들도 사실 그렇게 어른이 아니었고, 그냥 선생님이 되었으니까 학교에서 애들을 가르치고 했던 거였어.

지금은 결혼하는 시점들도 많이 늦어졌지만, 아직은 결혼에 대한 무언의 압박이나 규범이 있는 것 같아. 특히 여자들에게는 더….

요즘은 20대에 결혼하면 정말 빠른 거고, 회사 다녔을 때를 생각해보면 동료 중에 서른 셋, 넷 정도에 결혼하는 경우가 제일 많았던 것 같거든. 그런데 빨리 취업하면 시집도 빨리 가더라고. 아마 사회에 빨리 나갈수록 결혼도 빨라지나 봐.

결혼에 대해서는 주변 사람들이 중요한 것 같아. 나 같은 경우에도 주변에 친한 친구들이 아직 결혼을 안 했거든. 그러면 좀 결혼에 대한 부담 같은 게 적어지는 것 같아. 우리는 만나면 아직도 결혼하기 싫다고 해. 결혼하지 말고 우리끼리 놀자고. 만약 친구들이 다 결혼하고 나 혼자 남는다고 하면, 심심할 것도 같고 약간 걱정되기도 할 것 같아.

사실 서른이 되었다고 해서 드라마틱하게 변한 건 없어. 오히려 스물 아홉에 많이 변했어. 그때 회사를 관두고 다시 학교로 왔으니까. 그런데 사람들한테 스물 아홉이라 얘기하면 놀라지 않는데 서른이라고 하면 정말 깜짝 놀라더라. 삼(3)이라고, 앞자리가 달라지니까 훅 나이가 올라가는 느낌이 드나? 그러면 겉으로는 비슷해 보여도, 서로 보이지 않는 선 같은 걸 느끼지.

나는 계속 똑같은데…. 마흔이어도 마찬가지일 것 같아. 지금 서른 살이 됐어도 중학교 때 친구들 만났을 때는 달라진 게 없거든. 맨날 유치하게 놀고. 이런 걸 보면 나이만 먹지 진짜, 어른이 된 것 같지는 같아.

너도 서른 살이라는 사실이 잘 실감나지 않는다고 했잖아. 그건 원래 우리가 가지고 있던 서른의 이미지와 실제 내가 되어본 서른의 모습이 너무 다르기 때문은 아닐까?

응, 그것도 맞는 말이고, 나는 서른이라는 나이가 사회적으로 갖는 의미가 너무 크기 때문인 것 같아. 원래 서른이라는 나이는 이제 어른이라는 의미였잖아. 우리 엄마 아빠 때도 서른이라고 하면 안정된 삶을 갖춘 그런 나이라고 여겼고.

어릴 때는 주변 사람들을 따라 열심히 공부해 대학가고, 스펙 쌓고 취업하고 그렇게 노력하다 보면 자연스럽게 어른이 될 줄 알았지. 그렇게 열심히 살았는데, 서른이 되어 돌아보니 자기가 생각했던 서른의 모습과 지금의 모습이 완전 다른 거야. 그때 드는 감정은 '허망함' 같은 건 아닐까?

허망함. 서른의 정서를 이렇게 뾰족하게 다듬은 표현은 처음이었다. 나는 허망함이 가진 의미를 그녀에게 묻지 않을 수 없었다.

서른 살의 '허망함'은 무슨 의미야? 조금 더 자세히 얘기해 줘.

음, 조금 전에도 비슷한 말을 한 것 같은데, 허망함은 그런 거야. 손에 아무것도 없는 그런 느낌…. 그러니까 남들처럼 열심히 노

그렇게 열심히 살았는데,
그래서 서른이 되어 돌아보니
자기가 생각했던 서른의 모습과
지금의 모습이 완전 다른 거야.

그때 드는 감정은,
'허망함' 같은 건 아닐까?

력했는데, 내게는 아무것도 남아 있지 않구나. 그럼 이제 어떻게 살아야 하는 걸까? 하는 그런 생각들이 허망함이 아닐까 싶어.

이제까지 눈앞에 목표에만 고민 없이 매달려서 나름 나쁘지 않은 결과를 성취했는데, 그 삶이 그다지 행복하지 않다는 걸 깨달았을 때는, 허망함이 있었지. 그래서 우리 또래들이 뒤늦게 자신에 대해 성찰하기 시작하는 것 같아. 주변 친구들도 보면 서른이 되어서 그런 고민을 많이 하잖아. 그래서 나처럼 더 공부하기도 하고, 아니면 회사를 그만두고 다른 길을 찾거나 이직하기도 하고.

신기하지 않아? 서른 살이 되면 다들 갑자기 방황을 시작하는 게? 그런데 나는 잘못된 건 아니라고 생각해. 그렇게 허망함을 느끼면서 잠깐 멈추고, 그러면서 다시 나에 대해서 돌아보게 되는 기회가 되니까. 그래서 김광석이 〈서른 즈음에〉(1994)를 부른 이유가, 서른 살이 다시 방황하고 고민하는 시기이기 때문은 아닐까 싶어.

이런 흐름이 계속되다 보니까, 요즘 사람들의 가치관도 좀 많이 변한 것 같아. 예전 세대들은 일하는 것, 그러니까 자체에 가치를 두고, '나'보다는 가정이나 국가 같은 공동체를 위해 희생했잖아. 그렇지만 나라가 잘 산다고 해서 내가 행복한 건 아니구나. 우리 세대는 그걸 알게 된 것 같아. 그러니까 사람들은 점점 더 자신의 행복과 만족에 집중하게 되는 거야. 어른들은 우리 세대의 그런 모습을 보고 '개인적'이라고 말하는 건 아닐까 싶기도 해.

어떤 의미인지 알 것 같아…. 우리 세대가 경험하는 이 허망함의 감정은 앞으로 어떻게 변해갈까?

글쎄…. 나는 우리 사회에 완전 변혁이 일어나지 않는 이상 이런 분위기가 금방 바뀔 것 같지는 않아. 경쟁은 계속 치열해지고, 기회는 점점 줄어들고… 가면 갈수록 20대의 삶이 더 팍팍해지는 것 같아. 그래서 그런지, 우리보다 어린 친구들은 1, 2학년 때부터 끊임없이 스펙 쌓기에 매달리고, 무언가 해야 한다는 강박이 더 크더라.

대학교 다닐 때는 나도 다른 사람들 따라서 방학 때 도서관에 앉아 있어 봤었어. 그런데 되게 웃긴 게, 스펙은 모든 사람이 다 똑같이 쌓잖아. 그러면 스펙은 그냥 최소한의 기준인 거지. 그게 내 행복이나 성공을 보장하는 건 아니야. 차라리 그 시간에 다른 경험을 쌓으면 그것도 다 자산이 될 텐데. 왜 우리는 똑같은 스펙 쌓기에 시간을 다 쏟고 거기에 집착하는 걸까? 왜 우리는 스스로 젊음을 누릴 기회를 포기하면서 살아갈까? 하는 생각이 들더라.

그런데 한편으로는 이렇게도 생각해. 지금 내가 서른이라서 이런 생각을 하긴 했지만, 만약에 마흔이 돼서 돌아보면 '내가 뭐라고 이런 소리를 했나.' 하고 콧방귀 뀔 수도 있잖아. 마치 스무 살 어릴 때 쓴 일기 같은 걸 보면 막 오글거리는 것처럼. 나중에 지금을 돌이켜보면 '아, 그때도 어렸구나.' 싶을 수도 있겠지.

맞는 이야기야. 우리가 10년, 20년 뒤 어떤 모습으로 변해 있을지 어떻게 알겠어.

갑자기 생각나는 이야기가 있는데, 한 십 년 전이었나? 내 친척 동생이 있었는데 개가 아홉 살이었거든. 그 애가 수학 문제를 풀고 있는 거야. 그런데 문제가 안 풀리는지 막 끙끙대면서 죽겠다, 머리가 아프다 그러더라고. 그때는 나도 대학생이었으니까 내가 그랬어. "야, 초등학교 2학년이 어디서 지금 죽겠다고 징징거려. 밥이나 먹어. 언니가 훨씬 힘들거든?" 그러니까 개가 뭐라고 대답한 줄 알아?

"언니, 나도 언니가 더 힘든 거 알고 있거든요? 그런데 나는 아홉 살이니까, 아홉 살한테는 이것도 힘든 거예요." 개는 지금 고3이야. 하하… 아마 인생에서 제일 힘들 때겠지? 그런데 사람은 어차피 다 자기 나이 때 자기 고민이 제일 큰 거니까, 서른에게는 서른의 고민, 마흔에게는 마흔의 고민이 있다고 생각해.

정말 맞는 말이야! 이제 곧 졸업하면 직장을 찾겠네? 어떤 곳을 원해?

글쎄, 월급을 많이 주는 회사면 좋겠지만, 나는 그게 우선순위는 아니야. 나는 그렇게 물질에 대한 욕심이 많지는 않거든. 별로 참신한 답은 아니겠지만, 내가 좋아하고 가치 있다고 생각하는 일, 그리고 매일 출근하는 게 지옥처럼 느껴지지 않는, 내가 일하면서 행복한 직장을 구했으면 좋겠어. 그런데 이게 가능한 일일까? 하하.

인터뷰를 진행하던 중 휴대폰이 울리기 시작했다. 개강 전 물어볼 것이 있다며 대학원 동기에게서 온 전화였다. 나도, 그리고 강유도, 8월의 마지막 날은 여러모로 분주한 하루였다.

취업은 빼고, 앞으로 살면서 꼭 이루고 싶은 개인적인 소망이 있어?

사실 나는 내가 꼭 이루고 싶은 버킷리스트를 적어 가지고 있어. 아직 막연하기도 하고, 남들이 들으면 허황하다고 생각할 수 있을 것 같아서 다른 데서 잘 이야기하지는 않는 편이야. 그래도 몇 가지 생각나는 건… 남들이 가지 않는 숨겨진 곳을 여행하는 거, 그리고 내가 좀 더 크고 생각이 정리되면 그걸 책으로 써보고 싶기도 해. 그리고 또 여러 가지가 있어….

독립하고 싶다고 말했는데 특별한 이유가 있어?

아, 큰 이유가 있는 건 아니고, 나이 때문에라도 독립해야 하지 않을까 싶어서. 이제 30대가 되었으니까…. 대학원에 가면서 무산되기는 했지만, 내가 취업하면 같이 독립해서 살자는 친구가 있거든. 둘이서 투룸을 구해서 살면 그래도 부담이 덜하잖아. 그렇게 살아보자 얘기를 했었는데, 아직은 모르겠어.

난 외동딸이기도 하고, 집도 가까워서 학교 다닐 때 자취해본 적이 없거든. 물론 부모님께서 내 삶에 막 간섭한다거나, 내 결정에 반대하시는 분들은 아니야. 하지만 만약에 내가 부모님과 계속 같이 살다가 결혼하면 또 누군가랑 계속 같이 살 거잖아. 그럼 내가 혼자 독립적으로 살아보는 기회를 가져볼 수가 없으니까. 그래서 결혼 전에 잠깐이라도 혼자 살아보는 시기가 있었으면 좋겠어.

결혼은 언제쯤 하고 싶어?

뭐…. 지금 남자친구가 있긴 하지만 결혼을 깊게 생각해 본 건 아니야. 아직 서로 학생이고, 안정적인 위치에 있는 게 아니기도 하니까. 막연히 몇 년 뒤에 서로 시기나 조건이 맞고, 계속 만나고 있다면 결혼할 수도 있지 않을까 싶어.

마지막으로 네가 생각하는 서른을, 한 단어로 표현한다면?

너무 어려운 질문인데? 음…. 서른 살은 '제2의 사춘기'다. 난 서른 살도 질풍노도의 시기라고 생각해. 그러니까 사춘기라는 건 자기의 가치관이나 정체성이 새롭게 형성되는 시기인 거잖아. 그러면서 폭발하고, 자신을 방어하고, 다시 경계를 짓는 거지. 꼭 서른 살에 방황하는 게 사춘기와 닮았다. 난 이렇게 생각했어.

小感

소
감

여행에서 만난 인연은 그곳에 남겨두고 오는 것이라 했지만, 때때로 그 인연이 일상에서도 이어질 때가 있다. 우리의 경우는 서로의 상황이 너무 비슷했기 때문에 더 그럴 수 있었을 것이다. 우리가 처음 만났던 날, 강유가 물었다. 배낭여행을 다니면 누구를 제일 많이 만나게 되는 것 같냐고. 나는 그녀의 질문에 이렇게 대답했었다. "혼자 여행 온 스물 아홉, 아니면 서른."

지금도 2와 3의 경계에 선 자들은 파리에서, 산티아고에서, 혹은 바라나시에서 삶의 허망함이라는 배낭을 짊어진 채 낯선 거리를 활보하고 있을 것이다. 여행을 마치고 현실로 돌아왔을 때, 과연 그들의 배낭은 무엇으로 채워져 있을까. 여행을 떠날 때와 똑같은 허망함일까, 아니면 그 허망함을 이겨낼 희망, 용기, 여유와 같은 것들일까.

서른 한 살이 된 강유는 대학원을 졸업한 뒤 리서치 관련 회사에 취업했다. 자신이 딱 원하던 분야는 아니지만 그래도 본인이 공부해왔던 지식들을 활용할 수 있는 나쁘지 않은 자리임에 만족한다고 그녀는 말했다. 인터뷰 당시에도 강유는 졸업 이후의 삶을 기대하고 있었고, 지금까지 자신이 걸어왔던 삶의 궤적과 경험 그리고 쌓아 올린 실력이 자신을 배반하지 않을 것이라는 확신이 있었다. 나는 강유의 여유가, 그녀가 이미 '허망함'을 경험하고 그것을 자신의 삶에 받아들임으로써 가능하게 되었다고 생각한다. 그녀의 말처럼 '허망함을 느끼며 잠시 멈춰 보는 것'은 서른에게 꼭 필요한 시간일지도 모르겠다. ㄱ 정지의 형태가 여행이든, 대학원이든 아니면 또 다른 무엇이든 말이다.

#워커홀릭프리랜서 #여자나이서른이란 #불같이사랑하기 #서른넷엔인생작을

서른에 대한 소감
———— 오예, 이제 어른이다!

새아
프리랜서 모델, 여행 유튜버

나는 직업이 다양한 프리랜서 새아라고 해. 나이는 서른이고 광고 모델, 성우, 리포터, 요즘은 유튜버도 하고 있어. 유튜브는 '해피새아의 혼자놀기' 채널을 운영 중이야.

2018년 9월,
합정 브런치 카페에서

어릴 때부터 끼 많던 새아는 이제 유명한 여행 유튜버가 되어 웬만한 연예인 보다 바쁜 삶을 살고 있었다. 나는 그녀를 만나기 위해 몇 달 전부터 일정을 조절해야 했다. 물론 인터넷에서 '해피새아'를 검색하기만 해도 그녀의 일상과 활동을 속속들이 알 수 있지만, 그래도 나는 동영상 속 '해피새아'가 아닌 서른 살 '새아'의 이야기를 들어보고 싶었다.

보통 사람들과는 좀 다른 일을 하면서 살고 있잖아. 그런 진로를 결정하게 된 계기가 궁금하거든.

이건 내가 다른 곳에 가서도 똑같이 말하는 건데, 사실 지금은 유튜버가 내 직업이잖아. 왜 유튜버가 되었는지 질문을 받으면 나는 딱 열여덟 살 때로 돌아가서 이야기를 시작해.

열여덟 살의 나는 정말 아나운서가 되고 싶었어. 학교도 꼭 신문방송학과, 언론정보학과만 생각했고, 그 당시에 나는 대학을 졸업하고 어른이 되면 당연히 아나운서가 될 거라 생각했었어.

아나운서가 될 거라고 생각했던 특별한 이유가 있던 거야?

글쎄, 지금 생각해보면 특별한 이유는 없었던 것 같아. 그냥 TV 에 나오는 아나운서들의 모습이 너무 멋있어 보였고 나도 그 사람들처럼 되고 싶었지.

어릴 적부터 그렇게 의식적으로 살았어. 공부나 내 행동 그리고 친구 관계 같은 것도 미래에 바른 언론인이 되기 위한 준비다, 이런 생각을 했던 것 같아. 대학교에 가서도, 물론 나도 어른이 되었으니 술도 마시면서 놀기도 했지만, 그래도 전공 수업도 열심히 듣고 토론대회나, 논술대회, 신문 스터디 등등 언론사 입사에 도움이 되는 활동은 닥치는 대로 열심히 했어. 하지만 졸업하고 실제로 언론사 입사 시험을 준비하면서 조금씩 생각이 바뀌게 되었지.

생각이 바뀌었다는 건 아나운서 준비를 그만두었다는 말이지? 어떤 이유 때문이었어?

아나운서라는 직업의 모습이 내가 생각했던 것과는 조금 달랐어. 내가 생각하는 언론인의 모습은 자기 소신이 뚜렷하고 주도적이라는 이미지가 있잖아. 그런데 실제로 들여다보니, 아나운서라는 직업도, 그 일을 하는 사람들도 꼭 그런 모습만 가지고 있는 건 아니었던 거야. 게다가 아나운서가 되기 위해 통과해야할 관문도 너무 많고, 그 와중에 어린 여성으로서 겪는 조금 수모스러운 일도 생기고…. 그러다 보니 점점 그 일에 대한 매력을 잃어버렸지.

어릴 적부터 꿈꾸던 일이었으니 포기하기가 쉽지는 않았을 텐데, 그럼 그 뒤로는 어떻게 지냈어?

일단 아나운서를 포기한 다음엔, 주로 모델 일을 하면서 살았어.

원래 어렸을 적부터 아르바이트 삼아 모델 일을 조금씩 했었거든. 아나운서의 꿈은 버렸지만 그래도 남들에게 내 생각과 감정을 표현할 수 있는 일을 하고 싶어서, 그때는 모델이나 배우가 되려고 했어. 그래서 20대 중반부터는 오디션을 많이 보러 다녔지. 그때부터 지금까지도 프리랜서 모델 일을 계속 하고 있어.

모델 일이 규칙적으로 있지는 않을 것 같아.

그래도 나는 운이 좋았던 게, 모델 일을 해야겠다고 생각한 다음부터 촬영이 없었던 날이 거의 없었어. 한창 모델 일을 하던 2~3년 동안은 한 달에 스무 번씩은 촬영이 있었던 것 같아. 그래서 돈도 많이 벌었고, 촬영도 인생도 신나게 즐기면서 살았지. 그렇게 부족함 없는 삶을 살고 있으면서도 언젠가부터 마음의 공허함이 생기기 시작하더라.

공허함? 바쁘고 부족함 없이 살면서도 왜 공허함을 느낀 거야?

나는 원래부터 내 생각을 표현하는 일, 그리고 그 표현을 영원히 남길 수 있는 일을 하고 싶었어. 그런데 모델 일이 내가 내 몸으로 뭔가를 표현할 수 있는 건 맞지만, 그건 감독님이나 클라이언트들에게 먼저 선택되어야 가능한 일이잖아. 내 역할을 남에게 선택받아야 한다는 것이 사실 좀 힘들었고. 그리고 유행이나 패션은 금방 지나가 버리는 거니까. 그래서 공허함을 느꼈던 것 같아.

그렇게 앞으로의 인생 계획을 고민하던 찰나에, 어쩌다 혼자 여행을 가게 되었어. 평소에도 종종 혼자 여행을 가면서 스트레스를 풀곤 했지만. 그때는 왜인지 모르지만 여행 가기 전에 카메라를 하나 샀거든. 그 카메라가 동영상 촬영 기능도 있었어. 그래서 카메라를 들고 여행 다니다가, 심심하니까 그냥 "와 여기 예쁘다!" 하면서 영상을 찍었어. 그리고 한국에 돌아와서, 영상을 편집해서 페이스북에 올렸는데 그게 반응이 너무 좋은 거야. 그렇게 처음 만들었던 영상이 공유가 엄청 많이 돼서 몇 십만 뷰가 나왔어.

정말? 처음 만들었던 영상이 그렇게 반응이 좋았던 거야?

응. 정확히 재생 수가 얼마였는지 기억은 안 나지만, 어쨌든 꽤 큰 숫자였어. 그래서 '내가 만든 영상을 사람들이 좋아해 주네.' 생각하고, 취미 삼아 몇 달에 한 번 여행 영상을 찍어서 내보냈는데 반응이 나쁘지 않아. 그러면서 '크리에이터'라는 직업이 존재한다는 걸 알게 되었고, 이 일이 내가 원하는 메시지를 스스로 만들 수도 있고 평소 내가 꿈꾸던 일의 모습과 맞겠다는 생각이 들어서, 서른의 나는 지금 이걸 하고 있지.

마치 우연한 계기로 유튜버를 된 것처럼 말했지만, 사실 새아는 '크리에이터'라는 직업에 너무나 딱 맞는 사람이었다. 나는 그녀가 자신의 '일'을 어떻게 바라보고 느끼는지 좀 더 질문해보고자 했다.

처음부터 꿈꾸던 일은 아니었지만, 네가 좋아하고 잘 할 수 있는 일을 찾다 보니 자연스럽게 유튜버가 된 건 아닐까?

유튜브를 직업으로 받아들인 건 2017년 중반부터고 올해부터는 여기에 완전히 올인하기 시작했어.

일에 대한 만족도는 높은 편이야. '크리에이터   '는 말 그대로 '크리에이트   '하는 사람이잖아. 그래서 내가 생각하는 직업의 조건을 지킬 수 있다는 게 일단 만족스럽고. 두 번째는 남이 시키는 것을 만드는 게 아니라 내가 가고 싶은 것, 하고 싶은 것을 자유롭게 할 수 있다는 게 큰 만족을 주는 것 같아.

유튜버에게는 어떤 능력이 가장 필요한 것 같아?

내 생각에는 꾸준함이 가장 중요한 능력인 것 같아. 영상편집을 잘하고 못하고는 그다지 중요하지 않고, 첫 번째는 꾸준함이야. 라이브 방송을 하든 아니면 영상을 제작해서 올리든, 꾸준하게 주기적으로 시청자들한테 콘텐츠를 제공하는 게 무엇보다 중요해. 만약에 내가 친구한테 전화를 걸었는데, 애는 자기가 원할 때만 전화를 받는다고 생각해 봐. 그러면 그 친구와 완전히 가까워지기는 어렵잖아. 난 1인 미디어도 마찬가지라고 생각해.

반대로 유튜브를 시작하면서 포기하게 된 것도 있어?

당연히 포기해야 하는 것도 완전 많지. 일단 내 개인의 사생활이 없어. 이게 다른 사람에게 사생활이 노출되기 때문에 없다는 뜻이 아니라, 내 일상과 일이 분리되지 않는다는 말이거든. 계속 내용을 기획하고, 촬영하고, 편집하려면 시간이 없어. 정해진 근로시간이나 업무량이 있는 것도 아니고.

그런데 이건 내가 남들보다 유별나게 열심히 해서 그럴 수도 있어. 어릴 적부터 프리랜서로 일을 하다 보니까, 출퇴근도 없고, 투잡, 쓰리잡을 뛰는 이런 패턴이 익숙하단 말이야. 물론 나뿐만 아니라 거의 대부분의 크리에이터들이 굉장히 바빠. 어쨌든 이 일도 자기가 한 만큼 결과를 얻는 거니까.

크리에이터로 산다는 게 보통 어려운 일이 아닐 것 같아. 하루 스케줄은 보통 어떻게 되는지 궁금하다.

내 하루? 일단 나는 촬영이 딱히 있지 않으면 아침 8시에서 10시 사이 아무 때나 눈을 떠. 아침에 일어나면 먼저 메일을 확인해. 유튜브 수익도 있지만, 나는 브랜드랑 협업해서 만드는 콘텐츠에서 대부분 수익이 나오거든. 브랜드에서 제안을 메일로 보내니까 확인하고, 답장 보내고, 기획서 보내고, 컨펌 받고, 그런 일들을 아침에 해.

그리고 인터뷰나 미팅이 있으면 오늘처럼 보통 오후 2시쯤 스케줄을 잡아. 그렇게 낮에 만나서 일정을 진행하고, 4, 5시쯤 집에 와서 그때부터 영상편집을 시작해. 보통 하루에 7시간 정도 편집 작업을 하는데, 그렇게 4일 정도 편집해야 영상 하나가 만들어져. 10분짜리 영상 하나를 만드는데 대략 서른 시간 쯤 들어가는 것 같아. 뭐, 가끔은 영상 만들다가 너무 스트레스 받으면 게임도 잠깐 하는데, 그건 가끔이야.

방금까지 말한 하루는 모델 촬영이 없는 날의 일상이고, 촬영이 있는 날엔 회사원하고 똑같아. 아침 6시쯤에 일어나서 샵에서 메이크업 받고 나면 8, 9시 정도 되거든. 그러면 스튜디오로 옮겨서 10시부터 한 4, 5시까지 촬영이야. 그러면 다른 날처럼 집에 와서 편집을 시작하고. 저녁에 편집하는 건 웬만하면 매일 하려고 해.

눈을 뜨는 순간부터 끊임없이 일하는구나.

　맞아. 그렇게 내가 열심히 하니까 감사하게도 감독님이나 실장님들도 좋아해 주시고, 그래서 자주 찾아주시니까 일이 끊이지 않고 계속 있어.

마치 호수 아래에서 끊임없이 자맥질하는 백조처럼, 새아는 보이지 않는 곳에서 홀로 치열하게 그녀의 시간을 쓰고 있었다. 인터뷰 동안에도 새아의 전화가 여러 차례 울렸고, 그녀는 다음 달 출장을 위한 세부 계획을 논의했다.

내가 생각하기엔, 1인 미디어가 성장하는 이유는 표현에 대한 욕구, 그러니까 자신의 삶과 생각을 남들에게 보여주고, 공유하고 싶은 욕구가 있는 게 아닐까 했거든.

　맞아. 그리고 이건 내가 종종 다른 곳에 강의를 나가서도 이야기하는 건데, 이제 대중 미디어의 판도가 많이 바뀐 것 같아. 요즘은 페이스북, 인스타그램, 유튜브, 뭐든 간에 온라인으로 관계를 맺은 친구에게 더 큰 친밀감을 느끼고, 그 안에서의 커뮤니케이션을 중요하게 생각하잖아. 유튜브에서 보는 크리에이터들은 TV에서 보는 연예인과는 조금 다르게 받아들여지는 것 같아. 좀 더 다가가기 쉽고, 친근하게 느낀달까? 온라인을 통해서 실시간으로 소통할 수 있고, 그렇게 되니 서로 공감대나 정도 쌓이게 되는 거지. 아무래도 현실에서의 인간관계라는 것이 점점 각박해지다 보니 그런 면도 있을 것 같은데, 아무튼 점점 1인 미디어와 관련된 사업도 많아지고, 그 규모도 커지고 있어. 아마 당분간은 이런 흐름이 계속되지 않을까 해.

그런데 SNS 때문에 생기는 문제점들도 있잖아. 특히 우리 또래들 같은 경우엔, "쟤는 저렇게 잘 나가는데 나는 왜?" 하는 부러움이나 열등감, 그리고 나를 실제와는 다른 모습으로 포장하는 허영심, 이런 것들도 나타나는 것 같은데. '인플루언서'로서 이런 것에 대해선 어떻게 생각해?

글쎄…. 이것도 자랑일 수 있겠지만, 주변 사람들은 나를 보고 SNS로 보여지는 모습과 실제 모습의 괴리감이 제일 적은 사람이라고 하더라. 물론 처음부터 그랬던 건 아니었어. 내가 처음 인스타그램 아이디를 '해피새아'라고 만들었을 때가 2014년인데, 그때의 '해피'한 새아가 아니었어. 그래도 해피하고 싶어서 아이디를 그렇게 만들었고, 계속 그렇게 살다 보니 언제부턴가 진짜 '해피새아'가 되었지.

사실 SNS를 보고 열등감을 느낀다는 건 그 사람이 나보다 잘난 것 같다고 생각할 때잖아. 하지만 그 사람이 엄청 잘나 보여도, 알고 보면 똑같이 힘들게 살고 걱정 많고 남에게 질투를 느끼는 사람일 때가 많더라. 이 일을 하면서 그 사실을 깨달았어. 아무리 좋은 영상을 올리고 팔로우가 많아도, 화면 바깥에서는 나와 그리 다를 바 없는 사람이더라고.

어쩌면 이런 여유나 포용력은 나이가 들고 세상사는 경험이 늘어나니까 자연스럽게 더 커진 것 같기도 하다. 이렇게 어른스러운 생각을 할 때면, 어? 나 진짜 어른이네? 하는 생각도 들고. 하하.

확실히 영상 속의 너와 실제 너의 모습이 참 비슷하긴 하지. 지금 네가 하는 일들을 언제까지 할 수 있을 것 같아?

사실 그게 고민이긴 해. 한 5년 전만 해도 모델 일은 20대가 끝이라고들 했어. 서른이 넘어가면 모델 일 못 한다고 했거든. 그런데 지금 현장에서 보면 막 서른 다섯, 여섯 언니들이 왕성하게 일하거든. 그러니까, 내가 내 일의 기한을 정한다는 건 좀 웃긴 거 같아. 딱 기한을 못 박아버리면 내가 거기에 맞춰서 마음가짐이나 체력도 떨어지고 할 것 같아서, 되도록 끝은 생각하지 않으려고 해.

지금은 남들에게 외적인 아름다움을 보여주는 일을 하고 있고, 그건 네가 스스로 꾸준히 유지하고 가꿔나가야 하는 것들이잖아. 그것들을 위해 따로 노력하는 건 있어?

일단 운동은 거의 매일 하는데, 따로 헬스장을 가거나 그런 건 아니고 집에서 자기 전 30분 정도 홈트레이닝을 해. 뭐 관리 목적도 있지만 일단 생존을 위한 기초체력을 위해서.

어렸을 때는 아름다움이 예쁜 외모를 말하는 것으로만 생각했어. 그런데 이제는 외모가 아름다운 것보다 내면이 아름다울 때 그 아름다움이 진정으로 나타난다고 생각해. 마치 사람이 옷을 입듯이 아우라를 입는 거야. 그래서 나는 내가 가지고 있는 에너지 그리고 분위기를 가꾸려고 애를 많이 써. 내 행복이나 만족, 그리고 정서적인 건강을 제일 중요하게 가꾸려고 하지. 뭔가 되게 추상적이지?

예를 들자면 사람들은 얼굴이 예쁜 것보다 에너지가 예쁜 사람한테 더 호감을 많이 느끼는 거야. 얼굴이 엄청 예쁜데 찡그린 얼굴로 축 처져서 "안녕하세요." 하는 것보다, 얼굴은 좀 예쁘지 않아도 밝게 웃으면서 "안녕하세요!" 하는 건 느낌이 많이 다르잖아.

나는 서른이 가질 수 있는 아름다움에 대해 새아가 가진 생각들이 궁금해졌다. 새아라면 서른의 아름다움을 누구보다 더 잘 표현할 수 있을 것 같았다.

어떤 느낌인지 알 것 같아. 네가 사전 인터뷰에서 이야기한 '서른이 된 뒤에 예뻐야 한다는 강박에서 벗어날 수 있었다.' 이라는 말과 연결될 것 같은데. 그러면 서른 이전엔 예뻐야 한다는 강박을 가지고 있었던 거야?

예전에 나는 사람들을 만나거나 일을 할 때면 내가 그곳의 분위기를 밝게, 유들유들하게 만들어야 한다는 어떤 압박을 느꼈었어. 그래서 예전엔 어른을 만나면 그 사람과 비즈니스 관계여도 아랫사람처럼 행동할 때가 많았어. 그런데 생각해보면 그건 단지 어리고 예쁜 여자에게 요구되는 역할이었던 것 같아.

언제부턴가 그게 잘못되었다고 생각해서, 나는 그 다음부터 만났던 어른들한테 이런 식으로 물어봤었어. "이사님이 25살 때는 뭐가 되고 싶으셨어요? 어디서 무슨 일을 하고 어떤 생각을 하셨어요?" 이렇게 당신들의 어릴 적 기억을 떠올리게 만들어보았지. 그렇게 이야기하다보니까, 그들도 나를 마냥 어린 여성으로 대하지는 않게 되더라. 그 어른들도 질문을 받고 나선 자기의 25살을 떠올렸겠지.

그래서 나는 서른이 되면서 더 기뻤어. '이제 나도 서른인데, 내가 뭐 아직까지 너한테 예뻐 보이려고 애를 써야 돼? 나 이제 서른이야! 나 어른이거든?' 나도 이쪽 일 경력이 거의 10년인데, 마냥 얼굴로만 평가받을 짬은 지났잖아? 사람 대 사람으로, 실력으로 평가받아야지. 확실히 경력이나 나이가 쌓이니까 그렇게 되어가는 거 같긴 해. 그 사람들이 나에게 원하는 건 콘텐츠를 만들어내는 능력이고, 대신 그 사람들은 나에게 그만큼의 대가를 주고. 그런 관계가 딱 좋은 것 같아.

서른이 되어서야 실력을 정당하게 인정받고 업무에서 수평적인 관계를 가질 수 있게 된 거구나.

응, 그게 난 너무 좋아. 나는 이런 문제 때문에 20대 중반에 너무 힘들었어. 그게 지금의 서른이 겪는 어떤 거라면, 아마 비슷할 수도 있어. 사실 조금 일찍 겪었다고 볼 수도 있겠지. 난 공부를 일찍 끝냈으니까. 졸업을 일찍 한 덕분에 빨리 세상의 쓴맛을 봤지.

그래서 네가 '여자 나이 서른을 두려워하지 마라.' 이렇게 이야기 할 수 있었던 거구나. 우리 사회에서 '서른'이라는 숫자가 여성들에게 무언의 압박이나 불안함을 느끼게 하는 이유는 뭘까?

음, 우리는 지금 서른을 이야기하고 있지만, 옛날 세대에게는 그 기준이 25살이었다고 생각해. "여자 나이는 크리스마스 케익이다." 하는 말 있잖아. 진짜 별로지만, 이제 그 기준이 서른이 된 거지. 우리 세대는 남자 여자 상관없이 교육도 잘 받았고, 어릴 적부터 주도적으로 살아가라고 배웠지만, 아직도 어른은 여자가 서른쯤 되면 "왜 시집은 안 가냐, 결혼은 언제 할거냐" 이런 잔소리를 하잖아. 그런데 이런 압박은 꼭 주변 어른뿐만 아니라 사회적

이제 나도 서른인데,

내가 뭐 아직까지 너한테 예뻐 보이려고 애를 써야 돼?

나 이제 서른이야! 나 어른이거든?

으로도 존재하는 것 같아. 친구한테 들었는데, 산부인과에서 아이를 낳으면 나이에 따라 차트 색깔이 나뉜데. 나이 순서대로 해서 분홍색, 노란색, 초록색 차트가 있는데, 분홍색 차트를 받으면 노산이라서 고위험군에 해당하는 거야. 그런데 분홍색 차트가 되는 기준이 만 서른인가? 서른 하나부터래. 그러니까 우리는 이제 고위험군인 분홍색인 거야. 이게 참 웃기면서 슬픈 이야기인데, 그렇게 서른에 대한 사회적인 압박도 있지만, 일단 건강이 달라진다는 걸 당장 내 몸이 느낀다.

체력이나 신체적으로도 어떤 변화를 느껴?

일단 20대 초중반까지는 노력하지 않아도 날씬한 몸매를 가질 수 있었고, 노력하지 않아도 밤새 노는 게 가능했어. 그런데 20대 후반이 지나면서부터는 약간 살이 찌는 신체 부위나 모양이 달라지거든. 그리고 이젠 더 이상 노력하지 않고 밤을 샌다는 건 없어. 겨우 서른인데도 이러니, 앞으로는 점점 더 심해지지 않을까?

다시금 새아의 전화가 울렸고, 그녀는 양해를 구한 뒤 누군가와 한참을 통화했다. 세금 정산 과정에 약간의 문제가 있어 세무사와 논의하는 듯 했다. 프리랜서의 일상은 익숙해졌지만 떼이는 세금은 익숙해지지 않는다고 푸념하듯 이야기했다.

그럼 지금 하는 일 말고 당장 하고 싶은 일이나 가지고 싶은 게 있어?

하루빨리 내 이름으로 된 집을 가지고 싶어! 사실 나는 서른쯤 내가 모은 돈으로 작은 오피스텔이라도 사려고 했거든. 그런데 진짜 불행한 게 뭔지 알아? 내가 최근 1년 동안 진짜 애써서 돈을 조금 모았단 말이야. 그 돈을 보태서 집을 사려고 했는데, 글쎄 그 집이 내가 1년 동안 모은 그 금액만큼 올라있는 거야. 진짜 어이없었어.

요즘 집값이 갑자기 많이 오르긴 했지. 그런데 왜 꼭 집을 가지고 싶은 거야?

어렸을 적부터 집에 대한 결핍이 너무 컸어. 처음에 서울에 올라왔을 때, 내가 일기에 이렇게 썼었거든. '고속터미널에 내렸다. 그런데 이렇게나 많은 집 중에 내 한 몸 뉘일 작은 방 한 칸도 없는 걸까?' 그게 너무 힘들었어.

대학교를 졸업하고 서울살이를 반지하 같은 방에서 처음 시작했는데, 그때 밖에서 내 집 창문을 열어보는 남자가 있었어. 얼마나 오싹해. 그런 일을 겪고 경찰에 신고했는데, 경찰도, 누구도 나를 도와주지 않았어. CCTV라도 확인해 달라고 했는데, 프라이버시 때문에 CCTV를 볼 수가 없대. 내가 피해를 겪었어도 내가 죽거나 나쁜 일을 당해야만 볼 수 있는 거야. 단지 창문을 열었다는 것만으로는 그 범인을 처벌할 방법이 없어. 그런 경험들이 쌓이니까 집에 대한 욕구가 더 커진 것 같아. 나의 안전한 집, 보금자리!

그런 일 때문에 너의 집을 가지고 싶어 했던 거구나…. 나는 네가 결혼을 준비하고 있어서 그런 줄 알았어.

뭐, 사실 지금 집도 신혼으로 살기에는 충분해. 거실도 있고, 방도 있으니까.

그럼…. 말이 나온 김에 남자친구나 결혼 이야기도 잠깐 해볼까? 남자친구를 만난 지는 얼마나 됐어?

만난 지는 일 년 반 정도? 우리는 일하다가 만났어. 지금 남자친구는 광고대행사에 다녀. 그 사람은 직원이었고, 난 촬영을 갔다가 만났지.

그 사람을 처음 만났을 때 어떤 점에서 호감을 느꼈어?

가장 첫 번째는 밥을 잘 사줬어. 밥 잘 사주는 오빠! 처음 촬영할 때 그 사람이랑 삼계탕을 먹었어. 보통은 촬영할 때 김밥이나 샌드위치 같은 걸 먹거든. 그런데 촬영 날에 전복삼계탕이라니, 거기에서 호감도가 한층 업됐고. 그리고 촬영 중간에 어느 카페에 갔는데 그 사람이 그림을 그리고 있는 거야. 나도 그림을 좋아하니까 거기에서 관심이 생겼어. 그렇게 처음엔 그림 가지고 이야기하다가 내가 여행 크리에이터니까 서로 여행 경험이나 좋았던 여행지를 추천하고 그런 식으로 대화가 자연스럽게 이어졌지. 이후로 알면 알아갈수록 나랑 라이프 스타일도 비슷하고, 가치관도 바른 사람이더라. 그래서 만나기 시작했어.

결혼을 결심하게 된 계기가 있어?

계기라고 하면 잘 모르겠어. 내가 먼저 결혼하자고 했어. 이유를 찾자면…. 내가 이전까지 만나왔던 사람들은 뭔가 걸리는 치명적인 단점이 보였는데, 이 사람은 그러지 않았어. 그리고 이 사람과 나는 연애하는 스타일이 좀 비슷한 것 같았어.

나는 원래 외로움이 많은 사람이야. 예전에는 누구를 만나도 외로움이 있었어. 그런데 이 사람은 나에게 진심을 다해 주거든. 내가 그를 믿을 수 있고, 혼자 있더라도 외로움을 느끼지 않게 된 것 같아. 내 일의 특성상 촬영할 때나 여행할 때도 보통 혼자란 말이야. 그래서 외로움을 느낄 때가 많은데, 이 사람을 만나고부터는 외롭다는 말을 한 적도 없고 빨리 집에 돌아가고 싶다는 생각이 들기 시작했어. 마치 이 사람이 내 집이 되어주는 느낌, 정서적인 울타리가 되어주는 느낌이야.

그렇구나. 너는 일하는 시간도 불규칙하고 해외에도 많이 나가 있으니까 만날 기회가 많지는 않았을 것 같은데.

아무래도 그렇지. 그래도 나는 연애 초반에는 불같은 사랑을 하는 타입이거든. 하하. 초반에는 막 새벽에 일이 끝나도 24시간 하는 맥도날드에서 아이스크림 하나 먹으면서 얼굴 보고 헤어지고 그랬어. 지금은 서로 바빠서 자주 만나지는 못하지만, 이제는 얼굴 잠깐 안 본다고 사랑이 흔들릴 단계는 아닌 것 같아.

그럼 많은 사람들이 궁금해 할 것 같은데, 수입은 만족스러운 편이야?

혼자 사는데 부족하지는 않아. 또래들과 비교하면 적게 버는 건 아닐 거야. 그래도 난 내 수입이 만족스럽지 않아. 말 그대로 저녁이 없는 삶, 휴일도 없이 24시간 365일 일하고 있는 것과 마찬가지니까. 게다가 프리랜서라서 수입이 일정하게 들어오는 것도 아니고 그래서 더 쉬지 못하고 계속 일에 매달리게 되는 것 같아.

그렇게 일에 매달리는 이유가 일이 언제 끊길지 모른다는 불안함 때문이야?

당연하지! 지금까지는 엄청 당당하게 얘기했지만, 그건 어쩔 수 없는 것 같아. 근데 나는 이게 비단 20대, 30대에게만 통용되는 얘기는 아니라고 생각해. 40대도 똑같이 고용 불안에 시달리고, 그건 50대, 60대도 마찬가지야.

이 불안함이라는 것이 단지 세대 문제는 아닌 것 같아. 다만, 우리 때는 이 사회에 진입을 위한 스트레스가 좀 큰 거지. 회사라고 치면 아무리 고용이 불안해도, 일단 입사하고 나면 얼마 동안은 내 소속이 있고 안정적인 수입이 있잖아. 하지만 입사하기 전에는 더 불안함이 클 것 같고. 나 같은 경우에는 소속된 곳이 없다는 데서 오는 불안함이 있지.

어딘가에 소속되어 일하고 싶다, 이런 생각을 해본 적은 없어?

한 스물 일곱까지는 그런 생각이 있었어. 스물 일곱, 여덟이 여자가 신입으로 취업하는 마지막이니까 그런 고민을 했었지. 그 무렵이 아나운서 준비를 접고, 그냥 일반 회사 취업도 생각하던 시기였는데. 어느 날 내가 '아… 취업이나 할까?' 생각하다 잠이 들었거든. 그런데 자고 일어났더니 내가 막 울고 있었던 거야. 꿈에서도 '나 회사 가기 싫어.' 이러고 있었는데, 내가 실제로 울고 있었어. 그때 알았지. 나는 회사 다닐 운명은 아니라는 걸. 그 이후로 나는 불안감을 느끼기보다 그 불안을 스스로 돌파하는데 전념하는 게 훨씬 낫겠다고 생각했어.

각자 정도의 차이는 있지만 서른은 무엇인가를 시작하고 성장하는 시기잖아. 그래도 다른 사람들이 볼 때 너는 남들보다 앞서가는 것처럼 보일 것 같아. 그러다 보면 스스로 느끼는 감정이 있을 것 같아. 멈춰서 안주하면 안 된다, 계속 앞으로 나가야 한다, 이런 느낌 말이야.

글쎄…. 다른 사람들이 나를 어떻게 보는지는 모르겠지만, 나는 아직 성장을 위해 애쓰는 단계에 있다고 생각해. 아직 안정적인 단계는 아니고, 성장 궤도에 올라가는 상태야. 그러다 보니까 더 쉴 틈 없이 움직이게 돼. 돈이 안 되는 촬영이어도, 내 커리어에 도움이 될 것 같으면 무리해서 할 때도 있고, 아무튼 지금은 절대 안주할 수 없는 단계인 것 같아. 아마 다른 또래 친구들도 그렇게 말하지 않을까?

아직은 성장하는 단계기 때문에 힘들 수밖에 없다고 생각하는구나.

다 그럴걸? 내 주변에 스타트업을 시작한 친구들이 많거든. 그 애들이 말하길 창업하고 2년, 3년이 제일 견디기 힘들대. 보통은 1년 안에 망하는데, 어떻게든 2년, 3년 차까지 살아남아야 일단 애는 시작하는 단계는 지났다, 이제 성장할 때다 그렇게 본다더라. 그러면서 다들 죽을 듯이 일하더라고.

그렇지. 다들 치열하게 살아. 사업도 그렇고, 직장도 그렇고. 뭔가 안전장치 없이 맨땅에 헤딩하는 느낌이야.

맞아. 회사 다니는 사람이라고 다르지 않지. 서른 살 직장인이면, 보통 2, 3년 차쯤 돼서 처음 자기가 담당하는 프로젝트를 맡거나, 사수 밑에서 스트레스 받아가며 일하는 그런 단계니까. 이

나이가 제일 힘든 것 같긴 해. 생존을 위해 힘든 나이인 것 같아. 이걸 견뎌내야 찬란하든, 조금 덜 찬란하든 인생의 전성기를 맞이할 수 있는 거지 싶어.

특히 내 경우에는, 사람들이 유튜브에서 내 콘텐츠를 시청해줘야 먹고 살 수 있잖아. 그런데 사람들에게서 10분을 가져와야 하는 그 경쟁이 너무 치열해. 그 경쟁에서 이기려면 내가 더 좋은 콘텐츠를 만들려고 노력해야겠지.

우리 사회가 앞으로 어떻게 바뀔 것 같아? 지금처럼 치열하고 각박하게 살아갈까 아니면 조금 숨통이 트일까?

나는 인생이 그렇게 각박하지는 않았다고 생각해. 20대 중반엔 너무 각박하다고 느꼈던 적도 있지만 솔직히 말하면 그래도 노력한 만큼 보상받는 사회라고 생각해. '진짜 죽을 만큼 노력했나?'라고 생각했을 때 나는 진짜 죽을 만큼 노력했고, 24시간 잠안 자고 계속 일하고, 그리고 엄청 만족스럽진 않아도 얼마간의 보상은 받거든? 그러니까 살기 각박한 사회라는 말에 그렇게 공감이 되진 않아.

이건 내 생각인데, 요즘 사람들은 공부하는 시간이 길어. 준비하는 기간이 길다 보니까, 정말 그 일에 뛰어들어서 노력하는 사람은 없어. 내가 얼마 전에 직원을 고용하려고 했어. 다들 실력은 있지만 실제로 일해본 적도 없으면서 자기는 정말 천재다, 나는 엄청난 실력을 갖추고 있다, 이렇게 생각하는 거야.

그래도 사회에서 요구하는 기준이 점점 높아지긴 하잖아?

조금은 의도 섞인 질문을 던지자. 새아는 잠깐 말을 멈추고 생각에 잠겼다.

솔직히 얘기하다 느껴지는 건데, 정말 나처럼 24시간 잠도 안자고 일해야 성공하는 삶은 각박한 거네. 겁나 힘들다. 나 울어도 되니? 우리 10시간만 일해서 성공할 수 있는 사회를 만들자. 내가 솔직히 성공한 것도 아니잖아. 이렇게 4, 5년을 했는데 이제 성공할까 말까 하는 단계고…. 진짜 각박한 게 맞네.

하하…. 물론 노력해야 성공한다는 건 당연한 이야기지만, 그게 잠도 안자고 하는 거라면, 모두가 그럴 수는 없을 테니까.

그래도 우리 아래 세대는 우리보단 이런 각박한 경쟁을 덜 경험하지 않을까? 내 동생이 21살인데, 정말 공부 싫어했는데 어떻게 4년제 대학을 가더라고. 그런 걸 보면 확실히 경쟁률이 적어진 것 같기도 하고….

그럴 수도 있겠지. 우리 때보다 한참 출생률이 낮아지기도 했잖아.

그렇지만 출생률이 낮아지면 그만큼 소비 인구도 적어지는 거 아니야? 그리고 그 세대가 기성세대가 될 때는? 똑같지 않나? 안 그래? 좀 암울하네…. 그냥 뭔가 잘 모르겠다. 기득권은 어차피 수가 한정적이니까.

솔직히 얘기하다 느낀 건데, 정말 나처럼
24시간 잠도 안자고 일해야 성공하는 삶은 각박한 거네.

겁나 힘들다. 나 울어도 되니? 우리 10시간만 일해서
성공할 수 있는 사회를 만들자.

너는 얼마나 더 노력해야 네가 원하는 성공에 가까워질 것 같아?

나는 계속 이렇게 살 것 같아. 열심히 하는 게 내 천성이기도 하고. 나는 돈을 많이 벌거나 신분 상승을 위해 사는 게 아니거든. 난 내가 죽기 전에 하고 싶은 걸 다 해보고 싶어. 나는 내 성장과 성취가 목적이라서 타인에게 '나 돈 이만큼 벌어요.', '이런 직업을 가졌어요.' 이런 것보다 나 스스로가 만족감을 느끼는 게 1번이야. 그래서 난 계속 이렇게 살 것 같아.

내 만족과 성취를 위해 노력한다는 말이 멋있게 들리네. 그러면 앞으로 이루고 싶은 삶의 계획, 아니면 목표가 있어?

이건 지금 내가 가진 장기 목표인데… 나는 아티스트가 되고 싶어. 한 마흔 살쯤? 얼굴 없이 이름도 없이. 마치 내 작품을 보면 뚱뚱한 백인 오타쿠 아저씨가 만들었을 것 같은 그런 작품을 만들고 싶어. 성별, 나이, 출신 국가 다 상관없는 그런 세계로 빠져들고 싶어.

신기하다. 구체적으로 어떤 작업을 하고 싶은 거야? 그리고 왜 마흔 살이야?

일단 나는 미디어 아트 쪽으로 작업을 하고 싶어. 나는 뭔가 아기자기하고 조그마한 그런 톤 앤 매너가 좋아. 그런데 마흔 살로 생각하는 이유는…. 일단은 내가 내 나이에 할 수 있는 걸 먼저 해야겠다는 생각이 들었어. 어렸을 때는 모델 일을 먼저 시작했던 거고. 유튜버는 지금 우리나라에서 막 떠오르고 있는 시기니까. 지금 자리를 잡아놓지 않으면 나중에 시작하기 힘들 것 같아서 지금은 이걸 키우는 데 집중하고 있고.

　나중에는 내 유튜브 채널도 여행에서 벗어나 아트 쪽까지 확장하고 싶어. 내가 생각하는 바람직한 예술 형태는, 막 고고한 아티스트들만의 세계에 갇히는 것보다는 대중들과 소통하면서 이뤄지는 게 바람직하다고 생각하거든. 지금까지는 아티스트들이 자신만의 유튜브 채널을 운영한다거나 그런 사람들을 잘 못 봤어. 언젠가는 아티스트들도 유튜브 같은 채널을 통해서 자신의 작업을 큐레이션하는 때가 오지 않을까? 그래서 지금은 여러 가지로 공부하고 준비하는 중이야.

'나이에 따라 할 수 있는 것들이 있다.'라는 말이 의미심장하게 들리는 데?

　나는 일단 비교적 신체적인 능력이 중요한 일을 더 빨리, 일찍 하는 게 좋다고 생각했어. 모델이나 유튜버가 그렇지. 이런 직업들은 젊은 감각이 강점이잖아. 하지만 반대로 교수나 상담가, 이런 직업들은 나이와 연륜이 쌓일수록 장점이 될 테니까. 만약에 상담을 받으러 갔는데 선생님 얼굴에 주름이 쫙 있어. 그러면 '아, 전문가네.' 하는 느낌!

　나한테는 아티스트도 후자에 가까운 것 같아. 아티스트는 얼굴이나 외모보다 그 작품 자체가 중요하잖아. 그래서 마흔 살에 아티스트가 되겠다는 꿈을 가지고 일단은 지금부터 미리 관심을 두고 공부하는 거지. 그렇게 준비하다가 나중에 내 실력이 쌓였을 때 포텐을 터트리고 싶어. 사실 아티스트가 되고 싶다는 생각을 하게 된 건 그렇게 오래되지 않았어. 한 2년 전쯤? 그래도 일단 지금은 아티스트가 되기 위한 플랜을 나름대로 세

위놓은 상태야.

그 플랜에 네가 사전 인터뷰에서 말한 '서른 넷에 인생 작품을 만들고 싶다.'는 계획이 있겠네.

그런 것도 있고. 나는 '17'이라는 숫자를 좋아하거든. 그래서 어렸을 때부터 17의 배수인 34살에 뭔가를 이루고 싶다는 꿈이 있었어. 그게 어떤 모습일 지 지금은 모르겠어. 만약 내가 34살에 아이를 갖는다면 그게 인생 작품이 될 수 있는 거잖아? 아무튼…. 미켈란젤로의 작품같이 위대한 걸작은 아니어도, 내 인생에서 '내가 서른 넷에 이런 걸 했습니다.'라고 말할 만한 걸 이루고 싶어.

어느덧 인터뷰를 마무리할 시간이 되었다. 새아는 인터뷰가 끝나면 클라이언트를 만나 또 다른 인터뷰를 해야 한다면서, '오늘은 인터뷰 데이야.' 하고 웃었다.

이건 다른 사람들한테도 똑같이 했던 마지막 질문이야. '서른은 이것이다'를 너는 어떻게 표현하고 싶어?

논어에 보면 이립, 불혹, 지천명, 그런 표현을 디테일하게 해놨잖아? 나는 그 말들이 정말 맞다고 생각해. 서른은 진짜 '이립 '이야. 서른 살이 되면 지금까지의 과거를 돌아보고, 이제 나는 이런 사람이구나, 이런 성격과 개성을 가졌구나, 나는 이렇게 살아야 하겠구나, 하고 뜻을 세우는 나이인 것 같아.

그냥 시작하는 어른. 대단할 것도 없는 그냥 뜻을 세우고 시작하는 어른. 보통 천재는 20대 중반부터 이미 대단해지기 시작한다는데 난 아직 그런 건 아니니까, 이제부터 대단해지기 시작하려고.

小感

소감

　　유독 다른 사람들에게 주목을 받고 사람들의 대화에
자주 오르내리는 친구들이 있다. 새아가 바로 그런 사람이었다. 나는 정
말 우연한 기회로 그녀를 알게 되었지만, 사람들은 그녀와 가까워지고 싶
어 했고, 그녀의 소식을 궁금해 했다. 나에게 그녀의 소개를 부탁했던 사
람도 여럿 있었다. 하지만 새아는 그 외모 이상으로 아름다운 생각을 가
진 사람이었다. 인터뷰를 마치고 마지막 인사를 나누며, 나는 새아에게
"우리 서로 도움 되는 사람이 되자." 하고 말했다. 그러자 새아는 "아니,
도움이 안되도 괜찮아. 요즘은 도움 안되는 친구가 더 좋더라." 하고 대
답했다. 나는 순간, 새아의 그 생각을 닮고 싶었다.

　　꾸며내지 않은 듯 편안하고, 소박한 듯 알찬 그녀의 콘텐츠는 사람
들에게 '해피함'을 전한다. 그러면서도, 그녀는 더 완성도 있는 콘텐츠를
위해 계속해서 새로운 여행지를 찾아 동분서주한다. '여행'이라는 주제
는 많은 사람의 이목을 끌 만하지만, 너무나 많은 정보가 편재해 있다. 그
속에서 사람들의 '니즈'를 충족하는 정보를 찾아 그것을 보기 좋게 전달
하는 능력은 전적으로 '크리에이터'에게 달려 있다. 새아는 지금까지 자
신이 가진 크리에이터로서의 능력을 증명해 냈다.

　　새아는 지난 6월 남자친구와 멋진 전통혼례 예식을 올렸다. 그는
인스타그램과 유튜브를 통해 최근까지 신혼여행의 순간들을 시시각각
사람들에게 전해주었다. 나는 그 모습들에서 그 어느 때보다 진심으로 해
피한 새아를 만날 수 있었다. 새아는 청첩장을 전해주기 위해 만난 자리
에서 조만간 자신도 에세이집을 준비해 출간할 것 같다고 말해주었다. 앞
으로 새아는 또 어떤 콘텐츠로 우리에게 해피 바이러스를 전염시킬까?
우선은 그녀의 34살을 기다려보는 것이 좋겠다.

213

서른이 되어

○ 에스더, 좋은 소식이 찾아왔지만 불안한 이 기분은 왜일까

○ 호경, 조금 부족하게 시작했어도 선택에 후회하지 않아

30

미래의 불안함을 느낀다

미래,
불안함은 변화가 아니라
'불변성'에서 기인한다

꿈 많고 자신감에 차 있던 어느 아이가 세상에 나와 그 거대함에 무력감과 좌절을 느낀다. 누군가는 그것을 '밀레니얼 세대의 보통 증상'이라고 표현했다. 가장 보통의 존재들은 남들처럼 결혼하고, 내 집을 갖고, 아이를 갖기 위해, 즉 '보통의 일상'을 살기 위해 불안함이라는 채찍을 한 손에 쥐고 스스로를 채찍질한다. 우리는 '평범한 사람 가운데, 그 평범함이라는 기준에도 겨우 맞춰가는 그런 삶'을 살고 있다. 서른에 다다른 이들은 '평범함'의 의미가 얼마나 크고 무거운지를 깨닫고, 그다지 달라지지 않은 자신의 모습을 보며 나지막이 한숨을 쉰다.

청년을 다룬 여러 논의들은 대한민국에 본격적인 청년 논의가 촉발된 시점을 《88만원 세대》가 출간된 2007년 이후로 보지만, 이제 '88만원 세대'의 공식은 더이상 청년들에게 적용되지 않는다. 우리나라의 최저임금은 2008년 3,770원에서 2019년 8,350원으로 11년 새 약 2.2배나 증가했다. 2019년 최저임금의 월급기준은 1,745,150원으로, 이는 '88만원'의

2배에 근접한다.

그러나 단순한 소득 증가가 곧 청년의 삶의 극적인 변화를 의미하는 것은 아니다. '88만원 세대' 담론이 대두된 지도 벌써 10년이 지났지만, 청년들이 살아내야 하는 현실은 그 시절과 크게 변하지 않았다. '88만원 세대' 이후 등장한 청년 세대를 정의하는 개념들은 이렇듯 과거와 현재, 그리고 미래가 '그리 다르지 않음'에서 오는 암울한 정서를 특징적으로 표현해 냈다. '헬조선', '노오오오오력', '흙수저'와 같은 개념들이 청년들 내에서 등장했고, 언론과 기성세대들에게 확장되었고, 다시 청년 세대들에게 부가되었다. 이제 청년들도, 자신들이 가졌던 보편적인 '보통의 삶' 이미지와 현실의 '평균의 삶' 사이에 괴리가 존재한다는 것을 안다.

나는 인터뷰를 진행하며 과거와 현재 세대의 비교, 그리고 미래 사회의 전망과 관련한 몇 가지 공통된 질문을 던져보았다. 놀라운 것은, 예상보다 더 많은 모든 친구들이 자신들의 미래가 더 나아지지 않을 것이라는 생각을 가지고 있었다는 것이다. 이렇듯 앞으로 우리 사회가 현상을 유지하거나 아니면 더 나빠질 것이라는 부정적인 대답의 근거에는 '체념'이 있었다.

물론 이 금액으로 지금의 20대가 '88만원 세대'보다 꼭 2배 잘 살게 되었다고 해석하는 것은 곤란하다. 《88만원 세대》의 계산법은 당시 비정규직 평균임금 119만에 20대의 평균 소득 비율 74%를 곱한 것으로, 비정규직의 근무형태가 다양해지고 평균 노동시간도 현저히 줄어든 현재의 노동시장을 고려할 때 《88만원 세대》의 공식을 현재에 동일하게 적용해 비교하는 것은 무의미하다. 또한, 최저임금의 월급기준 공식(최저시급×209시간)을 적용해 2008년의 최저 월급을 계산하면 787,930원인데, 이것은 '88만원'보다도 적은 금액이다.

20세기를 살아낸 어른들은 자신들의 노력을 통해 사회가 변화하고, 나아가 진보할 것이라는 확신이 있었다. 실제로 그들은 우리나라의 경제를 발전시켰고, 독재 정권에 저항하여 민주화를 이룩했다. 1989년생은 그 시대적 변화의 끝자락에서 아주 잠깐이나마 변화의 가능성을 체험했다. 하지만 이후 불황은 언제나 우리 경제의 다른 이름이었으며 세월호 참사, 일본 후쿠시마 원전사고와 같은 재난은 어느 국가와 사회도 내 안전을 책임질 수 없다는 사실을 일깨웠다.

　　이제 재난과 위험은 우리 삶에서 지속되는 일상이다. 이 일상화된 위기의 현실에서, 서른은 더이상 먼 미래의 희망을 그리지 않는다. 대신 눈앞에 놓인 작고 확실히 취할 수 있는 소소한 만족과 행복에 집중한다. 과거 어른들이 거대한 목표를 설정하고 그것을 성취하기 위해 진력했다면, 지금의 서른은 짧은 호흡을 가지고 일상적인 목표를 성취해 행복을 극대화하며 암담한 현실에 대항한다.

　　불안함과 연관된 감정들, 이를테면 허망함, 허무함, 망설임과 같은 감정들은 우리가 흔히 이해하는 것처럼 빠르게 변하는 세상에서 비롯된 것이 아니다. 이것은 자신들의 삶이, 그리고 우리 세대의 현실이 앞으로도 '불변'할 것이라는 인식에서 기인하는 감정이다. 서른이 되었지만 예전과 변한 것이 없고, 남들과는 달리 나는 앞으로도 변할 것 같지 않다는 생각, 마치 우리의 삶도, 이 세상도 콘크리트 반죽처럼 천천히 굳어가는 것 같다는 이 '경화(단단해짐)'의 세계관이 바로 불안함의 원인인 것이다.

　　이렇듯 변화하지 않는 현실에 불안과 좌절을 느끼면서도, 서른이 된 친구들은 완전히 절망하지 않고 각자 저마다의 방식으로 자신의 삶을 구가하고자 노력한다. 어떤 이는 서른에 이르러 새롭게 시작할 수 있는 '열정'을 찾았고, 치열한 경쟁에서 나름의 성취를 느끼며 만족하기도 했다.

또 다른 이는 타인과의 '연대'를 통해 현실의 문제를 타개하기 위한 방법을 모색했다. 물론 조금은 벅찬 목표를 설정하고 그것을 향해 현재의 행복을 유예하며 달려 나가는 서른도 있었다.

현실의 불변성에 대한 다양한 반응들, 바로 이러한 삶의 다양화가 이 단단히 굳은 현실을 깨뜨리는 힘이 된다. '보통의 삶'이라는 보이지 않는 장막에 덮여 가려진 개개인들의 삶, 우리가 그 삶의 이야기 하나하나에 다시 집중해야 할 이유가 여기에 있다. 혹여 현실의 불변함에 체념하고 자신의 일상 속 행복과 만족을 좇아가더라도, 그 작은 행동 하나하나가 쌓이고, 드러나고, 이야기될 때 현실에는 조금씩 균열이 생길 것이다.

기성세대들은 더 이상 큰 꿈과 목표를 갖지 않고 각자의 작은 행복에 집중하는 청년들의 세태를 쉽게 비난하곤 한다. 하지만 '소확행'은 개인의 취향과 성격에 따라 저마다 다양한 모습으로 추구하는 개성화된 삶의 방식이다. 사회적으로 설정된 집단의 목표와 이상이 어떻게 개인의 행복을 억압해왔는지, 집단화되어 만들어진 이념과 규범의 폭력이 사회를 어떻게 굳어지게 만들었는지를 청년들은 누구보다 잘 이해하고 있다. 이제 사회의 변화는 개인화된 행복의 총합에서 시작될 것이다. '보통의 삶'의 기준을 참고하며 '자신의 삶'을 직조해나가는 이중적인 삶의 태도가 과거의 삶의 태도를 대체할 것이다.

서른 살들이 어른이 되는 것을 두려워했던 것은, 우리도 고개가 꼿꼿하고 타인의 말을 듣지 않는 '꼰대'가 될 것이라는 두려움 때문이었다. 지금까지의 어른은 자신에 과거 속에 딱딱하게 굳어 반복되는 일상을 똑같이 살아내는 자들이었다. 과연, 앞으로 서른은 변화의 가능성을 누리며 살아갈 수 있을까? 아니면, 서른도 옛날 어른들처럼 '변할 줄 모르는 자'들로 '변해갈까?' 결국 그 답은 우리들 자신에게 달려있다.

219

아홉 번째 이야기
: 좋은 소식이 찾아왔지만 불안한 이 기분은 뭘까

#배우를꿈꿨었지 #동갑내기남편과 #내가임산부라니 #책과고양이면돼

서른에 대한 소감
———— 뭐든 해볼 수 있는 20대가 끝났다

에스더
비영리단체 근무

내 이름은 에스더야. 90년 생이라 올 한 해 서른으로 살았고 곧 있으면 진짜 서른이 되겠지. 일을 시작한 지 5년 된 직장인이고, 결혼한 지도 거의 5년이 되어가는 주부야. 보통 사적으로 친해지고 싶을 때 내가 이야기하는 두 가지가 있어. 하나는, 집에서 고양이 두 마리를 키우고 있다는 것이고, 다른 하나는 우리 부부는 셰어하우스에서 살고 있다는 거야. 한 50평 되는 집에서, 우리 부부랑 호스트 부부 이렇게 두 가족이 같이 살아. 거실을 기준으로 각자 방 두 개씩, 그렇게 공간을 나누어 살고 있지.

2018년 12월,
에스더의 회사 근처에서

각자의 진로가 달라 그렇게 가까이 지낸 건 아니었지만, 나에게 에스더는 연극 배우이자 동갑내기 중 졸업과 함께 가장 일찍 결혼한 친구였다. 벌써 결혼 5년 차라는 사실에 지나간 시간이 참 빠르다며 놀라워하던 와중에, 그녀는 정말로 놀라운 소식을 내게 하나 더 전해 주었다. 그 이야기는 잠시 뒤에 이어나가기로 한다.

자기소개가 굉장히 특별했던 것 같아. 그럼 먼저 가벼운 질문 하나를 해볼게. 오늘 하루는 어떻게 보냈어?

사실은 오늘 뭔가 범상치 않은 하루였어. 뉴스 봤는지 모르겠는데, 어젯밤에 백석역에서 온수관이 터졌잖아. 집이 고양시에 있으니까 영향을 받았거든. 어젠 다행히 사고가 나기 전에 씻어서 괜찮았는데, 일단 밤새 난방도 안 됐고, 오늘 아침엔 뜨거운 물이 안 나오는 거야. 아침부터 너무 정신없는 하루였어. 게다가 회사는 연말이라서 일도 참 많았고. 그래도 겨우 마무리하고 나왔다.

와, 정말 고생 많았겠다. 그러면 지금 회사를 5년 동안 다니고 있는 거야?

아니, 중간에 한 번 이직했어. 사실 내가 하는 일을 딱 잘라서 설명하기가 어렵긴 한데 일단 두 군데 다 비영리 기관, NGO였어. 규모 있는 회사에 다니다가 중간에 잠깐 쉬고 지금 회사에 들어오게 되었지. 전에 있던 회사에서는 '프로젝트 매니저'라고 해서 말 그대로 프로젝트에 관해선 기획부터 실행까지 전반적인 일을 맡았었고. 지금 회사에서는 후원자를 모집하고 관리하는 일을 담당하고 있어.

그랬구나. 그러면 혹시 취업하기 전 이야기를 더 해줄 수 있어? 그러니까, 대학교 생활이나 네가 배우를 준비하던 때 이야기를 해주면 좋겠어.

그 이야기를 하려면 내 중학교 시절까지 시간을 거슬러야 해. 내가 중3 때 수업 중에 진로를 탐색하는 시간이 있었는데, 그때 선생님이 자기가 하고 싶은 직업 세 가지를 골라서 그 직업을 어떻게 가질 수 있는지 조사해오라는 과제를 내줬어. 그래서 직업들을 찾아봤는데, 그 셋 중의 하나가 뮤지컬 배우였던 거지.

처음엔 뮤지컬 배우가 뭔지도 잘 몰랐어. 막연히 노래하고, 춤추고, 연기도 하는 사람인 줄만 알았지. 그래서 뮤지컬을 알아야겠다 해서 제일 싼 뮤지컬 음반 하나를 샀어. 가격도 기억나. 9,900원이었지. 하하. 그렇게 구입한 게 〈지킬 앤 하이드〉 국내 초연 앨범이었어. 그때가 2004년이었는데, 초연 캐스트가 조승우, 김소현, 최정원이었어. 지금도 유명하지만 그때 음반을 처음 듣고 너무 뮤지컬에 매료가 돼서, 나는 꼭 뮤지컬을 하겠다고 마음먹었어.

그런데 나는 이미 진학할 고등학교가 결정돼 있었고, 거기는 공부를 잘하는 곳이었단 말이야. 그래서 어떻게 할지 고민하다가, 일단 학교 연극부에도 들어가고, 나중에는 지역 극단에도 들어가 공연하기도 했었어.

그러다 고등학교 2학년 말이 되었고, 나는 이제 내 진로를 결정할 때가 되었다고 생각했어. 그래서 부모님께 연극영화과에 가고 싶다고 말씀드렸어. 그랬더니 기도는 해줄 수 있지만, 형편이 어려우니 입시 준비를 도와줄 순 없을 것 같다고 말씀하시더라고.

돌려 말했지만, 그건 허락해줄 수 없다는 말이나 마찬가지였지. 결국 연극영화과 가는 건 포기했어. 대신 서울 내 대학이라도 가려고 고3 때 열심히 공부했어. 우리가 그 08년도 수능 등급제의 주인공이잖아. 하하. 그래서 난 내가 원래 생각하던 곳보다 낮은 성적에 있는 지방 대학교에 지원할 수밖에 없었어.

그렇게 대학에 입학했을 때만 해도, 내가 다시 연기를 할 수 있을 거라곤 생각하지 않았거든. 그런데 들어와서 보니까 '공연영상' 전공이 있는 거야. 그래서 첫 학기에 전공기초과목도 듣고, 어쩌다 학부 MT까지 따라갔어. 그리고 거기서 〈요, 춘향〉이라는 공연 오디션을 본다는 소식을 듣게 되었지.

아! 그 공연 기억나. 그 공연 외국 연극제에도 나갔었잖아.

맞아. 그 공연이 '에든버러 프린지 페스티벌'을 나가게 되어 있던 거라. 덕분에 나는 어릴 때 품었던 꿈을 다시 꾸기 시작했어. 그 이후로 학기건 방학이건 상관없이 내가 낄 수 있는 곳은 다 껴서 공연을 올렸어. 진짜 그렇게 미쳐서 재미있게 살았지. 나는 진짜 대학생활에 후회는 없어.

네가 공연했던 모습이 아직도 기억나. 재밌는 작품도 많았고, 진짜 네 연기는 최고였어!

아니, 아니야…. 열심히는 했지만, 하하. 그 시절 나는 일부러 사람들한테 "나 배우 할 거야!" 하고 말하고 다녔어. 이렇게 사회에 나와서 배우를 안 하게 되니까 나도 충격이었지만, 다른 사람들도 많이 놀랐을 거야. 현실이 그렇게 무섭게 다가오더라.

맞아…. 나도 네가 NGO에서 일하게 될 거라곤 생각을 못 했었어. 원래 그 분야는 관심이 있었던 거야?

다른 사람들도 다 내가 NGO에 갈 줄은 몰랐다고 이야기하더라. 처음부터 NGO에 뜻이 있던 건 아니었어. 대학교를 졸업해선 뮤지컬 배우의 꿈을 계속 가진 채로 바로 공연기획사에서 일을 했어. 일하면서 이쪽 바닥도 파악을 하고, 내가 바로 연기판에 뛰어들 순 없겠다 싶어서 훈련하는 시간도 가지려고 했었지. 그런데 막상 들어와서 보니까, 여긴 진짜 내 상상 이상인 거야. '나는 버틸 수 있을 거야.'라고 생각했는데, 현실은 아니었어.

어릴 때부터 품었던 꿈인데, 극단 일에서 어떤 점이 가장 힘들었던 거야?

크게 두 가지였는데, 가장 큰 걸림돌은 역시 돈이었어. 아마 들어봤겠지만. 공연예술계에 처음 들어서면 기본적인 생활이 어려울 정도로 임금이 적거든. 그리고 또 하나는 학연하고 지연이 제일 중요한 곳이더라고.

사실 그게 당연할 수도 있는 게, 제작자로서는 같이 일했던 사람이 자기가 원하는 걸 잘 표현해주면 당연히 그 사람이랑 계속 작업하는 게 맞거든. 그런데 우리같은 학연 지연 없고 지방에서 온 초짜들은 당연히 기회를 잡기가 어렵지. 그 두 가지가 나에게 너무 크게 다가와서, 나는 공연 하나 올리고 바로 그 회사를 그만뒀어. 그게 한 3, 4달 정도? 그렇게 바로 그만두고 취업을 준비했지.

NGO를 어떻게 가게 됐냐고 묻는다면 처음부터 NGO분야만 지원 한 건 아니었어. 구직할 때는 기업 종류도 다양하게 지원했는데, 지금 돌아보면 그래도 내가 가진 능력이나 특성이 NGO랑 잘 맞는 것 같아. 회사도 사람을 뽑을 때 자신들과 색이 맞는 사람을 찾잖아. 처음엔 몰랐지만, 시간이 지나면서 '아, 내가 그런 사람이었구나.' 하는 걸 알게 되었지.

그렇게 NGO에서 일을 시작했고 이제 어느 정도 경력이 쌓였잖아. 일하는 건 좀 어때?

일하는 것 자체는 괜찮아. 지금 다니는 회사가 처음 회사보다 규모도 작고 연봉도 좀 낮아졌지만, 그래도 다닐 만해. 회사를 옮기면서 생각했던 가장 중요한 부분이 내가 즐겁게 일할 수 있는 곳이었으면 좋겠다는 거였거든. 다행히 지금 회사는 퇴근도 시간에 맞춰서 하는 편이고, 그래도 직원들이 일하기 좋은 환경을 만들어주려고 노력하는 것 같아.

사실 처음 직장을 찾을 땐 현실을 받아들이기 좀 힘들었어. 배우를 관두면서 나는 내 꿈을 잃었다고 생각했어. 내가 정말로 되고 싶었던 열망의 대상이 사라진 거니까. 그래서 당시에는 뭐가 되든지 크게 상관이 없었고 열정 같은 게 없어졌지. 사실 지금도 없어.

지금도 열정이 없는 것 같다고?

응. 전 회사에서 퇴사하게 된 이유가 몸이 많이 아파서였거든. 예전엔 내가 내 욕심이나 열정을 따라 사는 게 맞고, 나도 그걸 좋아한다고 생각했어. 그런데 다른 것보다 일단 내 몸, 내 상태가 제일 중요한 거였어. 그래서 일단은 내가 나를 건사할 수 있는 곳을 찾았고, 그러면서 결혼생활도 더 잘 꾸려나갈 수 있는 여유를 찾게 되었어. 점점 회의적이랄까? 아니, 그보다는⋯ 예전보다 뭔가 없어진 것 같아.

현실의 벽 앞에서 오래도록 품었던 꿈을 포기했던 에스더의 마음이 얼마나 안타까웠을까. 하지만 다행히도 그녀에게는 시련의 시간을 함께 견뎌준 지금의 남편이 있었다. 나는 본격적으로 에스더 부부의 이야기를 시작해보았다.

'뭔가 잃어버린 것 같다.'는 말이 여운이 남아. 이제 너의 결혼에 관한 이야기를 해봤으면 좋겠어. 처음 소개할 때 결혼한 지 5년 차라고 했었잖아. 지금 남편은 어떻게 만났어?

결혼은 2014년 9월에 했으니까, 이제 만으로 4년이 좀 넘었네. 남편은 2010년에 〈실비명〉이라는 작품의 공연을 준비하면서 처음 만났어.

사실 남편은 공대생이었어. 그 공연에 배역 하나가 비어서 데려온 상황이었는데, 그래서 공연팀 중에 유일하게 내가 잘 모르는 사람이었어. 심지어 공연에서 나랑 마주치는 장면도 하나도 없었

배우 되기를 관두면서,

나는 내 꿈을 잃었다고 생각했어.

내가 정말로 되고 싶었던

열망의 대상이 사라진 거니까.

지. 어쨌든 우리는 공연 연습을 하면서 만나게 되었고, 공연을 준비하는 한 달 기간 내내 붙어 다니다시피 했어. 낮에는 종일 연습하고, 연습이 끝나면 학교나 각자 자취하는 곳에서 또 모여서 밤새 이야기하고 놀다가 들어가고 그랬어.

그렇게 한 달을 지내는데 어떻게 사람이 안 친해져. 그런데 여느 때처럼 놀다가 "이 중에서 가장 이성으로 느껴지는 애가 누구야?" 이런 이야기가 나온 거야. 남편이 그때 내가 제일 마음에 든다고 했어. 그게 시작이 돼서 주변에서도 막 부추기고 어쩌다 보니 사귀게 됐어.

조금은 특별한 계기로 연애를 시작했구나. 어떻게 결혼하게 된 거야?

뭔가 극적인 계기가 있는 건 아니었지만, 나는 사귀고 한 두세 달쯤 지나니까 애랑 결혼해도 되겠다는 마음이 들었어. 이것도 지나고 보니 그랬구나 싶은 거지만, 우리 집도, 남편 가족도 그렇게 넉넉하지 않았거든. 그때 남편이 학원 강사에, 과외에 일을 정말 많이 했었는데, 뭐랄까… 그 모습이 생활력이 있어 보였어. 처음은 그 부분이 좋았고.

그리고 남편이랑 나는 개그 코드가 잘 맞았어. 함께 사는 사람과 웃는 포인트가 맞지 않으면 그건 굉장히 괴로운 일이잖아. 그래서 우리가 연애할 때 가끔 내가 "야, 너 요즘 재미가 없다? 긴장 좀 해라." 이렇게 놀리기도 했어.

결혼을 결심하는 것과 실제로 추진하는 건 완전 다른 문제잖아. 결혼 준비는 어땠어? 어렵지 않았어?

물론 어려운 점도 있었지만, 그래도 나는 최대한 빨리 결혼을 하고 싶었어. 일단은 연애를 오래 하고 싶지 않았고, 두 번째로는 내가 졸업하고 취업 때문에 서울로 올라오면서 거주에 대한 문제가 생겼었거든.

거주에 대한 문제가 어떻게 결혼이랑 연결되었던 거야?

원래 우리 집이 지방이니까 서울에 취업하고서 자취를 해야 했어. 그래서 원룸을 구했는데, 진짜 좁은 원룸이었어. 얼마나 좁았냐면, 이불을 펴면 설 자리가 없을 정도로 그렇게 작았는데… 거기서 혼자도 아니고 친구랑 둘이 살았어. 원룸 월세가 그만큼 너무 비쌌거든.

그러다 계약이 만료돼서 원룸을 나가야 하는 타이밍이 온 거야. 그래서 아예 이참에 결혼하자, 결혼해서 주거의 안정을 찾자 하는 생각이었어.

결혼을 결심하는데 굉장히 현실적인 이유가 있었구나.

그렇지. 그때 우리가 가진 건 뭐 없었지만, 그렇다고 또 결혼을 안 할 이유는 없었거든.

그 당시에 남편이 장교로 막 임관할 때라 결혼을 못 할 뻔했어. 원래는 남편이 대구로 발령받기로 되어 있어서 장거리 연애를 해야 할 상황이었거든. 어떻게 하다 보니 남편 발령이 부천으로 난 거야. 남편 근무지가 수도권이니까, 우리가 결혼한다면 관사를 받고, 그러면 나도 같이 살면서 직장에 다닐 수 있잖아. 그래서 빨리 결혼하자 이렇게 된 거야.

그렇게 부모님께 결혼 승낙을 받고 난 뒤 결혼을 준비하는 과정 자체는 수월했어. 우리 둘 다 기본적으로 독립적인 성격이기도 하고, 부모님들도 그렇게 준비하는 과정에 터치하는 스타일은 아니셨어. 물론 중간 중간 사소하게 의견이 다를 때도 있었지만, 전체적으로 결혼식까지는 아주 무난하게 했던 거 같아.

결혼식까지는 무난했다… 그 이후에 뭔가 다사다난한 이야기가 더 있는 건가? 하하. 혼자일 때와 결혼한 뒤에 가장 달라진 건 뭐였어?

달라진 거? 세상 제일 어려운 질문이다. 물론 다 바뀌었지. 그중에 중요한 건, 내가 안정을 찾은 거야. 그게 주거의 안정도 있고, 정서적인 안정도 있고. 이 안정이라는 말 외에 설명할 수 있는 건 별로 없는 것 같아.

이건 어떤 사람과 결혼했는지가 더 중요한 것 같지만, 남편은 나에게 가사분담에 대한 고민을 별로 하지 않게 만들었어. 우리는 집에 일찍 도착하는 사람이 음식을 하기로 했거든. 서로 워낙 집에 늦게 오니까. 조금이라도 먼저 오는 사람이 준비하지 않으면 밥 먹는 시간이 너무 늦어져. 그런 식으로 집안일도 서로 미루지 않고 분담해서 하고. 가족들한테도 너무 잘하고.

나는 모든 남자가 다 그런 줄 알았어. 그런데 다른 사람들한테 남편 이야기를 하면 "아, 너무 로맨틱하다." 이런 이야기를 하는 거야. 그렇게 가정적인 부분, 자상한 부분이 있으니까, 내가 더 가정에서 안정감을 느끼게 된 것 같아. 참 고맙지.

안 그래도 남편의 어떤 점이 좋은지를 물어보려고 했는데, 그렇다면 서운한

점이나, 바라는 점이 있어?

글쎄, 바로 떠오르는 건 없어. 최근에 내가 임신하면서 가사에서 거의 손을 떼다시피 했고 생활하면서 크게 불만은 없는데….

아, 한 가지가 있다면 남편이 친구를 정말 좋아해. 우리가 맞벌이하니까 평소에 함께 보낼 시간이 많지도 않잖아. 게다가 남편 직장은 회식도 많은데, 거기에 친구도 자주 만나다 보니 정말 얼굴 보고 얘기 나누기가 힘들어.

반대로 스스로 생각할 때 본인은 어떤 아내인 것 같아?

이제 자기반성의 시간인가? 하하…. 내가 생각해도 난 그렇게 좋은 아내는 아니야. 결혼하고 초반에 남편이 섭섭하다고 한 게 있었는데, 내가 '고맙다'라는 말을 안 해줘서 그랬대. 물론 칭찬받으려고 그런 건 아니겠지만, 남편은 계속 나를 위해 뭔가 더 해주려고 노력하는데, 그걸 내가 표현해주지 않으니 서운한 거지.

그래도 시간이 좀 지나면서, 서로 조금씩 양보하면서 맞춰가고 있는 것 같아. 남편도 좀 더 많이 희생하고, 나도 고맙다, 미안하다, 표현을 좀 더 자주 하려고 해. 서로 져주는 것이 가정의 평화를 위한 길이라는 걸, 이제는 서로 알게 된 것 같아.

어느덧 연애 9년 차, 결혼 5년 차니까, 그동안 경험하고 느낀 게 많았을 것 같아. 너는 다른 친구가 결혼한다고 하면 어떤 이야기를 해주고 싶을 것 같아?

하하…. 나는 내가 결혼했을 때부터 주변 사람들한테 결혼할 거면 빨리해라, 결혼하니까 너무 좋다, 이런 이야기를 진짜 많이 하고 다녔어. 어떤 점이 좋은지 단적으로 이야기하면…. 결혼하고 나니까 남편과 좋아하는 영화를 심야로 같이 보고 나서 같이 집에 걸어서 들어올 수 있는 거? 그리고, 집에 돌아와서 같이 맥주 한 캔 마시면서 돌아와서 소소하게 이야기할 수 있는 거? 그런 점들이 좋아. 아무튼 연애보다 결혼이 더 좋은 것 같은데, 어떻게 설명이 잘 안 되네.

인터뷰를 잠깐 쉬어가는 동안, 우리의 잡담은 결혼생활과 고양이 이야기를 거쳐, 어느덧 임신과 출생 주제까지 이어졌다. 그리고 에스더는 바로 며칠 전 임신 사실을 알게 되었다는 너무나 놀라운 이야기를 전해 주었다. 에스더를 섭외할 당시만 해도 그녀는 전혀 임신 사실을 모르고 있었고, 그 때문에 우리의 인터뷰 질문들은 '왜 아직 아이를 갖지 않는지'에 초점이 맞춰져 있었다. 우리의 인터뷰는 그 방향을 조금 다르게 돌려야 했다.

먼저 축하해! 아이를 갖기 전에, 출생이나 육아, 이런 이야기를 들으면 어떤 생각이 떠올랐어?

한마디로 상상하지 않은 미래. 난 애초에 육아는 생각해본 적이 없어. 남편이랑 결혼을 약속할 때 한 가지 이야기한 게 있는데, '아이를 낳지 말자.'는 거였어. 그리고 주변 사람들한테도 왜 아이를 낳으면 안 되는지 구구절절 이야기하고 다녔는데…. 아마 사람들이 내가 임신했다는 걸 알면 진짜 놀랄 거야.

아이를 낳으면 안 되겠다고 생각한 특별한 이유가 있었어?

나 같은 경우는, 아무래도 우리 가족과 많이 연관되어 있어. 우리 집이 딸 셋인데 막내가 나랑 9살 차이가 나. 그런데 동생이 약간 선천적인 병이 있었거든. 막내가 태어날 때 아버지가 일을 쉬고 계셔서 동생이 어릴 때 제대로 치료도 못 받는 상황이었어. 그런 여러 힘든 일들을 겪다 보니까, 나도 그런 일을 겪을 수도 있겠다, 내가 감당 못할 아이를 낳을 수도 있겠다는 가능성이 아이를 가지면 안 되겠다는 생각을 하게 만든 것 같아.

너처럼 개인적인 경험도 영향이 있겠지만, 지금 우리 세대들이 아이를 낳지 않아서 출생률 문제가 심각하다는 지적도 있잖아.

내가 자주 쓰는 말이 하나가 있어. "내 몸뚱아리 하나도 감당이 안 돼." 나 혼자 살아도 집에 와서 밥해 먹기 힘든데, 내가 내 자식한테 세 끼 밥을 해서 먹여야 한다는 건 대단한 중압감이거든. 심지어 잘해서 먹이고 싶잖아. 그러니까 힘든 상황이 이미 그려지는 거야. 나는 이게 돈이랑은 크게 상관없다고 생각해. 내 한 몸 챙기기 어려운 세상이니까, 아이가 있으면 더 힘들 거라는 걸 뻔히 아니까 다들 아이를 갖지 않으려고 하는 게 아닐까?

혹시 결혼이나 임신과 관련해서, 주변 사람들에게 아이와 관련된 잔소리를 들은 경험이 있어?

당연히 있지. 너무 많이 들어서 내가 여기 사전 인터뷰에 써놨을 걸? '아이 가지라고 스트레스 주는 양가 부모님' 이렇게….

제일 흔한 건 뭐, "좋은 소식 없니?" 이거지. 이렇게 물어보는 건 진짜 예의 바르신 거야.

물론 우리가 어른들한테 아이를 가지지 않겠다고 말한 적이 없으니까 그들도 궁금해 할 수는 있겠지만, 사람들은 이 주제에 관해서 이야기할 때 의외로 굉장히 무례해. 어떻게 물어보냐면, "너희 피임하니?" 이렇게 묻기도 하고, 심지어 우리 아빠는 지난 추석 때 "고양이 때문에 너희 애가 안 생기는 거 아니냐." 이렇게도 말했었어.

남이야 그러고 지나가면 말지만, 가족이나 친척들은 때마다 마주쳐야 하니까. 명절에 친척 집에 가서 현관문을 열고 들어가면 "어, 에스더야 왔어? 요즘 좋은 소식 없니?" 이게 첫인사야. 그걸 왜 나한테만 묻는지 모르겠어. 임신을 나 혼자 하나? 그래서, 사실은 이번 설에는 친척 집에 안 가려고 여행 계획도 짜 놓았어. 그런데 이렇게 갑자기 아이가 생겼으니⋯. 어떻게 해야 할지 걱정이야.

계획에 없던 임신 사실을 알게 되었을 땐 너무 갑작스러웠을 텐데, 처음 임신한 걸 알고 나선 기분이 어땠어?

임신한 걸 알게 되었을 때? 내가 테스트 결과 보여주면서 남편한테 뭐라고 했는지 알아? "망했다. 임신했다." 하하.

일단은⋯ 몰라, 이게 굉장히 개인적인 얘기일 수도 있는데, 우리는 연애를 4년, 결혼을 5년 해서 벌써 9년을 같이 지낸 거잖아. 그러니까 우리는 정말 베프처럼 지냈어. 얼마 전에 효리네 민박에서 아이유가 이효리 부부한테 "두 분은 자녀계획 없으세요?" 이러니까, 이효리가 "우리는 과정이 없어." 이랬잖아. 그게 완전히 우리 이야기였거든. 그런데 이렇게 덜컥 애가 생기니까, 도대체 이게 무슨 상황인가 싶었고.

지금 우리 회사에서 육아휴직을 6개월 주기로 두 명이 나갔어. 그리고 내가 7월 출산 예정인데, 휴직 나가는 것도 괜히 눈치 보이고 스트레스 받고. 게다가 아이를 낳고 나면 지금 사는 쉐어하우스도 나가서 새집을 구해야 하고. 이런 여러 가지 일들이 전혀 내가 계획하지 않았던 방향으로 진행되니까, '아, 난 망했다.' 이런 생각이 들게 되는 거지. 한편으로는 미안한 마음도 있어. 아이를 위해서 좋은 생각만 가져야 하는 게 맞는데, 아무튼 지금은 심경이 복잡해.

직장에, 주거에, 관계적인 부분까지. 아이를 갖지 않는 모든 이유들이 다 얽혀있는 느낌이야. 그러면, 아이를 갖게 된 이후에 뭔가 삶에서 크게 변화가 생긴 건 없어?

아까 이야기했듯이 이 모든 상황이 내가 상상하지 않은 미래였으니까. 난 아직도 내 배 속에 무언가가 있다는 게 실감이 안 돼. 딱 실감하는 것 하나는, 내가 입덧이 정말 심하게 와서 입덧할 때마다 아이가 있다는 걸 실감하는 정도야.

여러모로 원망스러운 거지. 출퇴근하기도 너무 힘들고, 요즘은 회사에 앉아서 계속 귤만 까먹고 있어. 속이 메슥거리니까 계속 귤이나 사탕같이 신 걸 입에 집어넣어. 그리고 속이 안 좋다고 끼니를 거르면 더 안 좋아지니까, 억지로라도 밥을 먹는 게 습관이 됐어.

또 달라진 게 있다면… 주변에서는 "아이가 생겼는데 고양이는 어떻게 할 거냐." 이런 이야기를 자꾸 해. 지난 주말에는 시부모님하고 같이 밥을 먹는데, 이야기하던 중에 시부모님이 우

임신한 걸 알게 되었을 때?

내가 테스트 결과 보여주면서

남편한테 뭐라고 했는지 알아?

"망했다. 임신했다." 하하.

리를 주려고 공기청정기를 샀다는 거야. 그래서 그 자리에서는 "감사합니다." 하고 받아왔는데, 찾아보니까 글쎄 공기청정기가 160만 원이나 하는 거 있지.

난 그런 게 있는지도 몰랐어. 그래서 일단 가격에 놀라고, 그리고 시부모님께 전화 드리니까, "너희 고양이도 키우는데, 털이나 바이러스 같은 게 있을 거 아니냐." 이렇게 말씀하시는 거야. 그러니까 그분들의 생각으로는 이 상황이 지금 너무 걱정되는 거지. 무슨 일이 일어날 것 같고, 애가 아플 것 같고, 그런 걱정을 하시는데 안타깝지. 서로 조심해가면서 맞춰나가야 하는 숙제인 것 같아.

대화 중간 중간마다 임신을 마냥 기뻐만 할 수 없는 에스더의 감정이 고스란히 전해졌다. 결혼, 임신, 출산… 그 어느 것 하나 쉬운 게 없는데, 왜 다른 사람들은 우리의 삶 속 수많은 선택에 그리도 오지랖 넓게 간섭하려는 걸까.

서른 살이 될 당시에 기분이 어땠어?

사실 아무 느낌 없었어. 나는 내가 서른 살이 되는 생일에 휴가를 쓰고 집에서 고양이랑 누워서 놀았거든. 음…. 아! 새해 첫날엔 친정집에 있었어. 집에서 엄마가 해주는 된장찌개를 먹고, 남편이랑 차를 타고 서울로 올라왔어. 우리 집이 통영이어서 거의 종일을 차 안에서 보냈었던 기억이 나. 조금 특별하다 싶은 날들은 그렇게 행복하게 보냈던 것 같아.

벌써 12월이잖아. 서른 살로 1년을 살아 본 소감이 어때? 이전과 똑같았어?

아니, 똑같다고 할 수는 없지. 앞자리가 바뀌어서 그런지, 이제는 뭘 시작해도 늦을 수 있겠다는 불안한 마음이 생기는 것 같아. 그리고 서른이 되고 나니 막연히 이루었을 줄 알았던 것들이 하나도 이루어지지 않은 걸 보면서 좀 답답한 마음이 있었어.

예를 들면 어떤 게 있어? 서른쯤이면 이룰 것 같았던 게?

집이 있고 차가 있고 그런 거지. 그런데 결혼한 것 말고는 이룬 게 아무것도 없어. 물론 그런 물질적인 부분에 크게 부족함을 느끼며 산 건 아니었지만, 그래도 서른이라는 필터에 이번 한 해를 끼워서 돌아보면 그냥 뭔가 부족한 것 같고, 덜 이룬 것 같고 그래.

꼭 서른이어서가 아니라, 최근에 제일 많이 느끼는 감정은 어떤 거야?

말하자면 허무주의인데. 하하. 앞에 말이랑 연관될 수 있는데, 내가 서른까지도 막상 특별히 이룬 게 없는 것처럼 느껴지니까, 왜 20대를 그렇게 아등바등 살았지 하는 생각이 들기도 하고…. 뭐랄까. 내 안에서 무언가 식은 느낌이야.

신입사원이 처음 회사에 오면 엄청 의욕이 넘치고, 낄 자리 안 낄 자리 다 껴서 자기 할 일 없는지 가서 물어보고, 막 쓸 필요도 없는데 노트에 뭔가 열심히 필기하고 그러잖아. 나는 이제 그런 신입을 보면, '쟤는 왜 저럴까' 하는 생각이 든단 말이야. 나도 처음엔 그랬겠지. 그 시기를 지난 나는 식어버렸지만.

나는 사실 작년쯤에 다른 직업을 가져볼까 하는 생각을 했어.

그때 내가 하고 있던 일들이 너무 행복하지 않았었거든. 그래서 나도 다른 사람들에게 행복을 주는 일을 하고, 나도 행복하면 좋겠다는 생각을 해봤어. 그렇게 막연히 생각만 하다 어느덧 서른이 되었고, 그 새로운 도전이 점점 쉽지 않겠다는 걸 알아가고 있어. 전직이라는 건 기존에 가진 내 경험이나 스펙을 다 버리고 새롭게 시작한다는 건데, 20대면 몰라도 30대에는 그게 더 어려울 테니까. 사실 그래서 얼마 전에 제빵도 좀 배워봤는데… 먹는 것과 만드는 건 또 다르더라. 엄청 체력이 요구되는 일이었어. 하하.

네가 서른을 이야기하면서 불안이나 허무 같은 말들이 나왔는데, 이 시대나 우리 세대에 대한 너의 느낌은 어떤지 궁금해.

내가 보기엔 우리는 없는 기회도 만들어내야 하는 가난한 세대인 것 같아. 사실 우리 사회는 어느 정도 완성되었다고 할 수 있잖아. 말하자면… 현상 유지의 시대랄까? 그러니 무언가 새로 시작하고, 외형이 커지고 그런 것보다는 이대로 현상을 유지하고자 하는 모습이 강한 것 같지만, 사실은 이 현상 유지도 어려운 게 보통 우리들의 모습인 것 같아.

예를 들면 이런 거야. 우리 엄마는 신학대학을 나왔었대. 엄마는 그냥 선생님을 할까 생각했다는 거야. 그때는 하려는 마음만 있으면 누구나 선생님이 될 수 있었대. 그런데 지금 내 주변에서 선생님을 하고 있거나 준비하는 친구들을 보면 거기까지 도달하는 난이도가 너무 차이나잖아. 게다가 하나의 진로를 준비하는 데 들어가는 기회비용도 예전보다 더 커졌고. 그러니 불안한 마음도 더 커지는 거겠지.

우리 사회의 모습이 앞으로 어떻게 변해갈 것 같아?

글쎄, 조금 우울한데…. 나는 요즘 일부러 뉴스를 안 보려고 해. 페이스북도 안 들어가. 왜냐면 내가 그걸 보면 너무 스트레스를 받거든. 너무 자극적이고 말하자면 소음이 심하다고 느껴져. 물론 나랑 직접적인 상관이 없다고 해도, 그 정보들의 내용이나 아니면 사람들의 댓글 같은 걸 보면 정말 화가 나. 그런 모습들을 볼 때마다, 나는 우리의 미래가 부정적일 것만 같아. 이대로 현상을 유지하거나 아니면 더 안 좋아지지 않을까.

우리가 어른이 되더라도 그럴까? 우리가 나이를 먹으면 달라지지 않을까?

음, 나는 사람이 바뀐다고 해서 이 상황이 변화할 것 같진 않아. 우리나라가 일본을 따라간다고 말하잖아. 나는 일본이 겪었던 일종의 공황 상태? 그런 어려움을 우리도 겪지 않을까 싶어. 그걸 잘 극복한다면 희망이 있겠지만… 모르겠어. 지금이야 우리가 아무리 깨어 있는 것 같아도 우리가 더 나이를 먹으면 똑같지 않을까? 물론 계속해서 우리 자신을 돌아보는 것도 중요하겠지만, 나는 우리의 상황이 그리고 이 시대가 쉽지만은 않은 것 같아.

평소 너의 삶에서 가장 행복을 주는 건 뭐야?

소확행이라고 하잖아. 나는 사실 옛날부터 소확행을 꿈꿨어. 열정을 잃어버린 순간마다 모든 삶의 순간마다 소확행을 추구했지. 언제 제일 행복하냐면… 우선 나는 우리 고양이들이랑 보내는 시간이 가장 행복해. 왜 그런가 생각해봤는데, 나에게 살아있는 무언가가 나와 같이 있다는 사실이 내게 큰 위로가 되는 것 같아. 그리고 좋아하는 영화를 여러 번 본다거나 아니면 내가 좋아하는 돈가스 가게에서 돈가스를 먹는 것?

나는 내가 사는 집에서 확실한 행복을 누리려고 해. 비록 지금 사는 집이 셰어하우스니까 내 맘대로 막 꾸미고 할 순 없지만, 그래도 침구라든지 소품 같은 사소한 것들도 정말 고민하면서 고르거든. 색은 어떤지, 재질은 어떤지… 이 행복을 내 남편이나 아니면 옆에 있는 사람들과 나누고 싶어.

너의 소소한 행복 중에서 책을 읽고 글을 쓰는 것도 있지 않아?

맞아, 말한 대로 책 읽기도 내 소확행 중 하나야. 나름 중학교 때까지는 나도 책을 많이 읽는 문학소녀였어. 대신 너무 기억력이 안 좋아서 읽은 내용을 금방 잊어버리긴 하지만…. 그러다 스무 살 이후로는 바쁘다고 그렇게 책을 많이 못 읽었는데, 작년에 내가 이직하면서 새롭게 전환할 뭔가를 찾던 중에, 같이 사는 언니네 부부가 가진 책들이 문득 눈에 들어오는 거야. 언니네가 책이 정말 많거든. 민음사나 문학동네 시리즈도 다 가지고 있을 정도로. 그래서 언니한테 책 좀 빌려 읽어도 되냐니까, 흔쾌히 그러라고 해서 처음 꺼낸 책이 《젊은 베르테르의 슬픔》이었어.

와, 왜 하필 그 책이었을까?

진짜 어릴 때 읽었던 책인데, 지금 읽으면 어떤 느낌일까 궁금했거든. 어릴 땐 그냥 베르테르가 로테를 너무 사랑해서 자살했다,

이 정도만 이해했었으니까. 다시 읽었는데, 그 감정들이 새롭게 느껴지면서 너무 재미있는 거야. 그래서 책을 열심히 읽기 시작했지. 아마 작년 한 해 동안 서른 권 정도는 읽었을 거야. 올해는 내가 임신하고 좀 몸이 안 좋아서 예전만큼 책을 많이 읽지는 못했지만, 그래도 오십 권 정도는 읽은 것 같아. 앞으로도 읽고 싶은 책을 침대 머리맡에 두고 틈틈이 보려고 하는 중이야.

시간 가는 줄 모르고 이어진 대화가 어느덧 두 시간 가까이 진행되었다. 카페 직원은 매장을 정리하며 우리에게 마감 시간이 얼마 남지 않았다는 사실을 은근스레 알려주었다.

벌써 시간이 많이 지났네. 이제 올해는 거의 끝났으니까, 혹시 내년이나 그 이후에 따로 세운 계획이 있어?

내년 계획은 아직 생각만 했지, 따로 세운 건 크게 없는데…. 아마 내년에는 아이를 낳고, 육아휴직을 쓰겠지? 일단 내년엔 뱃속 아이를 잘 키워서, 잘 낳고, 잘 떼어내는 게 목표야. 그리고 우리 가족의 목표는 좋은 집으로 이사하는 거지. 우리에게 좋은 집의 기준은 고양이 두 마리와 아이 하나를 키울 수 있으면서, 우리 회사에서 너무 멀지 않은 곳. 물론 이 기준을 맞추기도 쉽지는 않은 것 같아.

원래는 내년에 공연을 하나 하려고 했어. 졸업공연을 같이 했던 제일 친한 친구들과 공연하기로 이야기를 했었거든. 그런데 극의 내용 자체가 배가 나온 채로 연기하기엔 좀 그래서, 내년에 공연하는 건 아마 어려울 것 같아.

아… 아쉽다. 나중에라도 공연하게 되면 꼭 연락줘! 이제 마지막 질문인데, 우리가 항상 마지막에 던지는 질문이 있어.

혹시 장에스더에게 서른이란? 이런 거 아니겠지?

맞는데, 눈치가 정말 빠르구나? 하하.

너무 간파했구나…. 죄송합니다. 뻔하니까 그게 마지막 질문이지. 음, 서른이란? 이제 정말 책임져야 하는 나이. 20대는 뭐 다른 곳으로 책임을 돌릴 수 있는데, 30대는 변명의 여지가 없는 거 같아.

소
감

　　　에스더에게 인터뷰 섭외 전화를 건넬 때, 너무 오랜만에 연락하면서 무리한 부탁을 건네는 것 같아 미안한 감정이 있었다. 하지만 그녀는 너무나도 흔쾌히 내 인터뷰 요청을 들어주었고, 나아가 우리의 작업에 아낌없는 지지를 보내주었다. 인터뷰 자리에서도 에스더는 마치 며칠 만에 만난 동네 친구에게 하듯 편안하게, 그리고 솔직하게 자신의 이야기를 털어놓았다. 조금은 너무 솔직해서 당황스러울 만큼.

　　그녀의 표현대로, 오랜만에 만난 에스더는 예전보다 조금 '깎여있었다'. 어느 인터뷰보다 많은 웃음과 농담이 있었지만, 그녀의 답변은 생각보다 어두운 느낌이 짙었다. 나는 "어른이 되기보다는 염세주의자가 된 것 같다."는 그녀의 말을 곱씹었다. 어릴 적부터 가졌던 배우의 꿈도 포기하고, 연애와 결혼 과정에서 맞닥뜨린 현실의 높은 벽을 실감하며 에스더는 염세주의자가 되었을지도 모른다. 염세가 반복된 실패와 좌절들로 새겨진 각인이라면, 염세주의자는 어른과 동의어가 아닐까. 이 세상에서 실패와 좌절을 겪지 않고 어른이 될 수는 없을 테니까. 그렇다면 그녀는 염세주의자기에 곧 어른이 된 것일지도 모른다.

　　에스더의 아들은 이 원고가 완성되던 2019년 7월 마침내 세상에 태어났다. 에스더는 '나를 잃고 아이를 얻은 날, 아이는 기도손을 하고 세상으로 나왔다.'고 분만일을 회상했다. 다행히 에스더 가족이 함께 살아갈 새로운 거처도 무탈히 구해진 것 같았다. 이제 에스더는 처음 임신 사실을 알고 난 뒤 느꼈던 당혹감을 뒤로하고, 조금씩 자신에게 찾아온 새로운 생명에게 삶의 패턴을 맞춰가는 것처럼 보였다. 나는 이제 에스더가 남편과 아들과 함께 만들어 갈 '희극'의 주인공이 되었으면 좋겠다고 생각했다.

#NGO모금전문가란 #서른에아이둘아빠 #외벌이로서울살기 #평범한가족의의미

서른에 대한 소감

──── 나의 쇼타임이 시작됐다

호경

(전)기아대책 간사

서울에 살고 있는 서른 살 호경이야. 사랑하는 아내와 사랑스러운 아이가 하나 있어. 그리고 곧 둘째 아들이 태어날 예정이야. 국제구호단체인 기아대책에서 모금 캠페인을 기획하는 일을 해.

2018년 10월,
암사역 근처 브런치 카페에서

친구 중 가장 이른 시기에 결혼을 했던 호경이는, 인터뷰 당시 이미 두 아이의 아빠가 될 예정이었다. 그는 일과 가정생활을 병행하며 너무나 바빴었기에. 그나마 토요일 이른 오전이 그가 시간을 낼 수 있는 유일한 때었다. 호경은 인터뷰를 시작하기 전 꼭 12시 전에 인터뷰를 마쳐달라고 부탁했다. 이유를 물으니 12시에 아내와 산부인과 방문 일정이 있단다. 덕분에 나는 호경의 처가 근처였던 암사역까지 찾아가 이른 아침에 인터뷰를 시작했다.

둘째도 아들이구나? 축하해! 호경이 너의 직업이 좀 독특한데, 하는 일이 어떤 건지, 그리고 어떻게 시작하게 되었는지 궁금해.

이제 일한 지는 4년 차고, 첫 직장에서 계속 일하는 중이야. 내가 일하는 곳은 기아대책이라고, 국내외와 북한의 어려운 아동들을 위해 일하는 단체야. 특히 공동체를 개발하고 개선하거나 그 공동체를 후원하는 일을 하는데, 이 후원이 더 조직적으로 이루어지도록 우리는 '캠페인'이라는 활동을 진행하거든. 쉽게 말하면 모금 활동인데, 나는 이 캠페인을 기획하는 일을 하고 있어.

예를 들어서 해외 아동을 돕겠다 그러면 그 활동을 후원하려는 개인이나 기업 아니면 단체 같은 다양한 주체들이 있잖아. 이분들을 온·오프라인으로 만나 후원을 제안하고 설득하는 그런 방법도 있고. 아니면 광고 콘텐츠를 제작해서 많은 사람이 후원에 동참할 수 있도록 하는 방법도 있고. 다시 말하면 어떠한 방식으로 이 캠페인을 실행할 때 더 많은 후원자의 참여를 이끌 수 있을까를 기획하고 평가하는 일이야.

어쩌면 NGO에서 가장 중요한 업무라고도 할 수 있겠구나. 그렇다면 지금의 진로를 결정하게 되었는지 그 과정을 이야기해 주면 좋겠어.

처음부터 NGO에 관심이 있었던 건 아니었어. 스무 살 초반에는 사회적인 불평등, 특히 경제적 불평등에 관심이 있었고, 이걸 어떻게 하면 해결할 수 있을까, 내가 이 문제를 해결하는 데 어떻게 일조할 수 있을까를 고민했어.

그러다 대학교 3학년 말쯤 우연히 기사를 하나 봤는데, 거기에 '국제 모금 전문가 자격증을 취득한 최초의 한국인'이라는 기사가 있었어. 그걸 보고서 나도 이 모금이라는 게 경제적 불평등을 해소할 수 있는 좋은 방법이 될 수 있겠다 생각해서 이쪽으로 진로를 생각하게 되었어.

일찍부터 불평등 같은 문제에 관심이 있었다고 했잖아. 그렇게 관심을 두게 된 다른 특별한 삶의 경험 같은 게 있진 않았어?

음, 정확하지는 않지만, 대학교 시절의 아주 단편적인 몇몇 기억이 있긴 해. 1학년 2학기에 학교 사회봉사로 어른들을 위한 야학 봉사를 한 적이 있었어. 그런데 거기에 한 고등학교 1, 2학년 정도 되는 여자아이가 있는 거야. 다 지긋한 어른들인데 혼자 어린아이가 있으니까, 가끔 밥도 사 주고 이야기를 나누곤 했었어. 자세한 애기는 옮기기 그렇지만, 사정이 좋지 않아서 따로 아르바이트하면서 검정고시를 준비하는 친구였어. 사실 이름도, 얼굴도 잘 기억이 안 나. 그런데 강의실 책상에 앉아있던 실루엣은 기억에 남아있거든. 우리나라에도 아직 어려운 아이들이 있구나, 그런 아이들을 돕고 싶다 하는 마음이 생겼었어.

또 하나는 내가 어떤 수련회에 봉사활동을 가게 되었어. 어떤 목사님 부부를 중심으로 진행된 수련회인데, 특이하게 그 목사님이 정신과 의사이기도 하셨거든. 그래서 다른 수련회와는 다르게 아이 한 명 한 명의 가정환경이나 성향, 반응 같은 걸 매일매일 확인하고 그에 맞는 케어를 해주려고 했어. 나는 그런 과정들이 굉장히 매력적이었어. 그리고 나도 다른 사람들의 어려운 처지를 이해하고 공감할 수 있는 사람이 되어야겠다고 생각했지. 그 모습들이 너무 좋아서, 이후로도 몇 번 더 수련회에 참여했어.

그리고 시간이 지나 내가 모금에 관심을 두게 되었을 때 마침 학교에 기아대책 동아리가 생겼었어. 그래서 그 동아리에 참여해서 재학생을 대상으로 하는 여러 모금 캠페인을 경험했어. 그리고 4학년 때는 학교 대외협력팀의 모금 파트에서 근로학생으로 일도 하게 되었고. 그렇게 졸업하기 전부터 내 진로랑 관련된 여러 기회에 참여하려고 했었어. 생각해보면 운이 좋았지.

그러게, 너의 진로를 위해 차근차근 준비하고 진행한 느낌이야.

사실 그런 것만은 아니야. 내가 처음에는 경영이랑 경제를 전공으로 선택했는데, 나중에 전공을 바꿔서 경영하고 상담심리를 전공했거든. 경제 수업을 듣는데 뭔가 내가 생각했던 느낌이 들지 않았어. 그래서 3학년 2학기에 과감하게 전공을 바꿨지. 사실 내 전공과 진로를 고민했던 건 스무 살 때부터였지만, 실상 딱 마음먹고 실행한 건 3학년이 지나서야.

그래도 오래 고민하고 준비한 덕분에 네가 꿈꾸던 분야에서 일을 할 수 있게 되었잖아. 너는 지금 하는 일이 만족스러워?

경제적 불평등을 해소하는 데 내가 조금이나마 도움이 되고 있다는 점에서 나는 만족해. 그리고 아직은 부족하지만 내가 모금이라는 분야에 대해서 알아가고 있고 스스로 성장하고 있다고 생각해서 마음에 들어.

네가 보기엔 스스로가 어떤 모습으로 성장하고 있는 것 같은데?

처음에는 열정만 있었지, 모금이 어떤 프로세스로 진행되고 이게 사람들에게 어떻게 도움이 되는지를 잘 몰랐거든. 실제 NGO에 와서 업무를 접하면서 이제야 모금이라는 전체 과정의 흐름을 알게 되었어. 특히나 캠페인을 기획한다는 건 정말 다양한 지식들과 그걸 조율하는 능력이 필요하거든. 개인적으로는 홈페이지, 디자인, 재정, 이런 세세한 분야의 전문가는 아니지만, 그 덕분에 다양한 분야를 경험하고 연결하면서 더 넓은 시야에서 보게 되었거든. 그런 점에서 조금은 성장한 게 아닐까 싶어.

앞으로 네가 모금 분야의 전문가가 되기 위한 실무 능력을 배워나가는 과정이라고도 볼 수 있겠네.

물론 실무적인 부분도 그렇고. 요즘에는 일이 재미있는 게, 어떤 상사를 만나느냐에 따라 일의 진행 방향이나 성취도가 달라진다는 걸 느끼는 중이거든. 그러면서 나도 배우는 게 더 많아지는 것 같아. 그래서 좋은 상사란 이런 점을 갖춰야 하는구나, 아랫사람에게 이렇게 동기부여를 해야 한다는 걸 배우고 있어. 언제일지는 모르지만 나도 그런 자리에 오르게 될 수 있잖아.

지금 일하고 있는 일이나 분야에서 앞으로 어떤 계획을 가지고 있어?

사실 모금 분야가 되게 길이 많아. 그래서 지금 어떻게 하겠다고 단정을 짓긴 어렵지만 일단 다른 모금 파트를 경험해보고 싶어. 예를 들면 고액기부자나 기업 같은 후원 대상에 따른 모금 전문가가 될 수도 있고, 온라인 혹은 방송 같은 후원자와 접촉하는 매체에 따라 그 분야의 모금 전문가가 될 수도 있어.

게다가 모금은 기본적으로 사업, 그러니까 모은 돈을 어떻게 쓸지에 관한 문제와 뗄 수 없는 관계거든. 그래서 사업 파트를 경험해보고 싶다는 생각도 있어. 그중에서도 나는 상대적인 가난을 해결하고 싶다는 마음이 있어서 국내사업 쪽에 더 관심이 있어. 언젠가 관련된 일을 해보고 싶고.

그리고 언젠가 좋은 기회가 있다면, NGO가 아니라 다른 단체들, 예를 들면 대학이나 병원, 기업이나 관공서 같은 곳에서도 모금 전문가로 활동해보고 싶어. 아직은 우리나라에 모금전문가라는 직종이 생소해서 그렇지, 전망이 나쁘지는 않다고 생각해. 그래서 지금은 틈틈이 '국제 모금 전문가 자격증' 공부를 하고 있어. 물론 그 자격증이 절대적으로 중요한 건 아니지만. 어쨌든 나는 이 모금 분야에선 전문가가 되고 싶어.

모금 전문가라는 자신의 비전에 대한 호경이의 자부심 때문이었을까. 아니면 그의 조리 있고 확신에 찬 설명 때문이었을까. 이야기를 듣는 나조차도 모금이 얼마나 중요하고 귀한 일인지 설득되는 것만 같았다. 진지함과 열정으로 사람들에게 신뢰를 주는 것. 그게 호경이의 매력이었다. 그것이 모금 전문가가 지녀야 할 또 하나의 소양은 아닐까.

호경이 네가 결혼한 지 얼마나 됐지 이제?

이제 곧 3주년이야.

아내는 어떻게 만나게 된 거야?

아까 대학교 1학년 때부터 수련회에 참여했었다고 했잖아. 군대를 다녀오고 그 해 여름에도 수련회에 갔었는데, 거기서 지금의 아내를 처음 만났어.

그때부터 연애를 시작한 거야?

아니, 그건 아니야. 처음 수련회에서 일주일 보고, 그다음 해 수련회에서 일주일 보고, 그리고 또 다음 해 수련회에서 만난 다음에야 서로 호감을 느끼고 만나기 시작했어. 그 전에는 딱히 연락하거나 만나진 않았고, 그냥 좋은 친구라고 생각했었지. 세 번째 여름에 만났을 때는 서로 가치관이나 생각의 결이 비슷하다고 느껴서 한 번 알아가면 좋겠다 싶었어. 그래서 정식으로 만나기 시작했지.

그리고 대략 1년 만에 결혼한 거잖아. 어떻게 결혼을 결심하게 되었어?

우리는 만남을 시작할 때부터 좀 특별했어. 내가 먼저 고백을 했는데, 아내가 1년 안에 결혼할 수 있다면 만나겠다고 했어. 처음 만나면서부터 결혼이 교제의 조건이었지. 결론적으로는 교제를 시작하고 1년 3개월 뒤에 결혼했어. 그때 내 나이가 스물 일곱, 아내는 스물 여섯이었지.

그렇게 많지 않은 나이에 어떻게 결혼을 결심할 수 있었어?

기억나는 게, 내가 아내한테 "당신은 내가 결혼할 사람이라고 확신해요?" 이렇게 물어봤었거든. 그때 아내는 "확신하는 게 아니에요. 선택하는 거예요."라고 했어. 나는 그 말을 듣고 오히려 확신이 생겼어.

내 나름대로 해석을 하자면, 선택한다는 건 책임지겠다는 말과 같다고 생각하거든. 그 사람이 정말 좋은 사람인지 확신할 수는 없지만, 내가 그 사람을 선택한다면 그 이후에 뭔가 실망하거나 아쉬운 점이 있더라도 자신의 선택에 책임을 지겠다는 약속인 거야. 그 점에서 나와 아내의 생각이 맞아떨어졌던 것 같아.

사실 나도, 내 아내도 서로 더 좋은 조건의 배우자를 찾으려 했다면 당연히 더 나중에 결혼하려고 했겠지. 하지만 우리가 그렇게 일찍 결혼한다는 것은 서로에 대한 선택이자 약속이라고 생각했어. 선택이지. 스물 일곱에 결혼하는 삶을 선택하고, 난 그 선택에 책임지기로 했던 거야.

'결혼은 선택'이라는 말이 공감되는 것 같아. 그래도 그 선택에 따르는 어려

움이 있잖아. 특히 너 같은 경우처럼 뭔가 준비되지 않은 것 같은 상황에서는 더욱. 그런데도 결혼을 일찍 선택할 수 있었던 이유가 있었어?

내가 결혼을 빨리하고 싶었어. 그런데 마침 아내도 비슷한 생각이었지. 1년 안에 결혼하자고 하면서 교제를 시작했으니까. 당연한 말이지만 각자의 상황이 그렇게 결혼을 밀어붙일 만한 상황은 아니었어. 하지만 그때는 뭘 몰랐지. 몰랐으니까 밀어붙일 수 있었어. 지금 나이에 서로를 만났다면 오히려 결혼을 못 했을 수도 있을 거야.

당연하겠지만 결혼 준비과정이 쉽지만은 않았을 것 같아.

물론 금전적인 상황도 그렇고 전반적으로 어려움이 많았어. 그래도 우리 둘이 마음이 잘 맞아서, 어려움을 해결하면서 결혼까지 갈 수 있었던 것 같아.

제일 힘들었던 건 첫 번째로 양가 부모님의 반대, 그리고 두 번째는 경제적인 부분이었어. 우리가 너무 어리다는 게 가장 큰 걸림돌이었지. 우리가 2014년 광복절에 만나기 시작하고, 그다음 해 2월에 아내가 대학을 졸업했거든. 그리고 한 달 뒤 3월에 내가 첫 직장에 입사했고, 바로 4월에 양가 부모님들께 처음 결혼을 말씀드렸어. 그러니 아내 부모님은 "막 졸업하고 취업도 안 했는데 무슨 결혼이냐." 그러시고, 우리 부모님도 "아니, 취업한 지 한 달 밖에 안 된 애가 무슨 돈으로 결혼하려는 거냐." 이렇게 반대하는 상황이었어. 그렇다고 부모님들이 우리 결혼을 다 지원해줄 만큼 넉넉한 것도 아니었으니까. 진짜 우리는 제로에서 결혼한 거나 마찬가지야.

남들이 다 하는 결혼 준비에 많은 걸 생략했지.

그 '스드메'라고 하잖아? 우리는 스 빼고 드, 메만 했어.

결혼식장도 제일 저렴한 곳으로 정하고,

그래도 모자란 돈은 할부로 긁고….

그래서 아내는 아르바이트로 일하고 나는 직장에 다니면서 2015년 일 년 동안 둘이서 번 돈을 거의 다 결혼준비에 쏟아 부었어. 그리고 남들이 다 하는 결혼식 옵션에서 많은 걸 생략했지. 그 '스드메'라고 하잖아? 우리는 스 빼고 드, 메만 했어. 결혼식장도 제일 저렴한 곳으로 정하고, 그래도 모자란 돈은 할부로 긁고….

그래도 인생에 한 번 있는 결혼식인데, 조촐하게 넘어간 게 아쉽거나 하진 않았어?

음, 그거에 대해선 우리 둘 다 아예 얘기조차 해본 적이 없어. 아쉽다는 그런 생각을 해본 적도 없게끔 그냥 넘어갔어. 지금은 그 결혼식보다도 더 큰 어려움이 많이 있어서, 하하…. 지금은 결혼식에 대한 느낌은 진짜 하나도 기억이 안 날 정도야.

그렇구나. 양가 부모님의 반대가 심했다고 했잖아, 부모님들은 어떻게 설득을 한 거야?

우리는 각자 부모님께 허락을 구했어. 물론 가족을 설득하는 게 절대로 쉬운 일은 아니었어. 심지어 무슨 일이 있었냐면, 우리가 결혼을 얘기하니까 그때 처형도 본인이 만나는 사람이 있다고 말씀하는 거야. 그때까지는 전혀 몰랐지. 그런데 처형이 아내보다 다섯 살 많거든. 그러면 언니가 먼저 결혼하는 게 자연스럽잖아. 그래서 원래는 우리가 9월에 결혼하려고 했는데, 결국은 처형이 먼저 9월에 결혼하고 우리가 11월에 결혼하게 되었어. 당연히 장인 장모님은 딸이 두 달 터울로 결혼하는 걸 별로 반기지 않으셨지만, 그래도 자식 이기는 부모님은 없다잖아?

　그리고 우리 부모님 같은 경우에는 특히 아버지가 많이 반대하셨어. 아버지는 내가 직장에서 자리도 잡고 좀 더 준비되었을 때 결혼했으면 하셨어. 그래서 내가 강수를 두었지. 일단, 우리 본가가 춘천인데, 허락을 받기까지 매주 서울에서 춘천까지 가서 아버지를 만났어. 그리고 계속 설득했어.

　내가 지금 결혼을 미룬다고 3년 뒤, 5년 뒤에 뭐가 달라지냐는 거지. 그렇다고 그때 가서 부모님이 뭘 지원해주실 수 있는 것도 아니고, 내가 엄청 큰돈을 모을 수 있는 것도 아니잖아. 게다가 나이 서른 넘어서 결혼하면 이 정도는 갖춰야지 하는 그런 기대도 생기니까, 그러면 결국 그때 돈 쓰는 건 똑같다. 만약 그때까지 달라지는 게 있다면 서로의 마음뿐인데, 만약 그사이에 우리가 헤어지기라도 하면 어떻게 할 거냐…. 이런 식으로 말씀드렸지.

굉장히 논리적으로 접근했구나.

　응. 그리고 지금 생각해보면, 사실 우리가 그럴 수 있던 핵심적인 이유는 우리가 양가 부모님께 전혀 경제적인 도움을 받을 게 없었기 때문인 것 같아. 만약에 부모님이 "몇 년만 기다려라. 그럼 전셋집 구해 주겠다." 이러셨으면 흔들렸을 수도 있겠지만, 우린 그런 경제적인 부분에서 자유로웠으니까, 우리의 선택을 밀고 나갈 수 있었어.

역설적으로 부모님으로부터의 경제적인 지원이 없었기 때문에 일찍 결혼할 수 있었던 건 아닐까?

맞아. 그게 중요한 부분이었어. 원래 결혼은 가족 간의 문제고 부모님의 의견이 많이 작용하는 게 당연하지만, 우리는 완벽히 경제적으로 독립했기 때문에 돈 한 푼 없이 결혼할 수 있었던 것 같아.

그렇게 부모님께 손 벌리지 않고 결혼하니까, 부모님들께서 결혼식에 들어온 축의금을 우리가 쓰도록 하셨거든. 그래서 결혼식 마치고 신혼여행까지 다녀와서 정산하니까 남지도 모자라지도 않게 맞아 떨어지더라. 어쨌든 우린 결혼하면서 딱 전세보증금 대출받은 빚으로 시작했고 그걸로 만족했어. 결혼식으로 적자 안 본 것만으로도 다행이다 싶었지.

그 결심과 실행력이 정말 대단한 것 같아.

결국에는 타이밍의 문제였던 것 같아. 당시엔 처형네 부부와도 그렇고, 양가 부모님과도 좀 힘들었지. 하지만 결과적으로는 다 잘 지나갔어. 일단 두 자매가 비슷한 시기에 결혼하니까, 서로 공감대도 잘 형성되고 자주 만나게 되었어. 그리고 장모님도 자식들을 다 독립시키니까 삶이 자유로워지신 거지. 결과적으로는 해피엔딩이었다고 생각해⋯. 하하. 지나고 하는 말이지만, 우리 가족들은 결혼 덕분에 얻은 게 더 많은 것 같아.

그의 말대로 호경 부부는 그들의 선택을 향해 난관을 헤쳐 나갔고, 마침내 결혼이라는 목표에 도달했다. 문제는 그 이후부터였지만.

우여곡절 많았던 결혼 스토리 잘 들었어. 지금 너의 가족은 어떻게 돼?

나랑 아내 그리고 첫째 아들이 있어. 지금 아내가 임신 중이라 곧 두 아들의 엄마아빠가 될 거야.

첫 아이가 태어난 지 만 2년쯤 지났지. 처음 아이가 생겼다는 소식을 들었을 때 느낌이 어땠어?

나는 사실 너무 좋았어. 나는 결혼하고서 빨리 내 아이가 있었으면 좋겠다고 생각했거든. 사람마다 가족에 대해 그리는 이상적인 모습이 있잖아. 나는 이렇게 엄마가 있고, 아빠가 있고, 아이가 둘 혹은 셋이 있는 단란한 가정의 모습을 빨리 꾸리고 싶었어. 그랬는데, 우리가 결혼한 지 한두 달 만에 아이가 생겼거든. 처음 임신 테스트를 하고 결과를 볼 때 같이 옆에 있었는데, 너무 좋았어. 물론, 아내도 조금은 얼떨떨했지만 좋아했어.

아이가 생기고 걱정 같은 건 없었어?

당연히 없다고 하면 거짓말이지. 결혼하고 처음 신혼집을 내 직장 근처로 구하고, 그러면서 이제 아내도 새 일을 찾으려고 했거든. 그런데 아이가 생겼으니까 일을 구하기 어려워졌지. 그렇게 결혼하면서부터 외벌이로 살기 시작했으니 경제적인 부담도 크게 느껴졌고.

사실 요즘 결혼에 있어서 제일 걱정하는 게 경제적인 것이고, 그걸 좀 더 구체적으로 이야기하면 집이잖아? 그 부분은 어떻게 해결했어?

구체적으로 얘기하는 게 좋겠지? 신혼부부에게는 근로복지공단에서 '신혼부부결혼자금대출'이라는걸 해주거든? 그 당시에는 1인당 천만 원까지 대출을 해줬어. 그래서 아내 천만 원, 나 천만 원 해서 총 2천만 원을 대출받았어. 그걸 전부 보증금으로 넣고. 처음 우리 신혼을 보증금 2천에 월세 30짜리 집에서 시작했지. 거기서 월세 2년을 살고, 그 사이에 운이 좋게 신혼부부에게 공급하는 임대주택에 당첨되어서 지금 살고 있는 위례로 이사했어.

그랬구나. 집을 구할 때 제일 중요하게 고려했던 건 뭐였어?

처음에는 직주근접, 그러니까 직장과 집을 가까이하는 게 중요하다고 생각했어. 신혼부부나 아이가 없이 맞벌이할 때는 그게 당연히 제일 중요하니까. 그런데 우리는 결혼하고 금방 아이가 태어났잖아? 그러니까 아이가 태어나는 순간 내 아이가 살기 좋은 동네로 가야겠다는 생각이 진짜 많이 들거든? 나는 그랬어.

내 생각에는 주거계획을 잡기 전에 먼저 가족계획을 세우는 게 필요한 것 같아. 예를 들어 부부가 아이를 갖지 않고 몇 년 맞벌이 하면 좀 작고 변두리에 있는 집이라도 매매나 전세를 들어갈 수 있잖아. 그런데 우리처럼 바로 아이를 낳는다고 하면, 일단 아이에게 들어가는 돈이나 육아휴직으로 줄어드는 수입을 고려해야겠지.

집뿐만 아니라 네가 겪고 있는 경제적인 어려움도 있지?

지금으로서는 우리 가정의 수입과 지출 상황은 마이너스라고 볼 수 있지. 내가 서울에서 NGO에 다니면서 외벌이를 하고 있잖아. 게다가 아이가 하나 있고, 또 하나가 나올 예정이니까, 그럼 당연히 적자일 수밖에 없어.

괜찮아? 버틸 만해?

생각보다는 괜찮아. 나는 사실 우리 가족의 미래 계획을 나름대로 세워 놓았는데, 그 과정에서 지금은 어쩔 수 없이 적자가 날 수 밖에 없는 구간이거든. 그러니까 일종의 대차대조표랄까, 장기적으로 계획된 적자 구간인 거지. 이게 지금은 마이너스지만, 장기적으로는 플러스가 될 거라고 생각해.

그렇게 생각하는 이유는 어차피 조삼모사라고 보거든. 만약에 우리가 지금 아이를 안 낳고 돈을 번다고 해봐. 그러면 어차피 아이에 대한 지출을 나중으로 미루는 거야. 심지어 나이가 더 들어서 아이를 낳는데. 그러니까 플러스에서 마이너스로 가느냐, 마이너스에서 플러스로 가느냐의 차이야. 그중에 나는 후자를 선택한 거지. 지금은 외벌이지만, 나중에 맞벌이하고 경력단절 없이 계속 일한다면 수입도 계속해서 오르겠지. 하지만 반대로, 조금 일을 하다가 아이가 생기고, 그래서 일을 그만두고 그러면…. 그때는 감당이 안 될걸?

아내도 졸업하자마자 결혼하고 바로 아이를 낳으면서 경력이 단절된 거잖아.

엄밀히 말하면 단절이 아니라 시작도 못 한 거지. 그래서 아내와 이야기하기로는 어차피 경력을 쌓아도 단절이 될 테니, 그럴 거면 차라리 과감하게 서른 초, 중반까지 아이를 키우는 데 집중하자. 그리고 그 이후에 경력을 새롭게 시작하는 게 좋겠다. 이렇게 이야기했어.

오히려 다른 사람들은 경력 단절이 시작될 때 아내는 새로운 시작을 할 수 있으니까. 물론, 머리로는 이성적으로 틀린 말이 아니지만 아내도 내심 불안해하지. 아내도 자기 경력을 쌓고 사회생활을 하고 싶어 하는 게 사실이고. 그래도 나는 아내를 믿어. 아내의 현명함과 실력을 믿으니까, 나는 걱정이 없어.

첫째 아이의 육아는 지금 어떻게 하고 있어?

우리 회사는 탄력근무제를 하고 있어서 출근을 7시부터 10시 사이에 선택할 수 있어. 그래서 얼마 전까지는 내가 아침 7시까지 회사에 출근해서 일찍 퇴근하고 집에서 저녁에 아이를 보고 했었거든. 그런데 지금은 아예 반대로 아침 10시 출근, 저녁 7시 퇴근 이렇게 시간을 바꿨어.

그렇게 바꾼 이유가 뭐냐면, 우리 가족이 위례로 이사 오면서 출퇴근 시간이 엄청 늘어났거든. 위례에서 회사가 있는 강서구까지 가려면 편도로 1시간 반은 걸려. 그러니까 아침에 출근하기 너무 피곤하고 몸이 버티질 못하겠는 거야. 그러다 보니 일찍 퇴근해도 제대로 아이를 보기 어렵고. 그래서 아예 출근을 좀 여유 있게 하면서 가족들과 아침밥을 함께 먹는 것으로 내 역할을 바꿨지.

그러면 낮에는 주로 아내가 아이를 돌보겠구나. 어린이집은?

응. 장모님도 근처에 사시긴 하지만, 육아는 주로 아내가 많이 담당하고 있어. 이제 첫째도 어린이집에 갈 수 있는 나이긴 하지만, 지금은 갈 수 있는 어린이집이 없어. 근처 어린이집은 아이들이 너무 많아서 들어갈 수가 없어. 우리가 외벌이고 아이도 한

그래도 나는 아내를 믿어.

아내의 현명함과 실력을 믿으니까,

나는 걱정이 없어.

명이잖아. 우리 아이는 순위가 제일 뒤야. 요즘은 거의 대부분 맞벌이잖아. 그래도 아내가 둘째를 임신했으니 첫째는 어린이집에 보내야 할 텐데, 가까운 어린이집은 너무 대기 인원이 많아서 어려울 것 같아. 요즘은 그게 제일 큰 걱정이지.

한창 가족에 대한 인터뷰를 진행하는 동안 호경의 아내가 카페에 찾아왔다. 호경의 아내는 밝게 웃으며 우리에게 인터뷰가 잘 진행되고 있는지 물었다. 그리고는 우리 앞에 놓인 접시를 치우고, 자신의 옛 일터 동료였던 카페 직원들에게로 향했다.

남편이자 아빠로서, 네가 네 가족을 위해 가장 관심을 두는 건 뭐야?
어… 이 질문 어떻게 답해야 할지 어려운데, 내 생각에는 내 제일 큰 관심사는 아내의 행복인 것 같아.

너나 아이의 행복도 있을 텐데, 아내의 행복에 초점을 맞추는 이유가 뭐야?
예를 들어 가정을 꾸려나가는 걸 집을 짓는 과정에 빗대서 설명해볼게. 남편은 집의 터도 정할 수 있고 집의 모양도 설계할 수 있거든? 그런데 그 집의 인테리어는 아내의 몫인 것 같아. 내가 아무리 좋은 터에 튼튼한 기둥으로 멋진 이층집을 지었어도, 집 안 곳곳에 못이 튀어나와 있고 벽지도 제대로 발라져 있지 않으면 거기에 사람이 살 수가 없잖아. 그리고 그 인테리어에 따라 집의 분위기가 확 달라지지. 마찬가지로 남편이 아무리 돈을 잘 벌어 주고 좋은 가정의 요건을 갖춰놓는다 해도, 아내가 행복하지 않다면 그 가족이 행복해지는 건 어렵다고 생각해.

그래서 난 아내가 행복한 삶을 살았으면 좋겠어. 일단 경제적으로 부족하지 않도록 하는 건 내가 해야 할 기본이겠지. 그리고 언젠가는 아내가 자신의 행복과 자아실현을 위해서 일할 수 있도록 도와주고 싶어. 물론 지금은 어렵지만, 나중에라도 생계에 쫓겨서 의무로 일하는 게 아니라 자신이 정말 원하는 일을 했으면 좋겠어. 다행히 우리가 아이를 빨리 가진 덕분에 어느 정도 우리의 계획한 시기가 맞아떨어질 것 같기도 해.

계획한 시기라는 게 언제를 말하는 거야?

말하자면 아이들이 온종일 집에서만 있지 않아도 될 정도로 컸을 때쯤? 실제로 아이들이 부모를 필요로 하는 시간이 그렇게 길진 않다고 하더라. 그렇게 되면 우리가 하고 싶은 일들을 조금 더 할 수도 있고, 조금은 더 자유롭게 되지 않을까?

이야기를 들어보니까, 보통 우리 또래가 가정을 이루어나가는 타이밍과는 좀 다르지만 나름의 계획을 세우고 이를 실행해나가는 모습이 많이 보이는 것 같아. 많이 고민하고 대화했을 것 같은데.

고민을 정말 많이 했지. 나는 약간 과하다 싶을 정도로 미래를 많이 생각하는 편이야. 나는 미래를 계획한다는 표현보다는 기획한다는 표현을 쓰고 싶어. 계획이 상황을 관리하는 거라면, 기획은 상황을 만드는 거지. 계획은 정해놓은 대로 쭉 진행해야 하지만, 기획은 변화를 주고 극복하는 거야.

지금은 '돈' 문제가 그 기획에서 여러모로 큰 비중을 차지하겠지?

응, 그래서 항상 돈이 무엇인가를 고민하게 돼. 나는 돈을 많이 버는 것보다 돈에서 자유로워지는 게 중요하다고 생각하거든. 그런데 이건 정말 어려운 일인 것 같아. 게다가 나는 조금 모자라게 살아도 내 자녀까지 그렇게 살게 할 수는 없다는 생각도 드니까, 그런 점에서 자유할 수 없는 것 같고. 괜히 다른 집의 모습을 보거나 이야기를 들으면 어쩔 수 없이 생기는 비교의식, 그런 게 조금 힘들긴 해.

좋아, 그럼 서른이 되어서 가장 달라진 게 있다면 뭐야?

음, 정확히 딱 서른이 되어서는 아닌데, 아이가 생기고 나서 살이 많이 빠졌어. 아까도 이야기했지만, 통근 거리도 멀고, 집에 돌아와서도 완전히 푹 쉴 수는 없으니까.

체력적으로도 그렇고…. 또 변한 게 있다면, 책임이라는 단어가 떠오르는 것 같아. 책임과 희생, 물론 이건 서른이라서보다는 내가 결혼하고 자식이 생겨서 그런 걸 거야. 예전에는 내가 나 혼자만을 책임졌다면, 이제는 가족들, 내가 만족시켜야 할 사람들이 더 생겼으니까. 그래서 가족을 위해 내가 더 희생하고 책임져야겠다는 그런 마음이 커졌다고 생각해.

방금 말한 '책임'을 사전 인터뷰에서 너는 '사회가 나의 나이에 대한 책임을 요구하는 것 같다.'라고 했거든. 이건 어떤 의미인 거야?

우리가 흔히 생각하기로 '그 나이엔 그 정도는 해야 한다.' 하는 게 있잖아? 예를 들면 결혼도 서른 다섯에 할 때와 스물 일곱에 할 때 주변 사람들이나 사회에서 기대하는 모습이 다른

것 같거든. 그리고 결혼을 하고서도, "에이, 그 나이면 이제 애
는 낳아야지, 돈은 얼마 정도 벌어야지." 하는 생각들이 많이
있단 말이야.

그 나이에 걸맞은 어떤 진도라고 할까, 생애 주기마다 맞는 진
도를 나가길 요구한달까. 그거는 뭐 가족들도 요구하고, 사회들
도 요구하고, 때로는 또래 친구들이 요구하기도 하고. 그런 측면
에서 보면 나는 그래도 사회에서 요구하는 어떤 책임이나 의무
에 충분히 응했다고 생각해.

인터뷰를 진행하던 중 호경 아내가 호경의 옆자리에 와서 앉았다. 서로를 바
라보는 눈빛에서 부부만이 보여줄 수 있는 달콤한 애정이 느껴졌다. 이후 인
터뷰는 호경의 아내가 함께 자리했다.

**네가 사전 인터뷰에서 서른 살이 가장 많이 가지고 있을 감정으로 상대적
박탈감을 꼽았거든? 이건 아까 말한 비교의식과도 연관 지을 수 있을 것 같
기도 해. 왜 서른 살이 상대적 박탈감을 느끼고 있다고 생각해?**

어, 일단 나는 상대적 박탈감을 그렇게 크게 느끼고 있진 않아.
앞에서도 말했지만, 개인적으로 나는 다른 또래들보다 비교적
진도를 빨리 나갔고 충분히 잘하고 있다고 생각하는 편이야. 나
이 서른에 직장도 다니고, 결혼도 했고, 임대지만 집도 있고, 두
자녀까지 가졌잖아.

하지만 또래들을 생각한다면, 일단은 경제적인 부분에서 그런
감정을 느끼지 않을까 해. 물론 우리 세대가 먹고사는 데 부족한
것 없이 풍요롭다고 하지만, 이 '상대적'이라는 말은 어떤 기준

이나 목표가 있다는 말이잖아. 그것과 비교할 때 우리가 박탈감을 느끼는 거겠지.

그 박탈감은 어디에서 시작되는 걸까?

음…. 간단히 말하면 내 옆에 있는 사람인 것 같아. 우리가 뭐 영국의 왕세자나 이재용 부회장에게 비교의식을 느끼지는 않잖아. 하지만, 내 옆에 있는 사람과 비교할 때 그 박탈감이라는 게 훨씬 크게 다가올 거야. 예를 들어서 중고등학교 때 친한 친구가 있었다고 치자. 그런데 나중에 알고 보니 그 친구 아버지가 사장이어서 그 친구가 회사를 물려받았어. 그러면 나와 그 친구는 누릴 기회가 완전 다른 거지. 그러니까 사실은 모두 같은 줄 알았는데, 알고 보니 위치나 기회가 다를 때 사람들이 훨씬 더 큰 박탈감을 느끼는 것 같아.

그래서 출발선이 다르다는 이야기를 많이 하잖아.

내 경우에는 첫 아이를 낳았을 때 그런 생각이 많이 들었어. 우리 부부는 진짜 아무것도 없이 시작했잖아. 그런데 바로 아이까지 생기니까 맞벌이도 할 수가 없었고, 운이 좋게 나라에서 집을 지원받아서 여기까지 왔지. 안 그랬으면 정말 힘들었을 거란 말이야. 만약 우리가 적어도 집에 대한 걱정이 없었더라면, 생활비에서 집값을 신경 쓰지 않아도 되었다면 조금은 부담이 덜했을 텐데. 그러니까 자본을 물려받을 수 있는 사람과 그러지 못하는 사람의 차이가 벌어지게 되는 거지…. 우리는 자본주의 사회에 사니까, 이건 어쩔 수 없는 부분인 것 같기도 해.

어떤 말인지 알겠어. 그럼 세대에 관한 이야기를 마지막으로 하자면, 네가 생각하기에 우리 세대가 과거와 좀 다른 게 있는 것 같아?

응, 그러니까 예전에는 사회에서 통용되던 어떤 성공의 공식이 있었던 것 같아. 좋은 교육을 받고, 좋은 직장에 들어가서, 좋은 가정을 꾸리는 그런 성공의 공식이 있잖아. 그런데 이젠 그 공식이 무너지는 중인 것 같아. 예전엔 뭔가 한 단계씩, 사다리 밟듯 올라가는 그런 평범한 삶의 모습을 따르면 나름대로 성공에 가까운 삶을 살 수 있었다지만, 지금은 그런 게 다 깨져 버렸잖아? 그러는 와중에 우리 세대는 가치관이 다원화되다 보니까 각자의 삶의 모습이 너무 다양해졌고, 그래서 사람들이 불안을 느끼는 게 아닐까 해.

조금 어려운 대답인 것 같은데, 더 풀어 설명해줄 수 있어?

그러니까… 예를 들어 비혼이나 저출산 문제가 있잖아. 이게 한 편에서는 가치관이 다양해지다 보니까 결혼이나 출산같이 예전엔 당연하다고 생각했던 규범이 사라지는 것으로 볼 수도 있겠지.

하지만 한편으로는 이런 개인의 가치관 변화도 성공 공식이 깨져버린 사회 때문이 아닐까 생각해. 좋은 학교가 좋은 직장을 담보하고, 좋은 직장이 좋은 가정을 담보하던 공식이 깨지면서 그 단계가 연결되지 않으니까. 어찌어찌 결혼까지 했어도, 만약에 아이가 생긴다면 직장이나 내 집 마련 같은 계획들이 위협받게 되는 거잖아. 그래서 딩크족처럼 애를 낳지 않겠다는 선언을 하는 게 아닐까. 공식이 있었을 때 가능했던 예측 가능한 삶이 이제는 불가능하다. 그러다 보니 최대한 예측 가능한 현재에 집중하는 것이 맞다 하고 생각하는 게 아닐까 싶어.

네가 말한 우리 사회의 변화가 앞으로는 어떻게 진행될 것 같아?

나는 이 흐름이 더 심화될 것 같아. 더 이상은 공식을 따라가는 삶이 사람들에게 설득력이 없어지니까. 이제 사람들이 '아, 공식을 따라도 저렇게 힘들구나. 그럼 굳이 내가 저 삶을 살 필요가 없다.' 하는 생각을 하잖아. 그래서 아이를 낳지 않겠다는 생각을, 심하게는 "돈 없이 애 낳으면 나도, 자식도 평생을 고생한다. 그러니 나는 나와 같은 노예를 생산하지 않겠다." 이런 식으로까지 이야기하는 걸 봤거든.

나는 개인적으로 아이를 낳고 키우는 것이 세상에서 얻을 수 있는 가장 큰 행복 중 하나라고 생각하는데, 우리 세대는 이걸 뺏기고 있는 건 아닐까 싶어. 곳곳에서, 그 단계까지 넘어가는 중간 중간에 다 빠지고 있는 거야. 말하자면 탈락하고 있는 거지.

호경이 불평등에 관심을 두게 된 것은, 사실 자신의 삶에서 불평등의 문제를 처절하게 경험하였기 때문은 아니었을까.

그래도 너는 네가 말한 일종의 '평범한 성공의 공식'을 따라왔잖아. 그러면 앞으로 서른 살 이후 미래 계획은 어떻게 되고, 그걸 위해 어떤 준비를 하고 있어?

제일 가까운 계획은 아내가 둘째를 건강하게 출산할 수 있게 돕는 거야. 그 이후에는 가정의 행복을 위한 여러 목표를 이뤄나가야겠지. 지금은 우리 가정의 태동기니까. 내가 아내와 자녀를 위해 더 헌신해야 하는 시기라고 생각해. 하지만 내가 조금 실력이나 경력이 쌓이면, 나도 직업적인 부분에서 좀 더 성취하고 싶은 생각도 있어.

네가 최종적으로 원하는 목표나 소망은 뭐야?

어… 딱히 어떤 목표가 있다기보다는 모르겠어. (아내: 여보는 능력 있는 부모가 되고 싶어 하는 것 같아.) 그런 것도 좀 있지.

그렇게 말하니까 지금 내가 생각이 드는 건, 능력 있는 부모, 그리고 능력 있는 사회인이 되고 싶어. 그게 꼭 경제적인 부분은 아니더라도, 평범한 가정을 꾸리기 위해선 결국 내 능력이 중요한 것 같아. 그래서 난 지금 그 과정을 밟아가고 있다고 생각하고, 밟기 위해서 노력하는 거지. 비록 나는 그러지 못했지만, 내 아이는 부모의 상황에 너무 억압되지 않게끔 내가 준비되어 있었으면 좋겠어.

小
感

소
감

　　　　　　호경의 결혼 소식은 아직 친구의 결혼이 익숙하지 않
던 우리에게 큰 화젯거리였다. 많은 사람들이 진심 어린 축하를 보냈지
만, 또 누군가는 '준비도 되지 않았으면서 무리하는 것 아니냐'며 걱정 섞
인 말을 하기도 했다. 어쨌든 호경은 자신이 원하는 삶의 길을 선택했고,
그 길 위에서 자신의 최선을 다해 한 걸음씩 내딛고 있었다. 그리고 호경
은 스스로 "그래도 나는 다른 또래들 보다 뒤처지지 않았다."고 말했다.
나는 호경이 충분히 그렇게 말할 자격이 있다고 생각한다.

　　호경의 이야기는 왜 우리 세대가 결혼과 출산을 미루고자 하는지
그 이유를 보여주는 역설적인 사례와도 같다. 그의 이야기에서 나타난 여
러 장애물 그리고 고민들은 사실 우리가 결혼을 망설이는 이유와 다르지
않다. 호경은 자신의 경험을 이야기하며 비교의식, 상대적 박탈감, 새로
운 가치관, '성공의 공식' 같은 이야기를 끄집어냈다. 이런 것들은 우리
시대를 향한 조금 철 지난 진단들처럼 들리기도 하지만, 그것이 호경의
이야기처럼 삶의 경험과 결합해 제시될 때 그 공감의 정도는 배가된다.
어쩌면, 이것이 바로 이 책이 가지는 강점일 수도 있겠다.

　　인터뷰 당시 아직 엄마의 배 속에서 지내던 둘째는, 출산 예정일을
꼭 맞추어 세상에 태어났다. 그리고 조금은 갑작스럽지만 호경은 전혀 다
른 분야의 일터에서 자신의 새로운 진로를 개척하기 시작했다. 이제 서른
한 살과 동시에 두 아들의 아버지가 된 호경은 자신의 어깨 위에 짊어진
책임감의 무게를 더욱 크게 실감하고 있는 듯이 보였다. 하지만 호경의
가족은 그가 바라던 '평범한 행복'을 위한 삶의 터전을 차근차근 쌓아 올
릴 것이다. 그의 비유처럼 호경은 집을 짓고, 아내는 집을 꾸미고 아이들
은 집안에 웃음을 채워 넣으면서.

《서른이니까, 디저트가 나오려면 기다려야 해》가 태어나기까지 그리고 그 이후

우리는 《서른이니까, 디저트가 나오려면 기다려야 해》의 준비 과정을 독자들에게 소개하고, 이 이야기가 한정된 지면에서 멈추지 않고 지속될 수 있도록 출간 이후의 계획을 간단히 적으며 이 책을 마무리할까 한다.

이 책은 1989년생(빠른 90년생도 있지만) 열 명을 대상으로 한 인터뷰 내용을 엮은 대담집이다. 이 중에는 오랜 시간 알고 지낸 사람도 있고,《서른이니까, 디저트가 나오려면 기다려야 해》를 위해 처음 만난 사람도 있다. 인터뷰 대상자는 성별, 직업, 소득 수준, 삶의 경험과 태도와 같은 개인의 특성을 다각적으로 고려해 섭외했다.

감사하게도 많은 또래 친구들이 우리의 기획 의도를 이해해주었고, 흔쾌히 인터뷰에 응해 주었다. 섭외에 응한 인터뷰이에게는 인터뷰 전에 질문지를 온라인으로 전달하고 회신을 받았고 그 자료를 대면 인터뷰 진행을 위해 활용했다. 인터뷰는 나와 단비 그리고 인터뷰이가 만나 조용한 카페와 같은 공간에서 약 1시간 30분~2시간가량 진행되었다.

우리는 친구들과 진행한 인터뷰의 녹취록을 바탕으로 책의 본문을 작성했다. 본문 형식은 실제 인터뷰가 진행되는 듯 한 생동감과 진정성을 살리기 위해 묻고 답하는 형식을 그대로 유지했다. 질문과 답변 내용도 가능한 한 본래 인터뷰 내용을 그대로 살리기 위해 편집과 수정을 최소화했다. 다만, 가독성을 높이기 위해 문체나 표현을 다듬고 어색한 문장을 교정했다. 그리고 각 챕터의 중간마다 특별한 의미나 표현이 담긴 문장들을 선정해 배치하고, 그 분위기에 어울리는 일러스트를 삽입했다.

인터뷰이들과의 대화와 서른의 이야기를 이해하는데 조금이나마 도움을 주고자 '서른', '직업', '사랑', '여행', '미래'라는 다섯 개의 키워드를 중심으로 저자 나름의 생각을 적어 보았다. 그리고 마지막으로, 각 챕터의 마지막 페이지에 인터뷰이들의 현재 삶의 모습과 인터뷰 진행 뒤 느꼈던 작은 감상, 즉 '소감'을 짧게 정리했다. 바라기는 이 사족들이 '서른이'들의 진실된 이야기에 누가 되지 않았으면 한다.

　아직 구상 단계일 뿐이지만, 연말쯤 인터뷰이들을 포함해 또래 친구들을 만날 수 있는 파티를 열어볼까 한다. 그 파티가 일회성인 행사로 끝나기보다, 함께 어른이 되어가는 친구들을 묶어주는 즐거운 모임으로 이어졌으면 하는 것이 지금 내가 가지고 있는 바람이기도 하다.

　마지막으로 인터뷰이들은 시간이 좀 더 흘러 우리가 나이를 더 먹었을 지금처럼 다시 한 번 인터뷰를 진행하면 재미있을 것 같다는 의견을 보내주었다. 그 말을 듣고, 나와 단비는 만약 여건이 허락한다면 언젠가 이 동일한 인물들의 삶의 경험을 다시 한 번 돌아보자고 약속했다.

서른이니까,

디저트가 나오려면

기다려야　　　해

펴낸날 초판 1쇄 2019년 8월 30일

쓰 다 심국보
그리다 김단비

펴낸이 강진수
편집팀 김은숙, 이가영
디자인 임수현

인 쇄 삼립인쇄㈜

펴낸곳 (주)북스고 | **출판등록** 제2017-000136호 2017년 11월 23일
주 소 서울시 중구 퇴계로 253 (충무로 5가) 삼오빌딩 705호
전 화 (02) 6403-0042 | **팩 스** (02) 6499-1053

ISBN 979-11-89612-34-4 03810

이 도서의 국립중앙도서관 출판예정도서목록(CIP)은 서지정보유통지원시스템 홈페이지(http://seoji.nl.go.kr)와
국가자료종합목록시스템(http://kolis-net.nl.go.kr)에서 이용하실 수 있습니다. (CIP제어번호 : CIP2019032695)

책 출간을 원하시는 분은 이메일 booksgo@naver.com로 간단한 개요와 취지, 연락처 등을 보내주세요.
Booksgo 는 건강하고 행복한 삶을 위한 가치 있는 콘텐츠를 만듭니다.